못 다한 이야기

임시찬 제2수필집

웃다한 이야기

정출판

몸에 박힌 옹이를 꺼내며
못 다한 이야기를 내면서

버려진 널빤지를 모아 조그만 진열장을 만들고 있다. 방치한 지 꽤 되었다. 그대로 두면 아무짝에도 못 쓰고 버려질 게 아까웠다. 서툰 솜씨로 톱질도 하고 못질도 하면서 엉성하지만, 세상에 하나밖에 없는 작품을 만드는 중이다.

못이 박히기를 거부하고 톱질마저 무디게 하는 곳에 옹이가 들앉았다. 살아있을 때 부러져 나간 가지의 아픈 영혼이 만들어 낸 흔적을 죽어서도 꼭 껴안은 나무의 모습에서 나의 발자취를 더듬어 본다. 제자리를 지키는 나무도 그럴진대 걸어 다니면서 받은 수많은 상처의 흔적, 옹이가 나의 몸에는 얼마나 될까.

몸 안에 옹이가 자리 잡지 못하도록 숱한 이들이 술 마시고 토해내고, 노래하고 춤춘다. 먹을 갈아 글씨를 쓰고, 옹이에 갖가지 색을 입혀 그림을 그리는 사람도 있다. 셀 수 없는 다양한 방법으로 옹이를 풀어가지만, 물리적인 힘에 의존하여 병원으로 가는 사람들이 태반이다.

나는 복 받은 사람이다. 몸에 박힌 옹이를 꺼내어 책을 엮으면서 소화해 간다. 인간은 망각의 동물이라 했다. 방치하면 잊히고 퇴색되어 쓸모없이 버려질 수도 있는 삶에서 얻은 희로애락의 조각조각을 서툰 솜씨로 재봉해 본다.

전업 작가가 아니어서 투박하고 감동마저 줄 수 없지만, 평상시 경운기 손잡이와 괭이, 호밋자루에 반질거리는 수택을 벗하면서 보고 느끼고 생각했던 것을 그대로 묻으면 옹이가 될까 봐, 태작인 줄 알면서 의욕만 앞세워 설익은 제1 수필집『두럭산 숨비소리(2018)』를 출간한 후 2년여 만에 두 번째 수필집을 선보인다. 두려움과 부끄러움이 앞서지만, 부족한 부분은 사랑과 관심으로 채워 주시리라 믿고 용기를 내어 본다.

자연을 노래하고 감명을 주는 많은 작가분을 동경하면서도 아직은 그들 가까이 갈 수 없다는 것을 잘 알고 있다. 나 자신 위로 넘긴 사연과 주위에서 함께 살아가는 사람들의 사연을 끌어안고 때로는 어쩔 수 없는 마을의 변화를 지켜보면서, 자연스레 얻은 소재로 양심과 소통하면서 깜냥껏 풀어냈다. 어쩌면 훗날 나와 같은 생각을 하는 사람을 만날지도 모른다는 희망을 품어 본다.

　작가는 자신의 불만을 아름다움으로 승화시킬 수 있는 특유의 소양을 가지고 있는 사람이다. 하지만 그에서 한참 동떨어진 자신을 본다.

　가까이에서 응원하는 가족과 수필과비평작가회원 여러분 그리고 들메 회원과 구좌문학회 회원 여러분께 감사를 드린다.

2020. 5
임시찬

| 차례 |

제3부 강아지 눈물

제4부 못 다한 이야기

제5부 백두산 심장 소리

제6부 언제 벌써

제1부

구두

"네가 울면 모두가 울게 돼. 우리 안 울기로 했잖아."
어깨를 감싸는데 어깨 뒤로 내민 눈에서
내리는 눈물을 감추려 애쓰는 모습이 더 애처로웠다.

양지공원

높은 양반이 타고 양쪽에서 경호원들이 호위하는 좋은 차가 장례식장 문 앞에 엄숙히 고개 숙이고 정차한다. 안치실 문이 열리고 아홉 자 명정이 위에 덮인 관을 실한 장정 여섯이 하얀 천으로 동여 묶어 들고나온다. 생전에 한 번도 타 보지 못한 멋진 차를 관 속에 넌 뒤에야 타 보는 호강일 텐데, 영정 뒤로 가족들 속울음이 뜨거운 눈물로 흘러내린다.

어제는 일포라 주변을 가득 메웠던 차량이 오늘은 성글다. 시신이 멀미라도 할세라 천천히 움직이며 앞서가고 슬픔에 잠긴 사람들을 실은 차량이 뒤를 따른다. 평생을 일구면서 희로애락을 함께한 본인의 쌀가게 앞에 잠시 멈추는데, 같이 지내던 이웃이 잘 가라고 손수건 입에 물고 소주 한 병 내온다. 출발하는 차량 뒤에서 연신 두 손 모으고 절하는 모습이 애처롭다.

철들기 전에 4·3으로 아버지를 여의고 외로움을 같이한 남동생을 고등학교 2학년 겨울방학 때 친구들과 운동하다 사고로 먼저 보내야 했다. 100세가 다된 노모를 양로원에 두고 떠나는 시신에 눈물 한 점 남았다면 마저 흘리고 갔을 것이다.

무슨 날에 낳았던가. 참 드센 팔자였다. 팔자에 없는 외동딸이 되어 3남 4녀를 두었지만, 아들 둘을 먼저 가슴에 묻어야 했다. 두 아들의 비석을 생전의 아들인 양 쓰다듬으며 보낸 세월의 아픔을 어찌 견뎠을까. 자식을 묻은 가슴에 통증이 쌓이고 쌓여 못된 병이 되었다. 혼자 두기에는 안심할 수 없는 남편과 새싹처럼 자라는 손주들을 위해서 웃음을 잃지 않으려고 무던히도 애썼던 삶이었다.

하나밖에 없는 아들을 하늘같이 생각하며 온갖 고초를 이겨낸 어머니가 아들을 잃고도 견딜 수 있었던 것은 그래도 딸이 있었기 때문이다. 그 딸이 병이 들어 여위면서 견딜 수 있었던 것도 어머니를 먼저 좋은 곳에 모시기 위한 몸부림이었다. 막은 귀가 문제일 뿐 정신이 맑은 할머니께 어머니 돌아가셨다는 말을 차마 전할 수 없어 잠시라도 묻어두자는 자식들 마음이 그래도 갸륵하다.

양로원을 오래 찾지 않는 딸을 기다린다는 할머니 소식 때문에 하릴없이 손주가 양로원에서 할머니를 모시고 호스피스 병동에서 상면토록 해드렸다. 딸의 여윈 손목을 잡고 "어떤 일이 있어도 살아야 한다." "나보다 먼저 죽는 일은 없어야 한다."고 절규하며 남몰래 숨겨둔 천사백만 원을 내놓아 미국에 다녀오라고 당부를 했다는데….

겨울 아침 여섯 시는 어스름에 싸여 있었다. 어둠 속에 불빛을 비추면서 차량 통행이 드문 아스팔트 길을 무심히 달리는 동안 차 안에서 말을 꺼내는 사람은 없었다. 목적지가 얼마 남지 않은 거리에는 하얀 함박눈이 내리고 있었다. 출발할 때 겨우 느낄 수 있을까 말까 한 빗방울이 내리기는 했지만, 올해 첫눈을 차 안에서 맞이했다.

눈 구경하지 못하고 겨울을 보내는가 했는데, 아무도 밟지 않은 하얀 눈이 내리는 것은 망인 삶의 모든 것을 덮어 주려는 하늘의 배려라는 마음이 들었다. "어머니가 병상에서 보고 싶어 했던 눈인데 마지막 가는 길에 눈이 내리네." 두 번째 딸이 손수건을 꺼내 든다. 자식 중에 유독 말썽깨나 피웠던 딸이라 어머니에 대한 감회가 남달랐을 것이다.

일가친척은 별로 없지만, 자녀들의 많은 친구가 참석해 눈물을 나눴고, 고희와 팔순 중간에 끼인 망인 동창분들도 만사를 제쳐두고 추운 날인데도 많이 와 주었다. 개관 사 방정이라고 했다. 생전에 좋은 인간관계를 유지한 망인의 발자취를 어림할 수가 있었다. 화장로에 입실하기 전에 관 뒤에서 묵념으로 예를 올리고 관망실에서 지켜보며 빨리 잘 나오시라고 염원하며 더러는 나무아미타불을 부르며 두 손을 모으는 이도 있다

슬픔을 자제할 줄 아는 자녀들이 기특하다. 울려는 형제를 다독이면서 "네가 울면 모두가 울게 돼. 우리 안 울기로 했잖아." 어깨를 감싸는데 어깨 뒤로 내민 눈에서 내리는 눈물을 감추려 애쓰는 모습이 더 애처로웠다. 입관 전에 어머니 마지막 모습을 대하면서도 흐느끼는 오열 속에 예쁘게 화장하는 모습을 지켜봤다. 남자 시신보다 여자는 시간이 오래 걸렸다.

두 시간의 여유가 있다. 마음으로는 벌써 한번 다녀간다고 하면서도 실행하지 못한 죄책감을 안고 하얀 눈 위에 발자국을 남기며 봉안

당으로 빠른 걸음을 재촉했다. 제2 추모의 집 217실 23번 나를 아버지처럼 여겼던 막냇동생이 봉안된 곳이다. 앞에 서니 왜 이제야 왔느냐 정말 그리웠다는 듯 쳐다보는 사슴 같은 눈망울과 마주했을 때 울컥 가슴이 뜨거워진다. 4개월이 훌쩍 지나는 동안 무심했던 자신을 돌아본다. 처음에는 술잔 들기 전에 다른 잔 하나에 먼저 술 한 잔 따라서 옆에 두고 마셨는데, 나 혼자 마신 지도 여러 날이 지났다.

오늘 누님 화장하려고 왔다. 여기서는 내가 마중하지만, 네가 있는 곳에 가거든 네가 안내를 하라 하고 돌아서는데 늙으면 눈에 힘이 없는지 주책없는 눈물이 흘러 남이 볼까 얼른 하늘을 우러른다. 첫눈으로 하얗게 덮이는 양지공원 풍경이 오늘따라 성스러워 보인다. 2002년 처음 양지공원을 개관할 때만 해도 한번 죽은 사람을 두 번 죽게 하느냐면서 매장을 고집하고, 화장을 극구 반대하던 사람들도 많았다.

연중무휴로 하루 7회 1회에 2기씩 14기를 처리할 수 있는 첨단기기뿐 아니라, 위생적이고 현대적인 봉안당과 경건한 추모 공간을 조성한 자연 친화적인 양지공원이 있다는 데 도민으로서 긍지를 느낀다. 핵가족화 등 사회 환경의 변화로 장례 10건 중 6건 이상이 화장으로 치러지고 있다. 장례문화가 많이 달라지고 있다. 매장보다 화장이 늘어나고 추모공원이 잔디형, 수목형, 화초형, 정원형으로 다양해가는 추세다.

생전의 고왔던 모습도 화사한 웃음도 마지막 병마와 싸우던 치열한 모습 모두 어디로 갔을까. 한 줌의 재가 되어 애통해하는 가족의 품에 안겼다. 먼저 간 두 아들 곁에 조용히 묻히는 순간에는 추적추적 내리던 차가운 겨울비마저 멈췄고, 보내는 이들의 숙연함에 세워 놓은 비석이 고맙다고 추운데 어서 내려가라 손짓하는 듯하다

유모차

　허름한 대문간 앞에는 늘 낡은 유모차가 대기하고 있다. 언제 삐걱 대문이 열리고 등 굽은 주인이 나올지 혹시 영영 안 나올지도 모르는 대문간을 지키고 있다. 힘없는 바람에도 기력이 다한 바퀴가 비틀거려 도로 한가운데로 밀리면 지나는 차량에 욕을 먹으면서도 충견처럼 대문간을 지킨다.

　아내가 차를 타고 지나다 내려서 복판으로 밀려난 유모차를 대문간 앞으로 밀어 놓으며 구시렁댄다. "이, 할머니! 똑바로 세워야지, 아무렇게나 세워놨냐?" 그런 아내에게 "얼마 없으면 우리도 저럴 거야." 넌지시 나무라며 지나간다.

　우리 동네 유모차는 언제 들어왔을까? 그리 오래된 것 같지는 않다. 엄마가 까만 떡 비누로 빨래할 때나, 가마솥에 검불로 연기를 마셔 가며 불을 넣을 때면 으레 형 또는 누나나 언니 등에 업혀 동생들이 자랐다. 친구들과 놀이하며 뛰어다니면 등 뒤에서 같이 뛰고 쉴 때면 같이 쉬었다. 여름에는 헝겊 줄로 묶었고 겨울에는 포대기로 감싸서 업었다. 잠이 들기도 하고 똥오줌도 쌌다. 등 뒤가 지린내는 나지만 편한 안식처였다.

화려한 유모차를 밀며 매장을 둘러보는 젊은 아낙을 볼 때면 부럽고 신기했는데, 흔해진 지금은 유모차에는 관심이 없고 오히려 보기 힘든 아기가 조그만 손을 꼼지락거리며 천진스럽게 웃는 모습이 신기해 보인다.

옆집 젊은이가 예쁜 색시를 맞아 아기를 낳았을 때 선물을 받았는지 직접 골랐는지 모르지만, 멋있는 유모차에 아기를 태우고 다녔다. 동네 사람들 아기 웃는 모습이 좋아 길에서 만나면 칭찬하고 유모차가 좋아 보여 만져 보면서 지나갔다. 아들 내외가 바쁠 때면 월남 파마머리 할머니가 유모차에 손자를 태우고 동네 한 바퀴 돌면서 자장가 대신 노래 한 곡조 입가에 달고 밀면서 돌봤다.

처마 밑에는 제비가 둥지를 틀고 한 쌍이 재잘거리며 사이좋게 지내더니 새끼를 쳤다. 처음에는 신기하고 흥부 생각이 나서 정성으로 쳐다봤는데, 시끄럽고 자주 떨어지는 배설물을 치우면서 귀찮기만 했다. 자다 깨어난 손주가 자주 쳐다보는 것으로 위안으로 삼았다. 조그만 초가삼간이지만, 술에 절어 얼굴이 불콰한 아저씨와 아주머니 싸우는 소리가 간간이 들렸고 말리는 아들 내외와 우는 아기 울음소리도 있었다. 그렇게 시끌벅적대더니 아저씨가 먼저 저세상으로 가고 자녀와 손주도 신작로 변에 있는 집으로 떠나갔다.

태풍이 오면 위로 지나도록 밑으로 납작 엎드려 견딘 초가삼간을 걷어내고 슬레이트로 덮인 조그만 집에는 발걸음이 굼뜬 노파 혼자 살고 있다. 첫 손자가 타고 다니던 유모차를 다시 태어날 손주를 위해 깨끗이 손질하고 상방 위 올려놓은 제상 옆에 고이 보관했는데,

타고 다닐 주인공은 할머니 기대를 저버렸다. 훗날 곱게 보관한 유모차가 자식들보다 더 효도할 줄 상상인들 했을까.

선풍기를 신주 모시듯 하던 시절도 있었다. 부채를 손에서 놓지 못하게 하던 여름날 해가 지면 바닷가 방파제에 사람들이 모여들었다. 집어등으로 밝힌 바다 구경보다 땀띠 난 등짝과 가슴에 시원한 바람 쐬게 한다고 모여들었다. 실없는 농담들도 스스럼없이 주고받았다. 사람 사는 냄새가 물씬거리던 시절이다. 노인 어른은 농담 중에 건방지다 싶으면 "야, 이놈아! 내 갈 때 다른 건 못 줘도 이 지팡이는 꼭 주고 가마." 했는데 요즘 할머니는 지팡이 대신 유모차에 의지하고 길을 나선다.

외로운 유모차 곁에 또 다른 유모차가 다정스레 붙어 있다. 흔히 볼 수 있는 풍경은 아니다. 고물에 가까운 동갑내기 같은데 바퀴가 비뚤어져 성치 못한 녀석이다. 오랜만에 노인네끼리 만났으면 조용조용 할 말도 많고 웃음소리가 나야 하는데, 웬 TV 소리가 담장 밖을 넘는다. 걱정되어 들렀더니 두 노인네 서로 얼굴 보면서 이야기하고 고개를 끄덕이면서 사람이 온 것도 모르고 있다. 시끄러운 가운데도 소통하는 걸 보면 눈빛으로 듣기도 하는가 보다.

바닷가에 자라는 천초가 어느 정도 자라면 심한 파도가 아니라도 저절로 뽑혀서, 썰물이 가고 나면 밀려온 것을 손쉽게 주울 수가 있다. 말려서 출하하면 운이 좋을 때는 세종대왕이나 신사임당을 만나볼 수도 있다. 울퉁불퉁한 암반 위와 미끄러운 바위를 네 발로 더듬으면서 줍고는 유모차에 싣는다. 지거나 들고 올 수는 없어도 유모차에 실으면 낡은 유모차는 삐걱대면서도 짐과 주인을 안전하게 집까지 모시고 온다.

길 가다 유모차를 세워놓고 쉬면서 곁에 고물 유모차를 가만히 보고 있다. 바라보는 할머니 눈에는 아직도 방긋 웃어주는 손주가 포개어질지도 모른다. 치맛자락 날리면서 유모차 자랑, 손주 자랑하던 시절도 눈에 아롱거릴 것이다. 황홀했던 추억 가득 실은 유모차를 누구에게도 물려주지 말고 비록 녹이 슬고 아픈 곳도 많지만, 서로서로 의지하면서 오래오래 건강하게 살았으면 좋겠다.

말년에

나라를 통치하시던 분이 재판정에 불려 다니고 있다. 결과야 어찌 되었든 측은하기는 하다. 팔순 나이에 갖은 병치레로 초췌한 모습이다. 측근들은 지병을 호소하면서 도주 우려가 없다고 보석신청을 요구하지만, 검찰은 무슨 소리냐고 맞서고 있다. 이 나라에 처음으로 여성 대통령이 탄생했다고 환호하던 때도 있었다. 말년에 거처가 교도소 안이다. 한때 재판을 좌지우지하던 유명한 분도 교도소 안에서 후배 재판장의 판결을 기다리고 있다. 현직에서 교도소로 직행한 사례도 있지만, 화려한 퇴임식까지 하고 나서 교도소로 옮긴 분들도 있다. 본받을 게 없는 말년들이다.

평민이야 여름에는 모기장치고, 겨울에는 기름값, 전기료 아낀다고 난방기구 단추를 켰다 껐다 반복한다. 어디에 거처해도 순응할 준비가 되어 있지만, 죄지은 지체 높으신 분은 훈련이 안 되어 불편할 걸 생각하면 동정이 간다. 임기 중에는 업적도 있을 터인데 오죽하면, 가두어 놓고 죄를 추궁하고 있을까? 보통사람은 경찰 조서만 받아도 가슴이 쿵쾅거린다. 높은 양반은 죄가 중해도 여러 변호인의 들러리

속에서 재판장 얼굴만 보고 있으면 풀려난다는 비열한 미래의 꿈을 꿀는지도 모른다.

태어날 때 환경은 본인 책임이 아니지만, 그 후에 일어나는 모든 것은 자신의 책임이다. 인간사 제 맘대로 되는 게 아니라 타고난 팔자대로 사는 것이라는 이들도 있다. 낭만적인 것 같지만, 대단히 무책임하고 비겁한 사람들이다. 아무리 나쁜 운명을 타고났어도 이를 개척하고 성공하는 사례는 주위에 얼마든지 있다. 불행한 젊은 시절을 겪으며 남들이 경험하지 않은 고난의 길을 걸으면서도 좌절하지 않는 투지로 뜻을 이루는 사람도 수없이 많다. 성공한 사람들은 모두 운명에 순응한 사람이 아니라 맞서 싸워 이긴 사람들이다.

말년에 성공한 사람들이 음지의 어려운 사람들을 돕는 소식을 접할 때면 존경스럽다. 젊은 날 고생을 겪으면서 직접체험을 했기에 어려움에 부닥친 사람들을 돕는 것이다. 돈을 번 기업가는 돈을, 기술자는 기술을, 학자는 학문을, 의사는 의술을 베푼다. 성직자는 혼란한 세상 참되게 살아가도록 인도하고, 문화와 예술을 널리 전달하는 사람도 있다. 고생한 사람들이 해낼 수 있는 말년의 아름다운 모습이다.

어린 날 아버지가 많은 말을 키우던 친구가 있었다. 초등학교 시절 우리는 말을 무서워했지만, 친구는 말 엉덩이를 만지고 심지어 아무렇지도 않게 끌고 다니는 게 여간 부럽지 않았다. 그 친구는 짐승을 무척 아꼈다. 도시락을 싸 주면서 학교에 보내면 어느새 목동 따라 목장으로 나다녔다. 청년이 되어서도 짐승을 좋아했다. 마음씨도 그렇게 순진했는데, 가정은 평안치 못했다. 별거하는 친구에게 말했다.

젊으니까 별 애로사항 없이 밥도, 빨래도 기계가 해 주고 술도 마음대로 먹을 수 있어 좋겠지만, 늙으면 힘들 테니 별거를 청산하고 모셔오자고 했지만 막무가내였다.

결국, 진드기 피해로 환갑 겨우 넘기고 저세상으로 갔다. 상중에도 얼마나 한이 맺혔는지 별거 중인 아내의 모습은 보이지 않았다. 장례식장에서 가까운 사람들이 잔을 기울인다. "젊고 능력 있을 때 잘해야지, 말년에 무슨 꼴이냐." 친구의 말년을 술안주 삼아 얼큰하게 취한 적이 있다.

사주팔자에서는 소년, 청년, 장년, 노년으로 구분하여 노년을 말년으로 풀이한다. 인생을 갈무리하는 시기를 말년이라고 하는 것도 일리가 있지만, 사람의 삶에는 또 다른 말년이 있지 않나 싶다. 내일을 보지 못하는 게 말년이고, 주어진 기한의 끄트머리 또한 말년이다. 허투루 일하면 스스로 부실한 말년을 불러오기도 한다. 말년을 방심하거나 슬기롭게 넘기지 못할 때 더 많은 재난이 닥쳐올 수가 있다. 시작보다 마무리가 더 중요하다고 했다. 삼팔선 철조망 근처에는 지뢰가 많이 묻혀 있다. 일병 때 한 발 한 발 조심하던 때보다 병장이 되어 제대 말년에 지뢰를 밟는 사고가 훨씬 많은 것도 순간의 방심이 원인이다.

말년은 인생의 노년기뿐 아니라 삶의 곳곳에 널려 있다. 선출직이든 임명직 또는 법인, 비법인 가릴 것 없이 정년이 되거나 임기를 마칠 때 모두 말년이다. 심지어 조그만 모임에서 임원 선출하고 인수인계하는 과정의 전임자도 말년이다. 공통점은 좋은 인상을 남기고 싶고, 자랑스럽고 본받을 만한 일을 남기지 못할망정 욕먹을 일은 남기지 말았으면 하는 것이다. 유종지미는 아름다운 마무리를 뜻한다. 말년을 어떻게 보냈느냐에 따라 남은 사람들은 평가를 오랫동안 한다.

본받을 만한 평가는 모두의 희망이고 후손의 자산이다. 그러나 그런 평판은 결코 쉬운 일이 아니다. 동전의 앞뒤처럼 평가가 다를 수도 있고 공정하게 처리한 것 같지만, 각자 생각에 따라 불평불만을 터뜨릴 수도 있다. 가슴에 손을 얹어 부끄럽지 않게 처신했고, 다음에 똑같은 일이 벌어져도 변하지 않을 것이라는 자신이 있다면, 멋진 말년을 보냈다 할 것이다.

고령사회다. 좋은 인상보다 나쁜 모습 보이기 쉬운 시대다. 예전에 어르신들도 팔순 넘으면 방안에 이불 쓰고 누워있는 것보다 산에 잔디 쓰고 누워있는 게 낫다고 했다. 어렵던 시대 이야기고 이제 노력만 하면 건강하게 노년을 보낼 수 있다. 웬만한 병은 나라에서 관리해 준다. 걸어서 경로당에 가면 입 벌릴 일도 많고 소문 들을 기회도 많다. 건강하게 멋진 말년 보내는 일은 집안뿐 아니라, 국가 경제에도 많은 도움이 된다. 맡은 일도 인생도 멋진 말년이 되었으면 좋겠다.

삭망제 朔望祭

음력 초하룻날과 보름을 삭망이라고 한다. 초상을 치르고 초우·재우·삼우제를 지내고 나서, 매월 음력 초하룻날과 보름날 아침 이른 시간에 삭망제를 올렸다. 동네를 거닐면 가족들의 슬픈 곡소리를 들을 수 있었다. 지금은 온 마을을 돌아봐도 곡소리 하는 곳이 없다. 언제부터인가 삭망제가 사라진 것이다. 삭망제뿐인가. 초우·재우·삼우제도 덩달아 사라져 버렸다. 언제 초상을 치렀는지 다음날부터 상주들도 밝고 활기차다.

집에서 장례를 치렀었다. 겨울에는 3~4일이 지나도 어렵지 않았지만, 무더운 한여름에는 3일 이상 지날 때면 여간 곤혹스러운 게 아니었다. 시신 모신 방에 얼음주머니로 주위를 덮어 놓아도 소용이 없었다. 상여를 메고 가는 상여꾼 어깨 위로 진물이 흐르는 경우도 다반사였다. 누구 한 사람 싫어하는 기색도 없었다. 나의 일이라는 사명감과 상주와 같은 슬픔을 공유하던 시절이다.

119구급차가 집에서 또는 병원에서 내달려 도착하는 곳은 장례식장이다. 예전에는 집에서 9일장 이상도 하는 경우가 있었지만, 나라에서 국민의례준칙이 시행되면서 보통 삼일장을 치른다. 준비하는 데 많은 시간이 소요되지도 않는다. 전문적으로 준비된 물품뿐 아니라 의식을 대행하는 업체가 대기 중이다. 예전에는 망인의 명복을 빌면서 향을 피워 올리고 두 손 모아 절을 했다. 어른들은 엎드려 곡을 하기도 한다. 지금은 망인보다 상제를 위해 문상한다. 망인 영정을 보지도 않고 절도 없이 관계된 상제에게 부조하면 끝이다. 또 제를 지내면서도 곡소리가 없다. 오죽하면 상제들 대신 곡소리 하는 사람을 구한다고 할까?

1970년대 초 할아버지가 돌아가셨다. 숨 거두기 전에 장손 집으로 모셔야 한다고 해서 얼마 떨어지지 않은 집까지 업고 왔다. 돌아가시고는 집에서 입관하고 조문객 접대하고, 동네 젊은이들이 상여를 어깨에 메고 교대하면서 장지로 갔다. 동네 사람들이 협동으로 흙과 잔디를 마련하면서 정성껏 청산을 이루었다. 상제들의 제가 끝나면 동네 분들이 합동으로 절을 했다. 상주는 영정과 관련 제기를 추려 집에 와서 영정을 모시고 초우·재우·삼우제를 정성껏 지냈다. 제가 끝나면 방 한쪽을 정갈하게 치워서 조그만 상 위에 영정을 고이 모셨다. 이후 매달 음력 초하룻날과 보름날 아침에 친지들이 모여 곡소리 하면서 삭망제를 했다. 이후 졸곡제 하고 대·소상, 담제를 한 후 제사를 모시기 시작했다.

할아버지가 생전에 좋아하시던 음식이라고 고모는 빙떡을 해서 올리기도 하고, 밀 수확 후에는 막걸리로 발효하여 노르스름하게 부풀어 오른 상화떡霜花餅 (방언으로 상외떡 또는 상애떡)을 구수하고 뜨끈하게 정성으로 빚어 올리기도 했다. 가까운 친족들 모두 모여 망인을 회상하면서 예를 다하여 삭망제를 올리던 생각이 난다.

1990년대 할머니가 돌아가셨다. 할아버지 하던 대로 집에서 모든 의례를 치렀다. 다른 것은 한 달에 두 번 하던 삭망이 한 번으로 초하룻날 삭제만 했다. 이는 우리 집뿐만 아니라 주위 모두가 그렇게 변해 갔다. 가까운 친족들과 대면하는 일도 그만큼 줄어들었다. 편하기는 한데 가슴 한쪽이 무언가 빈 듯하고 할머니께 송구스러운 생각이 들었다. 간소화되면서 소상만 하고 대상도 안 했다. 어디서건 잔을 들면 먼저 옆에 조금 따르는 게 습관이 되었다.

1998년도 어머니가 돌아가셨다. 물론 집에서 모든 의례를 치렀다. 할머니와 마찬가지로 한 달에 한 번만 제를 올렸다. 이후 모든 의식은 할머니와 다르지 않았다. 2014년도 말 장모가 돌아가셨다. 평소 부처님을 믿었다. 유언에 따라 불교 의식대로 49재를 비롯해 절에서 모든 의식을 마쳤다.

2016년도 무더운 날 아버지가 돌아가셨다. 운구차로 장례식장으로 모셨다. 아주 편한 세상이다. 넓은 식당에 조문객 모두 편히 접대할 수가 있었다. 주관하는 사람들이 있어 제때 상 위에 음식도 교체하고, 축을 쓰는 것도 읽는 것도 차례를 지내는 일도 신경 쓸 일이 하나도 없다. 상복에서 무덤이 완성될 때까지 모든 일이 수학 공식 대입하듯 술술 풀린다. 예전과 다른 것은 식객은 많은데 영정 앞에 절하는 조문객은 뜸하다. 상제를 찾으며 부조금 전하는 사람들만 북적일 뿐이다. 상제 또한 영정은 관리인이 지키도록 하고 누가 왔나 살피면서 부조 받기 바쁘다. 곡소리도 사라진 장례식장 모습이다. 묘가 완성되어도 절하는 사람도 잔을 올리는 사람도 많지 않다.

묘가 완성된 앞에 엎디어 축으로 고했다. "요즘 세상 물정에 따라 초우·재우·삼우제 생략하고 삭망, 졸곡, 소·대상, 담제 없이 제사로 모시겠습니다." 하고는 잔을 올리면 끝이다. 묘 앞에서 초상 하면서 사용된 물품(두건, 상복, 치마, 짚더미, 방·장대, 등)을 모두 태우고 돌아서면 일단락이다.

어머니 생전에 증조부 초상 치르고 삭망 하던 때 이야기를 잊을 수가 없다. 당시에는 영정은 없지만, 벽장 한쪽을 깨끗이 하고 작은 상 차려서 삼시 세 끼 더운밥 올렸다고 했다. 밭에서 일하다가도 멈추고 가서 차려 드리고 맛난 음식 손에 쥐면 상에 올리겠다고 들고 왔다고 했다. 대상 전까지는 망인으로 대하는 게 아니라 살아있는 사람과 똑같이 모셨다고 한다.

삭망이 사라진 것은 물질문명 시대에 달음질해야 하는 현실에서 자연스러운 현상일 수밖에 없다. 누가 자기 조상 생각하고 받드는 일 싫어하겠는가? 가까운 사람들 자주 볼 수 없다는 게 슬픈 일이다. 예전에는 삭망 하면서 한 달 두 번 망인 앞에 모여 곡소리 하노라면, 처음에는 조금 쑥스럽다가 망인 영정에 눈 맞추는 순간 마음 깊은 곳에서 뜨거움이 솟았다.

인정이 어디에 사는가. 많은 세월 지나 눈물 속에 산다는 걸 안다. 진솔한 인정은 삭망하면서 흘리던 눈물 속에 제일 많았다는 생각을 해본다. 비록 가난했지만, 영정 앞에서 울던 사람들! 예전에 삭망 하던 사람들이 인정으로 가슴속에 소를 가득 채우고 살았다. 정말 따뜻하고 포근한 인정이었다. 경제 만능 시대 눈물 없는 돈이 인정을 대신한다. 따뜻하거나 포근하지 않다. 단지 편할 뿐이다.

삭망의 변천사를 쓰면서 내가 죽으면 제사는 할까? 궁금해진다. 속이 몹시 허하다.

자포자기

예년보다 일찍 시작된 장마로 양파와 마늘 농사 수확하는 데 어려움이 많았다. 그동안 날씨 때문에 말리지 못한 씨 마늘을 널어놓고 잠깐 쉬고 있는 오후, 오토바이를 타고 S가 오랜만에 찾아왔다. 후두암으로 목소리를 잃어버린 그는 몸짓으로 인사를 대신하고는 건강했던 예전처럼 스스럼없이 주방으로 가서 식탁 위의 소주를 커피잔에 따르고는 주~욱하고 마신다.

건강했을 때와 수술을 받고 와서도 변한 것이 없다. 나는 투병하는 데 걱정이 되어 절제하라고 했지만, 정작 본인은 술을 먹지 말라는 뜻으로 받아들이는 것만 같아 속상하다. 한동네에 사는 S를 늘 친동생같이 생각했고, 그도 친동생처럼 잘 따랐다. 어려운 일이 있으면 자기 일로 여겨 몸을 아끼지 않는 성품은 비록 내게만 잘하는 게 아니고, 주위 모든 이에게도 잘했다. 손은 장갑을 끼지 않는 습관으로 검고 거칠지만, 마무리는 언제나 깨끗해서 두 번 손보게 하는 일이 없다.

우리 밭에 농업용수 파이프가 파손되어 물이 나온다고, 근처 밭을 관리하는 사람으로부터 연락이 왔다. 전화 내용을 듣고 있던 S가 현장에 같이 가 보잔다. 몸도 불편한 S와 같이 간다는 게 별로 내키지는 않았지만, 같이 가서 이리저리 살펴보고 철물점에 함께 갔다. 스스로 부속 재료들을 골라 성한 나도 수리가 어려운 것을 결국, S가 고쳤다.

줄줄 새던 수도를 고친 게 참 고맙고 상쾌했다. 아프기 전이나 지금이나 자기가 할 수 있는 일에는 솔선하고 최선을 다하는 모습이 좋다. 집에 와서 또 소주를 먹겠다고 손으로 시늉을 해 보인다. 일을 마치고 온 후라 걱정은 되면서도 말리던 물고기를 안주라도 해서 먹자고 했더니, 목에 내려가지 않는다고 하면서 떡을 조금 떼어내어 꿀에 찍어서 많이 마시지 말라는 나의 말을 못 들은 척, 소주 2홉들이 한 병을 다 마신다.

옆에서 보는 내가 너무 안쓰러워 술을 절제하라고 했더니, 옆에 있는 신문지에 볼펜으로 3년만 살겠다며 누구나 겪는 일이라고 썼다. 보는 내가 속이 쓰려 '3'이라고 쓴 숫자에 '0'자 하나를 보탰다. 문제는 관리라고 일렀다. 목에서는 그르렁대는 소리와 함께 자포자기한 모습으로 3년이라고 쓰고 내려가지 않는 떡 안주 애써 넘기며 찔끔 눈물을 감추는 모습이 참 애절하다.

암에 걸려 고생한 이야기를 많이 들었다. 처음에는 진단을 받고 믿을 수 없어 이 병원 저 병원 확인을 하고, 하필이면 많고 많은 사람 중에 내가 왜? 걸려야 하나 하는 울분에 몸부림치다가 결국 체념을 했다고 한다. 이때부터 어떻게 하느냐에 따라 일찍 돌아가거나 오래 살거나 한다는 것이다. 암을 성급히 떼어내려고 한 사람이나 자포자기한 사람은 일찍 돌아가고 암을 친구삼아 암이 좋아하는 것을 행하며 달래 가면서 다스리는 자는 오래 살 수 있다는 것이다.

S가 돌아간 후, 신문지에 남은 3년이란 글자를 보면서 가슴이 뭉클했다. 외아들로 자라 귀염만 받은 게 아니다. 전쟁을 겪은 아버지가 술을 마시면 거칠어지는 성격에 어머니 품에 안겨 숨죽이고 떨어야만 했던 어린 시절도 있었다. 가정경제 보탬이 되고자 사랑하는 아내와 차마 떨어지기 싫은 자식과 어머님을 두고 낯선 이국땅 일본에 돈 벌려고 갔었다. 말도 제대로 못 하고 들을 수도 없지만, 눈치 하나로 노동판을 누비면서 고생도 많이 했다. 지금까지 열심히 살아온 S가 철저한 투병으로 현명하게 이겨내기를 빈다.

자기 몸을 위해 주던 DNA가 아직 의학적으로 확실히 규명 못 하는 여러 가지 이유로 유익한 세포들을 파괴하는 DNA로 바뀌어, 악동으로 변해버린 DNA를 벗으로 삼는 일은 결코 쉬운 일이 아니다. 암을 벗으로 삼는 일, 환자 혼자 감당하기엔 너무나 힘이 든다. 주위에서 도와줘야만 한다.

환자는 사람이 그립다. 주위 모든 사람이 심지어 가족까지도 걱정은 하면서도 멀어져만 가는 것 같아, 건강했던 지난날을 생각하며 같이 어울리고 떠들고 싶어 술을 마실 수밖에 없는 게 아닌가 싶다.

암이 점점 힘이 세어 가는 것을 막는 일은 오직 이길 수 있는 체력을 만드는 것이다. 식사요법, 약물치료는 전문의사가 시키는 대로 충실히 행해야 하는 것을 기본으로 하면서, 감정을 다스리는 일도 중요하다고 본다. 마음의 여유를 갖는 일, 조그만 일에 간섭하거나 흥분하지 않는 일, 좋은 일이든 나쁜 일이든 그저 지나갈 뿐이라는 마음을 늘 가졌으면 좋겠다. 인생을 마라톤에 비유한다. 지름길도 요행도 없다는 마음으로 그저 묵묵히 달려야 하는 것처럼 암을 다스리는 것도 이와 같다는 생각을 한다.

성급함에 빨리 쾌유하겠다는 마음도, 자포자기하는 절망도 없이 오직 묵묵히 튼튼한 몸을 가꾸는 데 최선의 노력을 게을리해서는 안 될 것이다. 이는 누구도 대신할 수 없는 일이고 병마에 이기려고 노력하는 모습을 보일 때 주위 모든 사람이 관심을 가질 것이다. 자포자기하는 모습이 자칫 주위 모든 이가 방관하게 됨을 알았으면 싶다. 3년이라는 숫자가 너무 아파 새벽에 눈을 뜨게 하지만, 30년이라는 숫자가 되도록 기도하고 싶다.

구두

신발장에 구두 한두 켤레 없는 집이 없을 것이다. 구두가 흔한 세상을 젊은 날에는 꿈도 꾸지 못했다. 온 동네를 둘러보아도 구두 신고 다니는 사람은 구경조차 쉽지 않았으니까. 그런 사람을 보면 참 부러웠다. 초등학교 시절 내내 고무신을 신었다. 여름에는 땀이 밴 까만 고무신이 싫다고 조그만 발이 자꾸 밖으로 뛰쳐나가려 하고, 뛸 때는 쉽게 벗겨져 아예 손에 쥐고 뛰기도 했다. 운동회 날에는 벗겨지는 고무신 대신 광목천으로 커버를 만들어 신고 달렸다.

할아버지는 평생 구두 한 번 신어 보지 못했다. 외출할 때면 때 묻은 하얀 고무신을 비누칠하고 곱게 닦아서 신고 나가셨다. 삶이 어려웠던 시절에는 내다 버리는 게 없었다. 통시*에 키우는 돼지에게 줄 음식쓰레기도 없었다. 밑에 동생은 새 옷 한 번 입어 보는 게 소원이었다. 위 형제 차례로 입다가 기운 옷 물려받는 게 고작이다. 살기 힘들다는 요즘 세상을 보면서 이해하기 힘든 이유다. 케케묵은 이야기한다고 손가락질하겠지만, 옛날 없는 오늘은 없다.

새벽에 문을 나서면 신발로 해서 싸우는 광경을 볼 수도 있었다.

다 해진 하얀 고무신을 정성껏 닦아 신고는 노름방이나 잔칫집에 가서 누렇지만, 덜 닳은 신발과 바꿔 신는 얌체도 있었다. 돌려받고 싸우던 슬픈 역사를 증언해 줄 사람들은 하나둘 사라지고 몇 사람 보이지 않는다. 그 시절에 가죽구두는 아무나 넘볼 수 있는 게 아니었다. 아버지도 까만색 구두 한 켤레뿐이었다. 신발장에서 보물처럼 귀한 대접을 받았다. 출장을 가거나 귀한 자리에 갈 때만 신었다. 꺼내 놓고 입으로 호호 불면서 광을 내고 정성껏 닦던 모습이 떠오른다.

요즘 쉽게 버려지는 고급 구두를 많이 볼 수가 있다. 무릎이 아픈 마누라에게 점수 좀 얻는다고 쓰레기 버리는 일을 종종 거든다. 쓰레기통 주변에 버려진 고급스럽고 쓸 만한 구두를 보면 아까운 마음이 든다. 어렵던 시절에는 뒷부분을 버리고 앞부분만 슬리퍼로 이용해서 수명이 다할 때까지 유용하게 신고 다니기까지 했었다. 누구에게 주어도 양손으로 받아 고맙다고 할 것인데, 지금은 남에게 줄 수조차 없다. 주는 쪽은 버리기 아까워 그러지만, 받는 쪽이 무시당하는 기분이 될까 봐 내밀 수가 없다. 비단 신발뿐인가?

서울에 있는 병원에 예약해 놓고도 비행기를 탈 힘이 없어, 병원에 누워있는 동생이 전화도 힘든지 메시지를 보내왔다. "형님, 우리 집 신발장에 얼마 신지 않는 구두 한 켤레가 있습니다. 형님 사이즈에 신을 수 있을 겁니다. 남 주기도 그렇고, 버리기도 아까운, 어렵게 마련한 고급 구두입니다. 갖다 신으십시오." 간절한 내용에 일부러 먼 동생 집엘 다녀왔다. 보기에도 값비싼 구두란 걸 한눈에 느낄 수가 있었다.

수산 계통의 학교를 졸업하고 학교 추천으로 좋은 학교에 갔지만,

B형 간염 진단으로 치료를 위해 기숙사에서 집으로 요양차 온 후 인생이 바뀌었다. 꾸준히 치료할 형편이 되지 않아 매형이 운영하는 배에서 고기도 낚고, 큰 술집의 책임자로 일하는 등 동분서주하면서 방황하던 시간이 길었다. 늦게나마 마음잡고 부동산 중개사무소를 개업하고 열심히 살겠다는 의욕을 보인 지 얼마 되지 않았는데….

안 되는 놈은 뒤로 자빠져도 코가 깨진다더니 애면글면 열심히 한다 했는데, 청천벽력이다. 간염 때문에 검사도 게을리하지 않았는데 피곤해서 들른 병원에서 간암 말기라는 진단을 받았다. 혹시나 하고 서울에 큰 병원을 찾았지만, 답은 같았다. 의료 선진국이라는 일본에 갔지만 수술할 수 없는 상태라는 것이다. 너무나 어렵게 사업도 확장하고 신용도 얻어 태어나서 처음으로 사람 구실을 하려고 했는데, 고객과의 약속을 마무리할 시간조차 없었다. 남들은 병든 부분을 잘라내기도 하고 이식도 한다는데 모두 불가능하다는 확진을 받고 돌아서는 마음 오죽 아팠을까.

고객으로부터 믿음을 얻기 위해 정장은 필요했고 고급스러운 구두도 필요했다. 동생에게 받은 구두를 보면서 마음이 아프다. 닳도록 오래 신고 많이 신어야 할 구두다. 많은 고객 앞에서 기죽지 않으려 보이고 싶었던 구두가 아닌가. 옅은 브라운색의 이태리제 구두를 나날이 여위어 가는 동생의 손목을 잡듯 곱게 잡고 솔질했다. 약을 바르고 정성껏 광을 낸 다음 곱게 포장해서 선반 높은 곳에 올려놓았다.

"쓸 만한 게 각막밖에 없어 기증키로 하고, 생명 연장은 거부한다는 서약도 했습니다." 주위 누구와도 의논 없이 혼자 결정했다는 동생의 말을 들으면서도 할 말을 잃었다. 이제 모든 걸 내려놓고 나니 하루라도 통증 덜 느끼고 빨리 갔으면 좋겠다는 말을 들을 때도 할 말이 없었다. 담당 의사로부터 호스피스 병동이 있는 병원으로 옮기자는 제안을 받으면서도 가슴이 멍할 뿐이다. 에어컨이 없는 바깥 온도는 30도를 훨씬 넘는데 시원한 바람이 불 때까지만이라도 병실 문밖 사람들 오가는 모습 볼 수 있었으면….

옛날 권세가 무덤에는 심부름할 아이도 함께 묻었다는데, 동생도 가면 먼저 가신 부모님 찾아 먼 길을 걸어야 할 것이다. 입관하면서 신은 짚신 한 켤레로는 어림도 없을 것 같아 곱게 닦아놓은 구두도 함께 넣어 줄 생각이다. 이승에서 닳도록 신지 못하고 가난을 감추려 새롭게 샀던 고급 구두를 저승에서나마 실컷 신고 어디든 건강한 모습으로 뛰어다녔으면 좋겠다.

＊(주:) 통시(화장실, 뒷간)

35병동

제주대학병원 3층에 35병동이 있다. 다른 병동에는 쉬이 눈에 띄게 안내 표시를 해서 멀리서도 알 수 있지만, 유독 35번 병동은 옆에 세워놓은 조그만 입간판을 살피지 않으면 모른다. 북적대는 환자들도 없고 따라서 그 앞은 늘 적막하다. 엘리베이터도 가까이 있어 병실과 관련된 사람들만 사용하니 왕래도 뜸하다.

암으로 투병 생활을 끈질기게 하면서도 괜찮다는 표정으로 일관해온 사촌 누나다. 며칠 전 서울병원에 검진한다고 갔는데, 병세가 악화되어 결국 제주대학병원 호스피스 병동에 입원하게 됐다. 아내와 고모 셋이서 문병하러 가면서 그제야 35번 병동이 말기 암 환자가 입원하는 호스피스 병동이라는 걸 알았다.

살아나올 수 없다는 병동, 절망의 공간이다. 간호하는 딸의 부축으로 병상에서 일어나 반가이 맞으려 안간힘을 쓰는 모습이 안쓰러웠다. 보는 순간 슬픈 모습 보이지 않으려고 주먹을 꼭 쥐었다. 같이 간 고모는 언니의 딸인 환자의 손목을 잡고 눈물부터 쏟는다. "늙은 어머니 요양원에 두고 먼저 가면 어떻게 하라는 거냐?" 하며 주름진 눈가에 연신 눈물을 흘린다.

세밑이다. 12월 달력이 걸린 병실에는 온기라곤 없다. 환자를 위해 상온을 유지하고 있지만, 서로 쳐다보는 눈가에는 언제 터져 나올지 모르는 저수지 둑 같은 눈물 그득 고여 있다. 이런 분위기에는 희망을 얘기하는 것이 좋다. "누나 얼굴색이 너무 좋아 소화도 잘되고 정신마저 또렷한데 조금씩 괜찮아질 거야." 했더니, 얼굴에 화기를 보이면서 "나도 꼭 나을 것만 같은 자신이 든다. 담당 의사와 의논해서 집에 갔다가 심해지면 오겠다고 할 참이야."

도내 호스피스 병동을 운영하는 곳은 대학병원뿐이다. 물론 종교 쪽에서 운영하는 곳이 한 군데 있기는 하지만, 입실한다는 게 쉽지 않다. 죽음을 앞둔 말기 환자와 그의 가족을 사랑으로 돌보는 곳이다. 마지막 순간을 평안하게 맞이할 수 있도록 돌봄을 위한 복합적이고 총체적인 복지가 부족한 현실이 안타깝다. 병상이 비어야 다른 환자를 받을 수가 있는데 비록 말기 환자라도 쉬이 영면하는 것도 아니다. 호스피스 병동을 쳐다보며 일반 병동에서 치료를 받다가 그 문턱에서 서성이다 생을 마감하는 환자가 더 많다.

공교롭게도 대학병원 3층 해가 뜨는 동편에서 신생아는 태어난다. 고고성으로 새 생명의 출생을 외치고 기진맥진한 산모의 손을 잡고 부모 · 형제 할 것 없이 고생했다, 수고했다고 축복을 보낸다. 주위가 생기로 넘치고 오가는 발걸음 모두 신이 나고 경쾌하기만 하다. 에스컬레이터가 오르내리는 중앙을 중심으로 좌우엔 질병을 수술하고, 치료하고 진찰하는 곳이다. 진료를 기다리는 사람과 비용을 정산하는 사람들로 북적거린다.

생로병사가 모두 집약된 3층이다. 동쪽에서 태어나 자라면서 중앙의 각종 병실을 거치며 온갖 질환과 싸우다 백발노인이 되어 병원 출입을 마감할 때면 삶도 정지된다. 해가 지는 서쪽 35병동 말기 암 환자들의 마지막 모습은 의외로 경건하다. 살려달라고 애원하지도, 그렇다고 실망하는 모습도 없다. 어쩌면 나날이 발전하는 의료 기술에 희망을 거는 듯한 모습을 보일 뿐이다.

큰고모의 외동딸 고종사촌 누나다. 큰고모는 4·3사건으로 남편을 잃고 오누이를 정성으로 키웠다. 기둥 같던 아들을 고3 때 사고로 먼저 보내고 하나뿐인 딸을 의지하고 한평생을 사셨다. 올해 99세, 귀만 안 들릴 뿐 모두 정상이다. 혼자 글을 익혔고 젊은 날에는 곳곳에 오일장을 누비면서 열심히 사셨다. 처음에는 딸의 병환 소식을 요양원에 있는 할머니는 모르게 하고 싶었다는 손녀의 얘기를 들으면서 알리기를 잘했다고 격려했다. 멋모르고 찾아오지 않는 딸을 더 원망할 수도 있기 때문이다.

할머니는 손녀에게 모든 비용을 댈 터이니 미국에 가서 치료를 한 번 받도록 하라고 신신당부를 했다고 한다. 종각에 매단 종이 아무도 곁에 없었는데 스스로 울림을 신하에게 물은 임금이 있었다. 신하는 종의 재료를 구한 산이 무너져서 울렸다는 대답을 했다는 것을 예로 보면, 어머니와 딸은 전하는 말이 없어도 가슴으로 느끼는지도 모른다.

1층 로비 한쪽에서 오카리나 동우회가 산타 복장을 하고 숙연하게 연주하며 재능 기부를 하고 있다. 널따란 공간을 채우고 각층 구석구석 연주 소리가 퍼진다. 모든 환자와 지키고 있는 가족 마음속에도 희망의 소리로 스며들리라.

약 냄새 진동하는 새장에 갇힌 듯한 병실이다. 휠체어에 의지해서 링거를 꽂고서라도 풀냄새와 하늘을 볼 수 있도록 조그만 실내 정원 하나쯤 있었으면 좋겠다. 오늘도 35병동에서 천장을 보고 누워 누나는 무슨 생각을 할까?

'누나만큼 많은 걸 이뤄 놓은 사람 얼마 되지 않아. 산타 복장으로 연주하는 소리를 기억하면서 조용하고 거룩한 밤에 통증 없이 스르르 잠자듯 영면하기를 빌게.'

경로당

점심시간이 기울면 느슨한 걸음으로 한 사람 또 한 사람 모여든다. 지팡이 짚은 상노인도 있지만, 돌돌 거리는 네 발 달린 오토바이 또는 화물차로 정문을 들어서는 중노인이 태반이다. 농번기와 농한기 구분이 옛 같지는 않지만, 찬 바람이 부는 계절이 오면 경로당에서 평시 볼 수 있는 일상적인 장면이다.

예전에는 노인당으로 불리었는데 언제부터인가 경로당으로 슬그머니 바뀌었다. 어르신을 모시고 사회활동과 문화, 교육의 장소로 이용하기 위하여 마련한 회관의 개념이 바뀌지 않는 한 뭐라 불러도 상관없는 일이긴 하다. 하지만 그동안 익숙하게 불리던 게 유달리 바뀐 것도 없는데 생소한 이름으로 불리게 되는 게 그리 반갑지만은 않다. 노인당 시절에는 마을에 노인회장인데 경로회장으로 바꿔 부르려니 어색하기도 하고.

천하 대촌이라는 옛 명성은 잃은 지 오래지만, 지금도 읍내에서는 제일 큰 마을이다. 오늘날 부자는 돈부자지만, 옛날 부자는 일 부자였다. 우마를 몰아 거친 목장에서 뛰어다니는 몇 사람을 제외하고는 오직 땅을 갈아엎는 일 외는 별로 손에 돈을 쥘 수 있는 일이 없었다. 이웃 마을들과 달리 사람은 많은데 농경지가 협소했고, 더구나 크고 작은 암반과 자갈 때문에 경작이 쉽지 않았다.

많은 젊은이가 정든 고향에 부모·형제 또는 처자식을 뒤로하고 일본으로 가는 밀항선에 몸을 실었다. 도내에서 제일 많이 밀항했다고 알려진 마을이다. 숨도 제대로 쉬지 못하는 밀항선에 죽을 고비를 넘기면서 도착한 이도 있지만, 도중에 사고로 영영 돌아오지 못한 사람들도 많았다. 길도 모르고 말도 모른 낯선 이국땅에서 온갖 설움과 고초를 겪으면서 어렵게 번 돈을 가정으로 보내왔다.

고향의 어려움을 알기에 어렵게 번 돈을 모아 고향에 전기, 전화 가설과 학교 증축뿐 아니라 다른 마을에서는 엄두도 내지 못하던 시대에 어르신을 위한 노인당을 마련해 주었다. 세월이 흘러 유명을 달리했지만, 정말 고마운 분들이고 오래오래 기려야 할 역사이다. 고마움을 잊지 않으려고 도와준 분들의 사진과 당시의 역사도 함께 새겨 벽면 따라 걸어 놓았다.

모여드는 사람은 사진을 보면서 지난 이야기를 할 수 있는 중늙은이 이상이 태반이지만, 더러 모르는 이는 상노인이 성장 과정에서부터 가족관계까지 자상히 알려 주기도 한다. 마을의 역사 공부는 역시 어르신들이 모이는 경로당보다 더 좋은 곳은 없으리라.

먼저 도착한 이는 TV를 보면서 세상 돌아가는 장면에 눈을 보내다가 두셋이 모이면 웃는 일은 그리 많지 않고 요즘 젊은이들 모든 게 마음에 들지 않는다고 성토다. 나이 들어 능력 없는 자신은 감춰두고 마치 신선인 양 성폭행 문제만 나오면 나쁜 놈이라고 입을 모은다.

요란한 국회를 볼 때는 나라 걱정은 하지 않고 밥그릇 싸움이나 하는 저런 놈들은 다음에는 절대 찍어 줘서는 안 된다고 하며 한통속이 된다. 선량이 먼저 찾아 읍소하는 곳이 경로당이다. 직접 대면하면 국회 가서 싸우지 말라는 소리 하는 어르신은 없다.

경제와 복지는 불가분의 관계다. 살 만한 세상이 오니 지자체마다 선량들이 앞장서서 복지를 외치고 있다. 특히 선거철이면 경로당을 찾아 어려운 시대를 견뎌낸 어르신께 감사하다고 치켜세우지만, 우리만 고생한 게 아니라 기업 하는 사람과 기업을 위하는 게 나라와 가정을 위하는 일이라고 뼈 닳게 일한 노동자도 있었고, 안심하고 일할 수 있도록 국방을 지켜준 군인도 있었다. 이뿐 아니라 독립을 위해 몸 바친 이도 있고 민주화운동에 희생된 사람도 있다. 셀 수 없이 많은 선구자 덕에 오늘의 복지를 누리고 있다고 생각하면 참으로 감사하다. 정치하는 사람들 욕도 많이 하지만, 우리를 편하게 하려는 사람들도 그들이다.

최고의 복지는 일자리다. 경로당에는 갖가지 운동기구도 있고 안마를 받으며 휴식을 취하는 기구도 많다. 노인들은 돼지가 아니다. 일신을 편하게 해 준다고 즐겁지만은 않다. 그렇다고 경제에 도움을 얻고자 하는 일자리만 요구하는 것도 아니다. 무료한 시간에 혼자 있기 싫어서 경로당에 가면 할 일이 없다. 모여서 한편에서는 장기, 바둑이나 두고 또 한편에서는 나이롱뽕이다.

구십 인생 중에 삼십 년은 부모 보호 아래 교육을 받고, 삼십 년은 경제활동과 자녀 양육 등 자신을 위한 일에, 나머지 삼십 년은 봉사하면서 사는 시대라고 한다. 하지만 경로당에 모이는 노인들은 태반이 교육을 받고 싶었지만, 그러지 못했고 철들면서 가정경제 활동의 일원으로 한몫을 해야 했다. 어렵던 시대를 뛰어넘는 데 일익을 하다 보니 부지런히 노동하는 일 외는 나이 들어 할 수 있는 게 별로 없다. 아는 게 없고 노는 것도 서툰데, 팔다리마저 무디어 간다.

정치와 행정 하는 사람들이 단 위에 서면 노인은 그동안 국가와 사회를 수호하고 문화를 창조·계승하는 데 공헌했으니, 경애하고 봉양하자고 외친다. 특히 선거철이 오면 능력에 따라 사회활동 참여를 약속하고 노후 생활에 필요한 지식을 얻는 데 기여하겠다고 다짐도 한다. 철새가 때가 되면 이동하듯 선거철이 끝나면 약속하던 선량은 안마기 몇 대로 체면치레하고는 얼굴을 내밀지도 않는다.

노년은 나이롱뽕으로 딴 게 아니다. 선진국이 된 오늘의 기초를 탄탄히 마련하다 보니 노년이 되어 등은 굽었고 팔다리는 여위고 휘었다. 물론 경제적으로 많은 도움을 주는 행정의 노인복지에 고마움을 갖고 있다. 하지만. 경로당은 희망을 이야기하는 사람은 없고, 케케묵은 이야기나 하고 한쪽에서는 나이롱뽕으로 적적한 시간을 소일하고 있다. 건강과 취미 오락을 위한 프로그램, 노후 생활에 필요한 지식을 얻을 수 있는 경로당이 되었으면 좋겠다.

눈 덮인 광야에 남긴 발자국

광야는 깊은 계곡뿐 아니라 많은 위험 요소들이 산재한 곳이다. 더구나 하얀 눈이라도 소복이 쌓이고 바람 불어 광야가 온통 평평해지면, 온갖 위험 요소들이 감추어져 더욱더 통행에 위험이 따른다는 것을 모르는 이는 없을 것이다. 수많은 유명인이 즐겨 쓰는 이야기 중에 나는 눈 덮인 광야를 가듯 정도를 걸어 후세 모범을 보이겠다고 한다.

왜 하필이면 눈 덮인 광야인가. 눈 쌓인 밑에 위험한 계곡을 피해서 편안하고 안전한 곳을 가려 지나감으로써 뒤따르는 사람들이 발자국만 따라가면 위험하지 않도록 하겠다는 것일 거다. 이는 청백리가 되고자 하는 모든 이들의 소망이다. 정도를 걸어 청백리 또는 모범이 된 지도자를 만나거나 소식만이라도 들을 때는 정말 기쁘다.

훗날 많은 사람에게 고통을 주는 일도 있다. 크게는 나랏일에서 작게는 가정사에 이르기까지 문제가 없는 곳이 없다. 김녕리 1835-10번지 28,152㎡에 대한 사연도 그중 하나다. 우리나라는 1913년 일제강점기 일본인에 의해서 조세부과를 위한 세무 측량이 이뤄졌다.

1910년부터 1918년까지 측량을 시행, 1:5000 지형도를 완성했다.

당시에는 우마를 사육하면서 농경사회를 유지했다. 일본인에 의해서 농경지가 측량될 당시에는 면적에 따라 조세를 부담해야 한다는 강박관념에 되도록 내 농경지가 적게 측량되기를 바라기도 했다는 이야기는 어렵지 않게 들을 수 있다. 측량 당시에는 교통이 원활치 않아 구장(구장은 1920년대 이장으로 변경됨) 집에 측량기술자 일본인이 유숙할 수밖에 없었다는 데 동감이 간다. 자기 개인 농경지도 적게 측량되기를 바라는 선조님들이 농경지를 제외한 다 같이 사용하는 농로와 인접 비농경지에 대해서 무슨 생각을 했을까?

측량되기 훨씬 이전 농경할 때부터 자연스레 소 몰고 쟁기 지고 다니던 길이다. 측량된 이후에도 달라진 게 없었다. 측량 기사가 개인 농경지 이외 토지를 구장 명의로 등기를 하든 말든 관심이 있었을까. 구장 아들과 손자도 생전에 개인 명의와 관련하여 근 1세기가 지나는 동안 아무런 문제를 제기한 적이 없다.

차량 중심 운송과 트랙터 경운으로 주 농로는 시멘트 포장공사로 이어졌다. 이 모든 작업 일부는 새마을 사업으로 전 주민이 참여했다. 물론 구장 손자도 참여했다. 중심농로 이외 개인 밭 입구까지는 같이 다니는 농민들끼리 다듬었다. 우마만 다니던 농로를 오늘날과 같이 가꿔 놓은 것은 결코 쉬운 일이 아니었다.

구장 증손자가 매도하여 큰 부자가 되었다는 소문이다. 매수인도 다름 아닌 같은 마을 사람이다. 현황도로뿐 아니라 모든 내용을 알고 있는 사람이 매입하고 분할매각을 해서 수억을 벌었다는 소문이다.

마을회의 시 이 문제를 다뤄 줄 것을 건의해 봤지만, 별다른 기미가 없었다. 어떻게 이 문제가 직접 사용하는 사람들만의 문제인지 많은 생각을 해본다. 측량하면서 특수 지역(많은 사람이 살아가기 위하여 공동으로 사용하는 토지)을 구장 명의로 등록하고 증손자는 매각해서 부자가 되고, 매수한 자는 되팔아 더 큰 부자가 되었다.

이와 비슷한 사건으로 명의신탁 재산을 소송해서 돌려받은 이웃 마을 사례가 있어 우리도 해보려 했지만, 정부에서 시행한 명의신탁 특별법 기한이 지난 후였다. 이웃 마을에서 명의신탁 문제로 소송할 때 우리 지도자는 무엇을 했을까. 더욱 놀라운 일은 매도 당시 이장이 가만히 구경만 했다는 사실이다. 매입하는 자도 양심은 있었는지 아니면 주민의 반발을 무마하기 위해서인지 주 농로는 마을에 기부채납하겠다는 서류를 마을에 제출했다.

이장은 책상 서랍에 넣고 아무런 조치도 안 했다. 용납 못 할 일이다. 바로 총회 소집 감인데도 왜 안 했을까 아리송하다. 능력 없는 자들 제발 잘난 척하지 않았으면 좋겠다. 후세들은 큰 고통을 겪으면서 많은 교훈을 얻게 된다.

'꼭뒤에 부은 물이 발뒤꿈치로 흐른다'고 했다. 광대머를 지경 농로를 포함한 주변에 많은 부동산 팔고 사서 큰 부자 된 사람을 자자손손 기억하게 될 것이다. 더구나 더 큰 충격은 일부를 업자로부터 매입한 사람도 같은 구역의 농민이라는 사실이다. 어떻게 현황도로라는 것을 알면서 같은 입장에서 대처할 생각은 않고 자기 이익만 위해서 매입을 할 수 있었는지 어처구니가 없다.

이 토지는 현황도로를 분할하고도 계획 관리 지역으로 남은 토지만으로도 충분한 활용 가치와 수익이 높다 할 것이다. 농민은 흙을 만지며 가난하게 살지만, 장사꾼은 땅만 보면서 돈을 세고 있다. 관의 눈을 속여 가면서 농민인 척 거짓 농사짓는 연출도 가관이다. 직접 영농과 관계없는 이민들은 관객이 되어 눈 덮인 광야에 남긴 발자국을 구경할 뿐이다.

관객 중에는 아버지가 당시 구장이었다는 사실을 증언해 줄 100세가 눈앞이지만, 정정하신 구장의 딸도 끼어 있다. 물론 외손자도 입을 열지 않았다.

제2부

도대道臺불

> 가파른 돌계단을 두 손과 두 발 다 붙이고 도대불에 올랐다.
> 꼭대기에 호롱불 걸던 목대는 바닥에 흔적만 남기고 날아가 버렸지만,
> 비추던 드넓은 바다는 고개를 좌우로 돌려야 전체를 볼 수가 있다.

오월에 쓰는 편지

경주마 달리듯 힘찬 마파람이 심술궂은 비와 합세하면서 4월에 마지막을 거칠게 몰아내고 있습니다. 떨어져 뒹구는 영산홍 붉은 입술은 정들었던 마당 구석구석을 인사차 돌아다니고, 갓 피어난 어린싹은 빗속에 이별의 눈물을 머금고 있습니다.

빨간 장미를 피우기 위해 꽃망울이 여물어 갈 때면 어김없이 어버이날은 옵니다. 어머니는 모습보다 소리에서 그리고 눈가에서 먼저 옵니다. 세상 만물이 어머니 없는 것이 있겠습니까? 누구나 어머니와 얽힌 사연 없겠습니까? 길 가다 돌부리에 걸려 넘어질 때는 기독교인도 불교도도 다급한 소리로 어머니를 찾는다고 합니다.

태어난 숫자만큼이나 많은 사연이 눈에 보이게, 안 보이게 쌓여 있음을 봅니다. 그중 제가 어머님께 보내는 사연도 일부에 불과하겠지요. 제가 철이 한참 들어서야 가끔 찾아오는 서너 집 건너에 사는 활발한 여인이 동네 사람들의 수군거림에서 어머님의 시앗이란 걸 알았습니다.

어머니와 시앗이 머리채를 잡고 싸우는 모습은 아주 어린 나이에는 충격이고 울분이고 원망이고 하지만, 어떻게 할 수는 없고 옆에서 울고 섰을 뿐이었습니다. 동네 사람들이 말리고 할아버지가 책망하고 이러는 환경에서 어린 날을 보냈습니다. 4남 1녀 다섯 형제가 그렇게 자랐습니다.

선친은 주거를 첩의 집에서 하고 어쩌다 술이 만취되고 부축을 받아 집에 오는 다음 날 아침이면 으레 전쟁이 터지곤 했습니다. 집에 가끔 오시는 외할머니가 기침을 심하게 하셨는데 유전인지 어머님이 기침을 심하게 하는 천식으로 평생 고생하셨습니다. 혼자서 자식 키우랴 제사 명절까지 해야 했습니다. 저는 제사 명절 때 말고는 아버지와 같이 수저를 들어보지 못했습니다.

한창 어렵던 시절이라 도움을 받는다는 것은 꿈도 꾸지 못하던 때라 어떡하든 연명하고 살아야 하는 현실에서 무엇을 탓하고 원망하고 할 여유도 없었습니다. 열일곱 살 어린 나이에 불편하고 글을 모르는 어머니를 대신하여 집안일을 꾸려가야만 했습니다. 중학교 납부금이 1,750원 하던 당시 우체국에서 우편 일을 해 주고 매월 받는 삼천 원이 큰 소득이었습니다. 그 돈으로 동생들 학비며 일상을 꾸려가기엔 버거웠습니다.

공동목장에서 우·마분을 주워 방을 지피고 나뭇등걸과 고사리, 솔잎, 농산물 수확 후 짚으로 밥을 했습니다. 손수레는 한창 나중이고 우·마차는 호강이라 엄두를 못 냈습니다. 지게가 유일한 운반 도구입니다. 항상 어머님은 자신의 건강보다 공부를 꽤 하던 나를 공부시키지 못한 것을 늘 한스러워하면서 한숨을 내쉬곤 했습니다.

어머니는 나를 아들 겸 남편 보듯 나에게 의지할 수밖에 없었기에 결혼 후 며느리에게 아들을 빼앗긴 심정이 되는 듯 불편한 심기를 보이곤 했습니다. 어쩌다 집사람이 대꾸라도 하는 날이면 너무나 마음 아파했지요. 이럴 때마다 어머니가 보는 앞에서는 처에게 욕하는 모습으로 효도를 대신 했습니다. 돌아서면 처에게 미안하다 했지요.

콜랑 팔십이라는 말이 있습니다. 건강한 사람들은 건강을 자신하다가 아파서 병원에 갔는데 그게 곧 이별이 되는 일을 가끔 봅니다. 어머님은 병을 앓고 평생을 살면서도 몸에 관한 관심은 많아 큰 다른 병 없이 지냈지만, 결국 장병에는 장사가 없다고 점차 병원 신세 지는 일이 잦아졌습니다. 동생들은 직장에 갔고 집사람은 바다에 갔고 결국, 주 간호를 맡을 수밖에 없었습니다.

몸은 마음대로 가누지 못하면서도 정신은 말짱하니 내가 기저귀를 바꿀 때면 안 보이려고 애쓰셨던 어머님! 그래도 입원한 조강지처 불쌍한 생각이 가끔은 났는지 가뭄에 콩 나듯 아버지가 오면 간호하는 나보다 반가워하며 8인실 병동 다 들리도록 큰 소리로 남편 자랑입니다. 그런 모습에서 용서하고 가려는 어머님을 봤습니다.

퇴원하고 왔을 때도 자식 신세 지지 않으려고 혼자 화장실에 갔다가 나오지 못하던 모습도 생생합니다. 어느 날 문득 나를 보면서 소리라도 실컷 하고 싶다고 애원하는 눈빛으로 말을 했습니다. 어머님이 기운 있으실 때 부르는 노래는 누가 들어도 박수를 보낼 정도인 것을 나는 잘 압니다. 하지만 방문 밖이 길입니다. 지나던 사람들이 들으면 창피하니까 제발 하지 맙써, 하면서 못하게 했습니다. 어머님이 마지막 부르려고 하는 소리 내용을 자식인 내가 왜 모르겠습니까?

살아오면서 가슴에 맺힌 한을 노래로 하소연하고 싶었던 어머님의 마음을 알면서도 냉정해야만 했습니다. 가슴 한편에 이제 고생 그만하고 돌아가셨으면 하는 마음으로 못하게 한 것이 진심입니다. 장병에 효자 없다고 했지만, 어머님 죄송합니다. 어머님이 부르려고 했던 가사 내용을 대강 알기 때문이었습니다. 지금은 한이 되어 가슴에 응어리집니다. 어머님의 목소리를 찾아가면서 저 혼자 조용히 가슴으로 듣고 있습니다. 착하고 늘 건강하고 동생들 잘 돌보고 아버지같이 바람피우지 말고 하는 마지막 구절까지 잘 듣고 있습니다.

　어머님! 저 손주 여섯이나 봤고요. 늦게나마 열심히 공부해서 대학도 나왔고 동생들도 잘살고 있습니다. 이 모습 어머님이 보신다면 춤을 추실 것입니다. 이제는 저승에서나마 슬프고 한 맺힌 가사는 전부 지우시고 신나고 희망찬 가사로 새롭게 노래하시라고 어버이날 새벽에 복받치는 목소리로 어머님을 부릅니다. 어머님!

도대_{道臺}불

백 년을 훌쩍 넘은 도대의 힘없는 시멘트에 비가 스민다. 오늘같이
비 오고 안개 낀 밤이면 고기잡이 나간 조그만 배 무사히 귀항하라고
불 밝히던 옛날을 생각하는가 싶다. 민가와 떨어진 바닷가 도채비 살
던 곳, 주위에 거친 돌들을 모아 덜 다듬은 채 탑을 쌓았다. 성긴 자
리마다 시멘트를 덕지덕지 발라 누더기를 연상하지만, 당시 구하기
어려웠던 시멘트로 곱게 단장하기는 아무래도 힘들었을 것이다.

김녕리 성세기 해변 가 서쪽에 높이 3m가 채 안 되는 원통형의 늙
은 도대불이 가파른 돌계단을 옆구리에 차고 바다로 눈길을 보내고
있다. 1915년도에 축조되었고 태풍에 쓰러진 후 복원했다는 안내판
이 세워져 있다. 지금은 길 건너 해녀의 집과 민가까지 있어 덜 외로
운 모습이지만, 예전에는 동네와 동떨어진 위치였다. 발길이 드문 곳
이고 잡풀이 우거져 마차를 끌기 위한 말을 임시 매어 놓기도 했다.

사면이 바다인 제주도에는 마을마다 자잘한 포구가 형성되었고,
농경지가 별로 없는 관계로 바다가 농경지가 되어 의지하며 살 수밖
에 없었다. 조그만 배에 닻을 올리고 풍파 속에 내를 저어 바다로 나

가야 한다. 포구를 나갈 때는 사방이 훤하지만, 한밤중에 돌아올 때는 쉬운 일이 아니다. 마을마다 독특한 모양의 도대를 쌓아 불을 밝혔다. 지금은 포구가 개발되어 항구가 되고 등대가 세워지면서 도대는 항만 구축과 해안도로 개설에 재료로 사용되어 없어졌다. 현재 그나마 10여 곳이 보존되어 흔적을 볼 수 있다는 게 다행이다.

여름밤에 한치오징어는 지금처럼 멀리서 낚지 않고 가까운 곳에서 낚았다. 젊은 날 조그만 배의 노를 저어 한치를 낚으러 나갔다. 바다에 나아가 전날 많이 낚은 장소와 못 낚은 장소를 가려 닻을 내린다. 위치를 가늠하는 것은 어렵지 않다. 동쪽에도 산이고 서쪽도 산이다. 동쪽 산과 서쪽 산 그리고 배의 위치를 삼각형으로 엮으면 되고, 멀리 왔는지 아닌지도 산의 모습을 보면 알 수가 있다. 문제는 귀항할 때이다. 사방에서 기준으로 삼을 게 없다. 등대는 세워지기 전이고 도대불 꺼진 지도 옛날인데 다행인 것은 드물게 세워진 가로등이었다.

전기가 없던 시절 할아버지는 호롱불에 의지하고 포구를 나섰다. 2t도 안 되는 목선에 몸을 싣고 노를 저었다. 고기는 있어도 도구가 황당하니 많이 잡을 수도 없던 시절에는 밤하늘 달과 별을 보면서 방향을 잡았고, 오가는 물때를 가늠하면서 시간을 재었다. 귀항은 누차의 위험한 경험을 쌓아야 할 수가 있다. 바다는 평화만 있는 곳이 아니다. 비 오고 안개라도 살포시 끼는 날에는 낮에도 방향을 알 수가 없는데, 밤에는 오죽했을까? 별도 달도 없는 밤바다는 점점 거칠어 가는 데 도움을 청할 곳은 오직 도대불 뿐이다.

바다로 불빛을 보내기 위해 송진이 뭉친 솔칵을 사용했다. 어렵게 석유가 보급되면서 호롱불을 매달아 불을 밝혔다. 관리자가 밤새워 지키거나, 여유가 없으면 먼저 나가는 어부가 불을 켜고 나중 귀항한 어부가 끄는 경우도 있었다. 아내도 지아비를 험한 바다로 보내고 잠인들 편히 잤겠는가, 자주 여닫는 문과 도대불을 확인하면서 지새운 사연을 고스란히 도대불은 간직하고 있으리라.

인천 팔미도 등대가 1903년도에 세워지고 1906년도 전국 여섯 번째로 우도 등대가 세워졌지만, 기계로 움직이는 큰 배를 위한 것일 뿐 험한 포구를 드나드는 작은 어선에는 그리 도움이 되지 않는다. 오직 도대불만이 생명선이었다. 도대불을 켠 지 55년, 1970년대 전기가 보급되면서 불을 끈 후 다시는 켜는 일이 없었다. 발길도 끊어지고 켜고 끄던 일 까마득히 잊혀 갔다. 곶 해녀 숨비소리가 자기를 부르는 소리로 알고 기어가다 멈췄다는 순비기의 넝쿨만 도대불 주위를 맴돌고 있다.

가파른 돌계단을 두 손과 두 발 다 붙이고 도대불에 올랐다. 꼭대기에 호롱불 걸던 목대는 바닥에 흔적만 남기고 날아가 버렸지만, 비추던 드넓은 바다는 고개를 좌우로 돌려야 전체를 볼 수가 있다. 젊은 날 호롱불을 높이 들어 포구로 안전하게 인도하던 도대불 위에 서면, 궂은 날씨에 온 힘 다해 노를 저어 귀항하는 어부들 모습이 어른거린다. 길손들 쉬어가라고 가까이 만들어 놓은 팔각정이 눈에 거스르지만, 늙고 야위어 안질마저 상해 버린 도대는 아랑곳하지 않으리라.

밤마다 바다를 비추고 있는 등대를 도대불은 자기 자식처럼 지켜본다. 혹여나 실수할까 노심초사하면서도 모든 배가 스스로 위치를 알 수가 있고 심지어 고기 떼를 보면서 작업한다는 데 안심을 한다.

일기예보도 없던 힘든 시절에 호롱불 들던 도대는 온 바다를 비추는 등대를 낳았다. 험한 바다에서 고기를 잡고 캄캄한 귀항 길을 찾는 조각배를 무사히 포구로 안내해 주던 도대불이다. 가난한 어부는 도대불 덕분에 아내와 아이들이 기다리는 집으로 돌아올 수가 있었다. 지금은 누구도 관심 없는 초라한 모습으로 나날이 여위어 간다. 하늘을 보던 첨성대는 천년 두고 보호를 하는데 바다를 보던 도대도 오래오래 보호되기를 기원해 본다.

억장

낮이 가장 길다는 하지의 오후는 후텁지근했다. 오후 약간의 비 예보는 틀린 것 같다. 동풍에 물기 머금은 검은 구름이 해를 자주 가려 주는 덕에 그나마 더위를 조금은 피할 수 있어 다행이다. 묘지에서 흐느끼는 미망인과 자식 그리고 어린 손자들 힘들지 않게 해 주는 날씨가 고맙다.

어려운 삶을 내려놓고 유명을 달리하는 외숙의 망지에서 망자를 떠올리면서 통곡하는 곡소리를 듣고 있다. 높고 낮음이야 제각각이지만, 슬픔을 전하는 데는 차이가 없다. 듣고 있는 참배자들 가슴속에도 슬픔을 같이하는 숙연함이 보인다. 오랜 치매로 뒤치다꺼리하면서 빨리 죽었으면 마음으로 빌었을 외숙모 곡소리는 유별했다. 곡소리 속에 미안했다는 보이지 않는 속정이 풍긴다. 달포 전에 어머니 장례를 치른 친척뻘 동생은 두건을 손에 쥐고 상주의 곡소리를 들으며 무릎 꿇고 고개 숙여 앉아있다.

외로운 병실, 차갑고 무거운 공기로 채워진 침상 위에 고개 숙여 앉아있을 동생 모습이 떠오른다. 많고 많은 사람 중에 왜 하필이면 나냐고 부아를 삭이지 못하는 모습을 보면서도 무엇 하나 도움이 되지 못하는 자신이 밉고 마음껏 곡소리라도 내고 싶다. 방황을 끝내고 애탄가탄 살아 보겠다고 발버둥 치는 착한 시기에 덜컥 병석에 누워야 하는 가련한 동생의 팔자가 너무나 야속하다.

억장이 무너지는 소리는 처음에 억장만이 들을 수가 있다. 무너지고 한참 지나 눈으로 코로 저장되어 있던 물이 방울방울 흐를 때야 가슴속에서 억장 무너지는 천둥소리가 목덜미를 타고 비로소 통곡으로 번진다. 위선을 벗은 하얀 눈물이 고갈되고 목이 쉬어 소리마저 낼 수 없을 때는 억장만이 흐느끼며 운다.

배꼽 잡고 웃었던 일이 몇 번이나 있었던가, 큰소리로 웃었던 일 몇 번이나 될까. 돌아보니, 입가를 올리면서 미소 지은 일보다 억장 무너졌던 일이 더 많은 것만 같다. 기뻤던 일은 쉬이 잊히는데 슬펐던 일은 오래 머문다. 조용히 혼자 있는 시간이 싫다. 아이들 재롱을 보면서 웃었던 일보다 견뎌내기 어렵던 시절 나를 껴안아 주던 어머니를 생각하는 시간이 더 많다. 머지않아 나를 아버지라 여기는 불쌍한 막냇동생과 애별리고 할 생각에 벌써 목이 메어 온다.

희·노·애·락 중에 희와 낙은 조금인데 노와 애가 너무 많은 덕지덕지 기워 입은 험한 삶을 살았다는 생각에 타고난 운명을 원망도 해 보지만, 무슨 소용인가. 비록 험한 세상 살면서 화나고 가슴 아픈 일 많았지만, 참고 견디다 보면 언젠가는 즐거운 날이 오리라는 희망을 품고 살아왔다.

좋은 일 생길 때마다 청량한 나만의 물을 억장에 가두었다가 기쁜 일이 생길 때 조금씩 내보내는 삶의 꿈을 간직하고 싶다. 남은 삶에

는 억장이 무너져 와르르 쏟아지는 일 없이 둑 위로 희열의 눈물만
조금씩 넘쳤으면 좋겠다.

부조

농협 창구 앞이다. 통장이 더는 기재할 여백이 없어 새 통장으로 교체하려고 서 있었다. 어느새 양팔을 잡으며 반가이 흔드는 어르신이 있었다. 이미 여러 날 전에 남편분의 장례를 치른 분이다. 황당하고 부끄러웠다. 장례식에 참배치 못했는데 손을 잡는 어르신에게 죄책감이 들었다. 많은 조문객 중에는 내가 있었을 것이란 생각을 한 것만 같아 민망스럽기도 했다.

나이가 들수록 힘들고 어려운 일 중의 하나가 부조하는 일이다. 젊었을 때는 벗이 없어도 잔칫집이나 상갓집에 가면 어울릴 수 있는 사람들이 많았다. 스스럼없이 끼어들어 같이 어울리는 게 전혀 어색하지 않았다. 나이 들면 혼자 가기가 싫다. 어쩌다 가면 외톨박이가 되기 십상이다. 점점 부조 가는 길이 힘들고 멀어진다. 아내에게 떠밀어 본다. "잘 다니지도 않고 어울리지도 못했는데 나도 못 가요." 하고 퇴짜다.

아무에게나 벗하고 같이 가자고 할 수가 없다. 부조에는 봉투가 필수이기 때문이다. 연관된 사람을 찾아본다. 다행히 자기도 벗을 찾는 중이라는 말을 들을 때면 참 반갑다. 시간과 장소를 약속하고 가는 길은 외롭지 않아 좋다. 내가 일을 당했을 때 부조를 받았는데 상대방이 부조 받을 일에 찾아보지 않는다는 것은 염치없는 일이다. 차후 만나는 일이 없다면 좋지만, 한마을에 살다 보면 언제, 어디에선가 상면하게 된다. 물론 내색은 하지 않지만 서로 어색할 수밖에 없다.

예전에는 잔치든 장례든 집에서 했다. 집이 크거나 작거나 상관이 없었다. 이웃 간에 담벼락을 허물기까지 하면서 이웃들이 자기 일처럼 했다. 설거지하고 접시를 나르고 장례에는 상여를 메고 삽과 곡괭이로 흙을 파서 봉분을 쌓았다. 봉분 앞에 동네 사람들이 잔을 올리고 절을 했다. 봉투에 돈 몇 푼으로 부조하는 게 아니라 몸과 마음으로 부조를 했다. 잔치에는 모여들어 돼지를 잡았다. 어른들은 마당에 천막을 치고 젊은이는 산에 가서 싱싱한 소나무 가지를 쳐다 대문 앞에 솔문을 세웠다. 장례든 잔치든 모두가 자기 일처럼 나서서 도왔다. 진짜 상부상조였다.

일가들과 동네 사람들이 우글거렸다. 가고 오는 사람들의 소문으로 모르는 일이 별로 없었다. 무턱대고 혼자 가도 전부 아는 사람들이다. 장례 때는 같이 슬퍼하면서 잔을 기울이고, 잔치에는 큰소리로 웃으면서 축하의 잔을 들었다. 안주가 모자라면 아는 사람 이름만 부르면 새로운 안주가 오니 거나해 일어서는 일이 흔했다. 이게 부조였다.

상전벽해라는 말을 실감하게 된다. 며칠 지나서야 예식장에서 잔치했다던가, 장례식장에서 삼일장으로 화장하는 곳으로 가서 장례를 마쳤다는 소문을 들을 때도 있다. 가까운 동네가 아닌 떨어진 동네 소문을 듣는 일은 쉽지 않다. 집에서 할 때는 걸어 다니는 사람들이 홍보요원 역할을 해서 쉽게 정보를 얻을 수가 있었다. 예식장은 다른 마을에 있고 장례식장은 동떨어져 있다. 가고 오는 사람들 모두 차를 타고 다닌다. 그만큼 소문 듣기 어렵고 간혹 부조를 놓치는 경우도 생긴다.

나이가 많아짐에 따라 벗이 없으면 인편에 부조 봉투를 보낸다. 직접 대면해서 위로도 하고 경사에는 손을 잡고 흔들며 축하를 하는 일이 부조의 기본인데 직접 전하지 못할 때는 기분마저 찝찝하다. 물론 피치 못할 사정으로 직접 대면하지 못하는 경우도 있다. 나중에 만나면 전후를 털어놓고 미안한 마음을 전하면 되지만, 몰라서 못 갔다고할 때 더 미안하고 그래서 더러 만남을 피하는 때도 있다.

농협에서 손을 잡던 어르신네 집을 찾았다. "삼촌" 하면서 들어섰지만, 아무도 없다. 평상시 두 부처만 살던 집에 군식구가 있을 리 없다. 예전 같으면 장례 치른 후 방 한 칸에 조그만 상을 차려 놓고 술한 잔과 과일 몇 알 올리고 앞에는 언제나 절할 수 있도록 준비를 했다. 설령 늦게 찾아도 주인이 있건 없건 잔을 갈아 올리고 절을 올릴수 있었다. 지금은 장지에서 눈코 뜰 새 없이 돌아가는 세태에 맞춰제사 이전에 이루어지는 모든 제례는 한데 묶어 축을 고하는 것으로모두 마무리해 버린다. 간소해졌다. 집에는 장례를 치렀던 흔적도 없다. 방문을 열고 베개 위에 부조 봉투를 놓고 나왔다. 그나마 돌아서는 발길이 가벼웠다.

내가 가진 재산이 많든 적든 간에 내가 노력해서 마련한 것 외에는 전부 부조 받은 것이다. 조상에게 받은 게 없다고 투덜대는 사람도 많지만, 몸뚱이 하나는 정확히 부조 받은 게 아닌가. 나머지는 일이 있을 때마다 고맙게 쥐어 준 부조로 이루어져 있다. 빚을 지며 살아왔다. 살아있는 동안은 받은 부조를 돌려주는 일 열심히 해야 한다. 조상 은혜 잊지 않고 제사, 명절, 벌초를 정성으로 하고 주변으로 받은 부조해준 당사자들 일을 당했을 때 열심히 찾아다니며, 내가 일을 겪을 때 찾아줘서 고맙다는 마음으로 갚는 일이다.

부조는 봉투를 가득 채우는 것만이 좋은 것은 아니다. 많고 적음을 떠나 마음을 담는 일이 더 중요하다는 생각을 해본다. 내가 겪은 일 중에 생각보다 많은 금액을 받았을 때 오히려 부담되는 경우도 있었다. 부조는 공짜가 아니다. 납부 기일이 정해지지 않은 대출금이다. 나중에 갚아야 하는 사람의 입장도 생각하는 보편적인 부조가 좋겠다는 생각을 해본다. 부조도 시대 흐름과 경제에 비례한다. 이십 년 전에 모친상 때는 나이 많은 분들은 오천 원도 많았고, 만원과 이만 원이 주를 이루었다. 삼만 원 이상은 몇 안 되었지만, 조금은 특별한 사이였다.

이제는 경제 선진국이다. 오만 원 지폐가 만원 지폐보다 흔한 세상이 되었다. 오만 원 지폐가 나오기 전에는 삼만 원이 보편적인 부조금이더니, 오만 원이 자리를 잡았다. 삼만 원 부조 받고 오만 원 부조하려니 좀 거북하지만, 지금 오만 원으로 당시 삼만 원어치 물건을 도저히 살 수가 없다. 금액을 따지는 게 아니라 서로 마음을 주고받고 하는 일에 금액이 무슨 소용인가. 나이 들어감은 슬프지 않은데 같이 부조 다닐 벗들 줄어든다는 게 큰일이다.

아이들 잔치하면서, 어른들 장례 하면서 참 많이도 고마운 분들 부조를 받았다. 내 생전에 이분들 모두에게 부조할 수 있었으면 좋겠다.

용왕님

수평선에는 조그만 섬 하나 외로이 산다. 날씨가 쾌청한 날에는 조
그만 섬의 동생 모습도 아련히 볼 수 있다. 바다는 어린 날에도 나이
들어서도 볼 때마다 마음이 뻥 뚫리는 듯 시원하다.

바다가 이웃인 나는 시간이 나면 늘 바다에서 동서로 끝 간데없는
수평선을 마주하고 서서 추억을 떠올리거나 답답한 일도 하소연하면
서 자랐다. 때로는 곱게 물든 석양의 까치놀을 보면서 고비살살 천진
하게 뛰놀던 동무들 소식을 묻기도 한다. 바다는 하루도 똑같은 모습
이 아니다. 바닷물은 하루에 두 번 수평선 쪽으로 갔다가 육지 쪽으
로 왕복한다. 한번 왔을 때 표시하고 그어 놓은 선을 다음에 왔을 때
는 못 미치거나 넘어선다. 너울의 모습도 거의 같은 날이 없다.

바다의 해초와 모든 수산물은 용왕님이 관리한다. 물고기가 자라
고 해초가 자라기 전에는 높은 파도와 바람으로 방어를 하면서 함부
로 침범하지 못하게 막는다. 이를 어기고 들어가거나 항해를 하면 노
하여 벌을 내리거나 죄가 중할 때는 엄청난 벌로 다스려 다시는 가
족과 만나지 못하게 되는 경우도 있다. 안전한 항해를 위해서 만반의

준비를 하지 않고 용왕님을 업신여기면 응분의 대가를 치러야 한다. 용왕님 계시는 가까운 곳에서 해산물을 얻는 해녀라고 불쌍히 봐 주는 일도 없다. 욕심을 부리면 꼭 대가를 치르게 하는 냉정한 용왕님이시다.

어촌의 봄은 용왕님이 겨우내 키운 톳을 공동으로 채취하는 계절이다. 입춘이 지나면 물때를 계산하고 썰물에 많이 밀려난 톳이 자라는 갯바위를 더듬거리며 채취를 한다. 젊었을 때는 들쭉날쭉 위험한 바위를 날아다녔다. 동네 어르신이 굼뜨면 게으르거나 요령 피우는 줄 알았던 그런 시절이 나에게도 있었는데, 지금은 아예 기어 다니는 꼴이다. 톳 마대를 운반하는 것은 어림도 없고 마대에 담는 역할을 한다. 요즘 톳은 길이도 짧아졌고 갯바위가 하얗게 변하면서 톳의 뿌리마저 자리를 잡지 못한다. 육지의 우심한 오염이 용왕님의 심사를 어지럽게 한 것일 터이다.

여름이 오는 길목 보리 이삭 끝이 노릇해질 때면 용왕님의 선물은 천초다. 해마다 같은 장소에 같은 물량을 주는 것 같아도 조금씩 다르거나 때로는 많은 차이를 보이는 때도 있다. 모든 게 용왕님의 뜻이라 무어라 투덜댈 수가 없다. 천초가 깊은 곳에만 있는 게 아니라 얕은 곳에도 돋아나 있어 나이 많은 해녀도 실력 발휘를 오랜만에 할 기회를 만난다. 때로는 젊은 날에 하던 것만 믿고 준비나 예행연습도 없이 섣불리 덤볐다가는 영락없이 용왕님이 지켜보다가 데려가 버리기도 한다.

천초가 무성하게 자라는 시기에는 미역도 가느다란 허리로 가는 밀물 오는 썰물에 교태를 부리며 튼실하게 성숙해 간다. 이때 미역 맛이 일미다. 미역과 천초 맛을 즐기는 성게와 군소가 있다. 성게 속 알은 노랗게 살이 찌고 군소는 비만으로 둔해졌는데 암수가 사이좋게 사랑을 나눌 때 한 번에 두 마리를 잡는 즐거움은 잡아 본 사람만 안다. 이때쯤 소주병 옆에 차고 호미 하나 달랑 들고 가서 미역 펴 놓고 성게 노란 알 떡하니 얹어 소주와 함께 목 안을 넘기는 맛! 이 맛도 먹어 본 사람만 안다.

나는 용왕님을 좋아한다. 안주 생각이 나면 무조건 바다로 간다. 용왕님은 갈 때마다 안주를 내어준다. 돌을 뒤집으면 소라, 성게, 오분자기, 보말, 해삼 운이 좋은 날에는 낙지나 문어를 잡는 날도 있다. 담벼락에 바짝 붙어사는 굵지 않은 대나무 몇 개에 낚싯줄 매어 던지면 어렝이, 보들레기, 배고픈 우럭이라도 낚는 날이면 이야말로 횡재다. 저녁상에서 영웅이 되어 아내에게 내가 이 정도는 되는 사람이라고 빈 잔을 들어 보이면 소주를 따라주면서 웃는 아내가 예쁘고 고맙고 해서 아내가 즐겨보는 연속극을 눈 비비며 같이 보는 것으로 보답을 한다.

아내는 용왕님을 모시는 열렬한 신자다. 처음에는 일어서면 배꼽 닿는 깊이에서 점차 키를 훨씬 넘는 곳을 넘나들더니 드디어 해녀가 되었다. 입어하는 첫날이면 새벽에 하얀 백지에 쌀을 넣고 정성스레 싸매고 용왕님이 사시는 바다에 조용히 집어넣는다. 벌써 오십 년! 성심으로 모시고 두 손 모아 고개 숙이고 나서 테왁을 챙긴다. 바다가 곧 직장이다. 밭에서 일할 때도 물때를 생각하고, 감기에 밤새 기침하면서 시달려도 물때가 되면 어김없이 바다로 나간다. 비가 오든 눈이 오든 입어할 수 있는 여건만 되면 무조건 출근이다. 해산물이 많고 적고 따지지 않는 용왕님의 열혈한 신도다.

파도 높은 날 넘실대는 너울에 몸을 맡기고 물 위 테왁에 목숨을 담보해 놓는다. 용왕님이 계시는 물속을 들락날락하면서 배꼽에서부터 올라오는 숨비소리가 바다를 건너 육지에 닿는다. 까만 고무 옷을 동료로 아는지 돌고래가 떼 지어 곁에까지 와서 껑충거릴 때면 깜짝 놀라기도 한단다. 침착하게 달래는 소리 "물아래로, 물아래로" 하면 희한하게 알아듣고는 피해서 멀리 떠나간다는 게 아닌가. 까만색끼리는 서로 통하는 게 있나 보다.

입춘이 지났지만, 소한과 합의가 잘 안 되었는지 어떤 날은 찬바람과 높은 너울을 소한이 지배하고 어떤 날은 바람도 자고 너울마저 수런수런 이야기하며 오가는 평화로운 입춘이 다스리는 날이 있다. 해녀는 이들과 타협할 수도 없지만, 웬만한 조건이면 집을 나선다. 집 안에 있으면 견딜 수가 없다. 설령 입어를 못 해도 해녀 동료들이 모이는 곳에 가야 마음을 놓는다. 물때에는 입어하든 못 하든 얼굴이라도 봐야 한다. 어제도 만났는데 무슨 할 말이 그리 많은지, 오늘도 조잘조잘 말 많은 게 용왕님 신자들인가.

오늘 오전은 입춘이 오후는 소한이 지배한다는 기상청 예보다. 좀처럼 같이할 수 없는 조반상에서 너무 멀리는 가지 말라고 단단히 귀띔을 했다. 점심 이후에 바람 소리가 달라진다. 바닷가로 가서 물 위에 둥둥 떠 있는 테왁들을 본다. 잘하는 상군은 멀리 있고 깊은 곳으로 나가지 못하는 해녀는 가까운 곳에서 숨비소리를 내고 있었다. 점점 바다는 거칠어지고 있다. 제발 무사하기를 경건한 마음으로 빌었다.

'용왕님! 불쌍히 여기사 안전하게 지켜주십시오! 모두가 심청입니다. 눈먼 아버지도 있고 제 역할 다 못하는 지아비와 자식들 책가방 끈을 놓게 할 수가 없습니다. 자식들 결혼식도 올려줘야 하고 사람 구실을 하려면 용왕님의 도움이 절실합니다.'

눈을 들어 먼바다를 보니 무심결 나도 용왕님의 신자가 되어 있었다.

계자系子의 삶

섭씨 35도를 넘나드는 중복의 불볕더위 속에서도 공동묘지에는 새로운 묘가 하나 늘었다. 향불 앞에 엎드려 우는 미망인과 자식들은 더위를 잊었고 묘 주위에 고개 숙인 사람들 이마에는 구슬 같은 땀방울이 흐르는데 움직임을 멈추었다.

나의 처갓집은 처남 4명과 처제가 2명이다. 내가 장가갔을 때는 건강한 장인 장모와 백발이 성성한 할머니까지 그야말로 대가족이었다. 집사람보다 다섯 살 위인 오빠는 장가를 가서 이웃집에 따로 살림을 차렸다. 큰딸인 집사람이 출가했어도 여덟 사람이 한 울타리에 아옹다옹 재미있게 살았다.

장가들고 한참 지난 후에야 손위 처남이 할아버지의 형 되시는 분에게 아들이 없어 계자로 정해졌다는 것을 알았다. 할아버지의 형은 딸만 두었는데 얼마나 끼 있게 키우셨는지 남자보다도 강했고 술이 없으면 말 한마디 하지 않는 손위 오빠(나에게는 장인)에게 또박또박 가르치려 하는데 노상 장인은 꼼짝을 못 한다. 장인의 4촌 누이가 집안의 대장이다. 계자로 정해진 큰처남도 처자식도 당 부모보다 고모의 의지를 따랐다.

　술을 워낙 좋아했던 장인은 취하면 사사건건 고모 편에서는 자식이 섭섭해서 내 자식이 아니라 양자를 간 자식이라고 나무랐다. 당부모와 자식 간에 거리가 생기는 계기가 되었고 이를 보고 자라는 형제들도 간격이 벌어졌다. 주위에서는 장인의 잘못이 크다고 하지만, 장인의 입장에서 보면 친자식임에도 불구하고 자기 뜻과 자주 충돌하는 큰아들이 계자로 옮겨갔기 때문이라고 생각하고, 섭섭한 마음에서 한 게 아닌가 동정을 해 본다.

　건강하시던 장인은 칠십도 채우지 못하고 불의의 사고로 돌아가셨다. 장례를 치르면서 할아버지의 형님 계자로 정해진 큰아들을 상주로 하느냐 상제로 하느냐 하는 문제로 다투었다. 고모(장인의 4촌)는 우리 쪽인데 상주는 안 된다는 것이고 나는 차례대로 서야 한다고 우겼다. 고모 쪽에서 보면 계자지만, 같은 형제 입장에서 보면 제일 위인데 어떻게 밑에 설 수 있느냐는 것이다. 결국 당 부모라는 점에 이해하고 상주로서 장례를 치를 수가 있었다.

　대·소사를 치르면서도 큰아들의 위치를 지킬 수 있도록 도왔다. 형님도 나의 마음을 헤아려 허심탄회하게 술잔도 나누면서 서로 사이좋게 지냈다. 밭갈이를 못 해서 걱정을 하면 바쁜 중에도 옆 마을에서 트랙터를 몰고 와서 밭갈이도 해 주곤 했다.

　그렇게 지내면서도 큰처남이 양가를 살펴야 하는 불편한 삶을 느낄 수가 있었다. 낳아 주고 길러 주신 부모님과 함께 자란 형제들을 외면할 수도 없고, 계자라고 감싸 도는 고모님을 외면할 수도 없다. 슬기롭게 피해 가는 것도 한마을에 살면서 대·소사 때마다 부딪쳐야 하는 처지에서는 쉬운 일이 아니다.

친부모보다 고모 쪽에 기울어진 모습은 결국 며느리와 멀어져 갔다. 큰처남이 본가를 등한시하는 데에는 며느리도 한몫한다고 생각을 했다. 오히려 아들보다 며느리가 주원인이라고 원망을 더 하셨다.

남들 눈을 의식해서 장모 장례까지는 아무 일 없이 넘겼다. 장모 첫 제사 때에는 여러 번 전화를 해도 받지를 않는다. 제사 지내는 곳은 시내이고 큰처남은 촌에 있어 직접 가 볼 수도 없다. 그래, 당 부모 제삿날도 모르겠냐면서 늦어도 오겠지 하고 기다렸지만, 끝내 오지를 않았다. 남은 가족끼리 제사를 지내면서 그렇게 섭섭할 수가 없었다. 그 후 얼마 지나지 않아 몹쓸 병에 걸려 병원에 갔다고 소문은 들었지만, 그렇게 달려가고 싶은 마음은 없었다.

많은 사람이 오가는 장터에서 서로 부부지간에 마주쳤다. 조금은 수척해진 모습이었다. 먼저 인사를 했다. 쳐다보더니 고개를 옆으로 돌린다. 그 후에도 몇 번 시도했으나 반응은 같았다. 예년 여름은 무더운 중에도 비 오는 날이 섞여 더위가 잠시 주춤하기도 했는데 올해는 유난하게 소나기 한번 오지를 않는다. 땀을 식히는 저녁 갑자기 처남이 사망했다는 연락이 왔다. 환자 몸으로 무더운 날씨에 당근 파종 준비한다고 농협까지 왔다가 집에 가서 환기가 덜된 찜통 방안에서 지켜보는 사람도 없이 혼자 쓸쓸히 눈을 감았다.

밤새 몸을 뒤척이면서 지난날들을 돌아보며 고민을 했다. 그리고 처남은 계자로서 무척 슬픈 삶을 살았다는 마음으로 망인을 이해하기로 했다. 다음 날 아침이다. 일찍 일어나 입관 참여를 하면서 가족들의 참여를 독려하고 정성을 다하여 장례를 치를 수 있도록 협조를

다 하자고 하였다. 우리 사정을 잘 아는 주위 분들이 열심히 돕는 모습을 보면서 조금은 의아해하는 눈치였지만, 동생들 모두 맡은바 열심히 돕고 눈시울도 붉히면서 진정 장례식다운 장례를 치렀다.

당 4촌 간에는 굳이 계자를 정하지 않아도 조상님 제사, 명절, 벌초를 한다. 대를 잇지 못하는 것을 우리 조상들은 큰 죄로 알고 살아왔다. 아무런 혈연 관계없어도 입양을 하고 친자식보다 더 보살피는 사례는 흔한 세상이 되었고, 아들·딸 구별 없이 균등한 가족제도도 정착되어 간다. 그러나 우리 사회는 아직 족보사회다. 입양도 좋고 아들·딸 구분 없어져도 좋지만, 족보가 존재하는 한 계자도 존재할 것이다. 양자 또는 계자로 옮긴 당 형제간에 사이가 별로 좋지 않은 모습을 주위에서 간혹 볼 수가 있다.

아무리 계자가 되고 양자가 된다 한들 어찌 낳아 주신 부모님을 멀리할 수 있을 것이며 보낸 부모인들 내 자식이 아니라는 생각을 할 것인가? 계자로 삼은 쪽이나 보낸 쪽이나 공동의식을 가지고 당사자 입장에서 배려하는 것이 집안의 평화와 안녕을 위해서 좋을 것이라는 생각을 해본다. 대를 잇는 조건으로 계자로 명명하고 재산을 쥐여 주고는 너는 이쪽 편이라는 목줄을 매달고, 받은 재산을 놓칠세라 충성을 하면서 친부모, 형제들과 좀 더 친근하게 지내지 못하고 불편한 간격을 유지하다가 돌아가신 큰 처남의 슬픈 삶에 마음이 아프다.

'그동안 저희 동생들의 원망과 미움도 당신의 묘와 함께 묻힐 것입니다. 이제 모든 어려움에서 해방되어 영면하기를 빌며 향을 올립니다.'

잠수 굿(해신제)

쿵·쿵 쿵·덕 쿵 북소리 울린다. 겨우내 찬바람과 거친 파도의 짠 바닷물을 뒤집어쓰면서도 바위틈새를 움켜잡은 숨비기 가지에 연초록 새싹이, 진초록으로 변하는 4월, 완연한 봄날이다. 매년 이맘때면 한 해도 거르지 않고 바닷가에 병풍 둘러쳐 놓고 잠수 굿을 한다. 꼬마 아이가 겨우 숨을 만한 조그만 굴 앞 오십 평도 안 되는 암반 분지가 그 무대다.

넓은 갓을 쓰고 하얀 도포 위에 형형색색 화려한 의상으로 단장한 박수무당의 모습은 꼬마들의 눈에는 신기하기만 했다. 오랜만에 정성껏 곱게 차려입은 어머니 할머니들은 꽹과리 소리 따라 두 손을 모으고 비비면서 수없이 절을 한다. 떼 지어 둘러선 꼬마들은 굿 구경도 좋지만, 언제 굿이 끝나 제물을 나눠주나 기다리는 것이다. 아이들뿐 아니라 동네 구경꾼도 마찬가지였다. 자리를 뜨면 계면떡 한 조각 받을 수 있는 기회를 놓칠세라 주변을 뜰 수가 없다.

구경하던 여자아이가 자라 해녀가 되었다. 박수무당의 훤한 체구와 시원한 염원 소리 사라진 지 오래되었고, 정성스레 손 비비던 할머니도 보이지 않는다. 굿판 벌이던 조그만 암반 분지도 꼬마들이 본부라고 아끼던 굴도 사라져 흔적이 없다. 시멘트로 메워진 위에 해녀 탈의실 · 목욕탕 · 작업실이 자리했다.

하얀 광목 수건 · 저고리 입고 잠수하던 시절부터 고무 잠수복 입고 잠수하는 시대로 변했지만, 철새가 때가 되면 가고 오듯 매년 잠수(해녀) 굿을 앞둔 해녀는 가슴속에서부터 굿을 한다. 예전에는 하늘을 지붕 삼아 굿을 하려니 궂은 날씨에는 어려움도 많았지만, 지금은 현대화된 건물 안에서 할 수 있다는 게 여간 다행스럽지 않다.

차츰 심방(무당)이 사라져 간다. 예전에는 가족 중에 대를 이어 단절이 없었다. 언제부터인가 천시하는가 싶더니 주변에서 점점 보이지 않는다. 신내림이라는 게 아무나 주고받을 수는 없다. 어쩔 수 없이 타고난 팔자라고 한탄하는 심방도 있다. 주위에서 멸시하는 눈총 때문에 가슴에 흐르는 심방의 맥을 끊으려고 아파하면서 참고 견디는 사람도 있다. 지금은 무형문화재로 인정하고 행정으로부터 도움을 받게 되어 다행스럽다. 우리 마을에는 여자 심방이지만, 대를 이어 현존하면서 마을 대 · 소사를 집행하는 게 여간 고맙지 않다.

해녀 결산총회에 간 아내가 투덜거리며 화가 잔뜩 난 얼굴로 돌아와서 마당 가 평상에 앉는다. "허구한 사람 중에 왜? 하필이면 나를 지명하냐고." 하면서 해녀 회장으로 지명된 것에 대한 불만이다. 조금 있으려니 해녀 서넛이 몰려오더니 "회의 중에 뛰쳐나가면 되느냐?" 돌아가면서 순번제로 하는 일 못 하겠다면 어떡하느냐고 사정 반 협박 반이다. 구경하다가 한번 거쳐 갈 것이면 조금이라도 젊을 때 하는 것도 좋겠다고 등 떠밀어 보냈다.

입어 첫날 하얀 백지에 쌀을 곱게 싸매고 안녕을 기원하는 일, 어촌 계장과 함께 돌아보는 행사 · 교육 등등 생각보다 바쁘다. 썰물로 드러난 바닷가를 뒤집으며 작은 소라를 잡아가는 사람, 보호 중인 해산물을 채취해 가는 사람들을 감시하는 일도 쉬운 일이 아니다. 그중에서도 잠수 굿 준비할 때면 더 큰 신경을 쏟는다. 현장에 금줄 치고 이틀 밤을 지킨다. 간부들은 솔선해서 대청소를 하고 부정이라도 탈까 봐 몸 관리, 주변 관리를 철저히 한다. 해녀 회장 · 간부들만 어려운 게 아니라 혼자 살림하게 된 남편도 어렵다.

잠수 굿 날에 비가 많이 온다는 예보다. 하필이면 집사람이 주관하는 해에 비가 많이 온다니 난감하다. 혼자 일찍 일어나 마당을 보니 벌써 비가 내리는 중이다. 제발 많이 내리지 않기를 바라면서 희뿌연 하늘에 하소연해 본다. 건물 안이라 어려움은 없겠지만, 방문하는 사람들 구시렁대고 해녀들은 해녀 회장 복이라고 원이라도 듣지 않을까 걱정이다.

마을지도자와 해녀 가족뿐 아니라 풍어를 기원하는 굿이라 배를 운영하는 사람, 해녀를 보호하는 관련 기관, 수산물 거래하는 사람 등 많은 방문객이 찾는다. 해녀들의 무사 안녕과 풍성한 수확을 기원하는 마음으로, 엄숙히 절을 하면서 예를 올리고 부조를 한다. 방문객을 대접하기 위해 마련한 음식이 일반식당과는 유별나다. 바다에서 직접 채취한 싱싱한 해산물이 주류다.

심방이 축원하면서 먼저 간 해녀들의 명복을 빌 때 훌쩍거리며 콧물 닦고, 무사 안녕 기원할 때 두 손 모아 절하며 눈물 닦는다. 나이 지긋한 해녀 분이 옆구리에 바구니 끼고 뿌리는 좁씨(조의 씨앗)는 소라 · 전복 · 천초 같은 모든 수산물의 씨앗이 되어 풍성한 자원을 주십사 하고 용왕님께 기원하는 것이다.

굿의 백미는 짚으로 만든 조그만 풍선에 정성껏 차린 제물 일부를 골고루 싣고 썰물에 띄워 보내는 일이다. 배가 흔들거리며 멀리 갈 때까지 두 손 모아 절하는 해녀가 한없이 거룩해 보인다. 영등할망과 용왕님 곁으로 무사히 항해했으면 좋겠다.

아내가 회장이 아닐 때도 복전을 올렸다. 그때도 정성을 다해 절을 했는데, 이번에는 아내의 염원과 함께 마을 해녀 분들 모두의 안녕과 풍성한 수산물 채취를 기원하는 큰절을 올려야겠다.

연극

우연히 신문광고를 보았다. 드라마와 영화에서 눈에 익은 배우가 화려하게 눈앞으로 다가온다. 제주에서 민들레라는 연극을 한다는 광고다. 소풍을 앞둔 학생처럼 설렘과 보고 싶다는 충동을 느꼈다. 천만 관객이 보는 영화는 부부동반으로 같이 몇 번 보았지만, 연극은 본 기억이 없다. 딸에게 전화해서 "네 어머니가 연극을 한번 보았으면 하는데" 가능하냐고 물었다.

모처럼 하는 부탁을 들어줄 거라는 확신이 있었다. 아내에게 말 한마디 없이 거짓으로 한 것은 둘이서 본다고 해야 관심을 더 갖게 하기 위함이었는데, 어쨌든, 성공이다. 예약했다는 연락을 받은 후에야 아내에게 알렸다. 아내는 쓸데없이 했다고 타박은 하면서도 싫지는 않은 눈치다. 일주일이라는 여유가 있었지만, 밭에 조그만 창고를 짓는 마무리 작업과 겹친다. 인부들은 주인이 없어도 잘하겠다는 말을 하며 축하해 줬다.

연지 곤지 바르고 대문을 나서는 아내를 기다리며 마당에 서 있는 시간만큼 지루한 게 없다. 입장 시간이 오후 4시다. 딸네 집에 들러 가야 하는데 오늘따라 더 느긋하게 준비하는 아내가 밉다. 연극 보러 간다니까 여주인공으로 착각하는 건 아닌지 모르겠다. 몇 군데 신호등은 무시하면서 딸과 상봉하고, 마침 전날 야근하고 집에 있던 사위가 운전해서 극장 앞까지 안내했다. 한 사람당 오만 오천 원, 딸이 내미는 입장료를 보면서 뜨끔했다. 영화 관람료와는 비교가 안 되는 금액이다. 관람료를 보지 않고 주문한 것이 다행이다.

무대 위에는 초라한 나무 의자 하나가 동그마니 놓여있다. 주위에는 억새와 나무 몇 그루가 바람에 가끔 흔들리는 나뭇잎, 산만하고 한적한 야산의 모습이다. 조명이 밝아지면서 의자 위에는 소복한 여인이 앉아있다. 한쪽 귀퉁이에서 사십 대 장년이 비틀거리며 나타나서 두리번거리다 의자를 발견한다. 산만한 주위를 살펴보며 묘지 관리가 엉망이라고 일갈하면서 들고 온 꽃다발을 의자 곁에 놓고 꿇어앉는다.

무덤 곁에 초라한 의자에 앉은 여인이 무덤 속에 있는 조강지처 역이다. 술 취한 사내가 무덤을 찾아 직장의 스트레스를 시작으로 딸과 같이 오지 못한 사연을 애절하게 아뢰고 다음에는 꼭 데리고 오겠노라 약속을 한다. 상처한 후 다른 여자를 데리고 사는 속상한 내용을 가끔은 술을 마셔 가면서 조곤조곤 하소연하는 장면이 어쩌면 주위에서 쉽게 볼 수 있는 장면이다.

속상하고 괴로울 때마다 마누라 산소를 찾아온다. 술병을 옆에 끼고 새로 얻은 아내와 불화가 있어도 찾아오고, 딸이 말을 들어주지 않아도 찾아오고, 직장에서 속상했던 일까지 산 사람에게 하듯이 독백하면서 울다 돌아가는 한 사내의 삶을 그린 내용이다. 무덤 속 아내는 측은한 눈으로 보면서 위로의 말을 하지만, 서로 말은 하면서도 듣지 못하는 이승과 저승 간의 주고받는 애절한 장면들이 가슴을 저미게 한다.

처음에 무덤을 찾을 때는 사십 대였는데, 장면이 바뀔 때마다 오십 대, 육십 대, 칠십 대로 분장을 하고 그때마다 내용이 다르다. 우리 삶에서 그리고 주변에서 흔하게 일어날 수 있는 장면이고, 실제 일어나고 있는 일이라는 데 공감하게 된다. 이래서 우리 인생은 연극과 같다고 했나 보다. 남자는 여러 여자를 만나도 그중 한 여자를 잊지 못해 울고, 여자는 마지막 남자를 위해 산다는 데 조금은 공감하게 하는 내용이다.

무덤 주인 마누라와의 사이에 낳은 딸이 도둑놈 같은 사내를 만났다. 그렇게 말리는데도 부득불 결혼하겠다고 해서 오늘 딸을 예식장에서 신랑에게 넘겨주고 왔다고 하소연한다. 돌아서는 남편 뒷머리에 그 딸은 당신 딸이 아닐 수도 있다고 위로한다. 며칠 후 찾아온 사내는 새로 얻은 아내에게서 생산을 못 하는 것으로 친딸이 아닐 수도 있다는 생각이 든다고 했다. 칠십 대 장면이다. 무덤가에서 소주를 마시며 이제는 쉬고 싶다고 무덤을 기대고 눕는다. 아내는 곁에 쉬라고 포근히 안아주는 장면이 끝이다.

한 시간 반 공연이다. 아내는 무엇을 기대했는지 성에 차지 않는 눈치다. 그래도 배우들을 직접 볼 수 있었다는 게 반 본전은 건진 셈이다. 실존 인물 간에 이뤄지는 내용이 아니라 영적인 대상을 상대로 하는 연극이다 보니 감성을 불러내기는 했지만, 현실감에서 떨어지는 느낌을 받았다. 괴로울 때마다 무덤가에서 울고 있는 주인공보다 내가 얼마나 행복한가 하는 생각이 든다.

관람을 마치고 딸네와 식사를 했다. 사위를 아무리 봐도 도둑놈 같지 않아서 좋다. 아름답고 미운 새, 이미 새 당신 얼굴을 본다. 오늘 연극 민들레같이 나보다 먼저 가는 일도 절대 없어야 하고, 술병 들고 찾아가서 우는 일도 없어야 한다. 문득 아내의 건강검진 날짜를 떠 올려본다.

고구마 줄기에 핀 나팔꽃

농가에서는 고구마 농사부터 시작한다. 입춘지나 완연한 봄이 오기 전에 묘판 자리를 시비하고 쇠스랑으로 일궈 놓는다. 지금은 비닐이 흔해서 하우스를 짓고 멀칭을 하고 다용도로 쓰이지만, 처음에는 고구마 온상 하는 데 쓰였다. 비닐넓이에 맞춰 묘판을 만들고 괭이로 고랑을 내어 고구마를 손에 들고 이리저리 살피면서 싹이 많이 나오는 쪽을 위로하여 눕힌다.

흙을 덮고 비닐을 씌워 주면 묘판 작업은 끝난다. 한 부분이 썩어 씨고구마가 되지 못한 걸 손질해서 삶아 호호 불며 김장김치 곁들여 먹으면, 묘판 작업 힘들었던 생각은 저 멀리 사라진다. 한 달쯤 되어야 여린 싹이 고개를 내미는데 이때쯤에는 햇살이 뜨거워질 때라 구멍을 내어 줘야 한다.

보리 뒷그루 땡볕이 시작되고 장마도 출발선에서 신호를 기다리는 즈음, 묘판에서 줄기를 잘라 쟁기로 갈아놓은 밭이랑을 타고 넘으며 심는다. 장마가 먼저 오면 잘라낸 줄기를 음지에 펴 놓았다가 빗줄기 가늘어지면 밭으로 종종걸음이다. 당시 학교의 농업 시간에는 줄기 심는 요령을 실습과 이론을 통해서 배우기도 했다. 그만큼 고구마 재배를 중요시했다. 경제적인 가치도 아니고 더구나 간식 차원이 아니었다. 배고픈 시절을 해결하려는 노력이 절박했기 때문이다.

현대인은 일 년에 고구마를 몇 개나 먹을까. 이보다 좋은 식품이 마트뿐 아니라 주위에 널렸는데 굳이 고구마를 찾을 필요가 없는 풍요로운 세상이다. 6·25전쟁 후 10년까지도 굶주린 시대였다. 영양 결핍으로 얼굴에 버짐과 머리에는 허물이 생겼다. 양푼의 밥을 서로 눈치 봐야 하는 시절에 거지는 시간을 기막히게 알고 깡통을 들고 정지 앞에 선다. 모두가 힘든 시절을 보냈다.

당시에는 소가 끌어주는 쟁기로 밭을 일구고 호미와 낫으로 하는 농사다. 밭 가운데 돌무더기가 군데군데 있는 꼬불꼬불한 조그만 밭에, 오줌을 모아 뒀다가 지어 날랐고 바다에서 해초를 거두어 비료를 대신하면서 힘들게 가꾸었다. 외양간·통시 퇴비도 지어 날랐다. 농부 등에는 늘 지게가 붙어 있었다.

여름작물로는 조, 콩, 고구마가 주 작물이다. 조는 주린 배 채우는 데 일조를 했고, 고구마는 주린 배뿐 아니라 집안 경제에 직접적으로 많은 공헌을 했다. 줄기는 밭담 위에 걸쳐두고 건조 후에는 소가 좋아하는 갈초가 되었다. 고구마는 썰어서 햇볕에 말려 빼떼기를 만들었다. 처음에는 도마 위에서 썰었지만, 나중에 나온 절감기 덕분에 쉽게 작업할 수 있었다.

마을 돌 빌래마다 하얗게 널렸다. 깨끗하게 잘 마른 게 1등급이고 비를 맞아 색깔이 곱지 않으면 등급은 떨어지고 가격 차이도 크게 난다. 전 식구가 매달릴 수밖에 없었고, 밤중에 비라도 올까 잠도 제대로 못 잤다. 일기예보는 믿을 게 못 되었으며 나무 케이스 사각형 금성 라디오 구경도 어렵던 시절이다.

비 오는 소리에 전 식구가 달음질이다. 전기도 없는 밤중, 호롱불에 발차며 달려가 보면 돌 빌래마다 동네 사람으로 왁자지껄하다. 당시에는 이를 힘들다 하지 않았다. 돈을 쥘 수 있는 게 별로 없던 시절이고 배는 늘 고팠다. 영양가 없는 보리밥을 아이에게 양보하다 보면 부모는 허기지고 아이는 배만 볼록해서 배봉탱이 어린 꼬마들이 동네 고샅길에 되똥거렸다.

고구마조차 재배하지 못하는 처지에는 주인이 수확한 밭에서 이삭을 주웠다. 초등학교 가기 전 철부지 때 작은 방에는 어려운 할머니와 아들이 기거했는데, 이삭으로 주워 온 고구마로 끼니를 때우는 사정을 몰랐다. 어머니가 쪄 주는 고구마보다 시들고 작지만, 더 맛있었다. 작은방에서 얻어먹고 오는 나를 왜 말렸는지 이유를 알기까지에는 꽤 많은 날이 필요했다. 학교 오가는 학생 주머니에는 빼떼기가 들어 있었다. 군것질할 게 마땅치 않았고 사탕을 사 먹기에는 사정이 안 되었다.

6·70년대 죽자 살자 고구마 재배하던 분들도, 까만 돌 빌래 널리던 빼떼기도 보이지 않고 주정 공장도 문 닫은 지 오래되었다. 조선통신사 조 엄 선생이 1763년 대마도에서 백성의 배고픔을 달래는 구황작물로 들여온 고구마 전성시대는 배고픈 시대와 함께 지나갔다. 지금은 영양을 중요시하여 품종을 개량하고 있다. 종류도 다양해져 밤·호박·자색 등 계속 선호하는 품종 개발이 이뤄지고 있다.

천 평 이상 재배하던 날이 엊그제 같은데, 겨우 백 평 남짓 재배를 한다. 지금은 줄기를 구매해서 심는 일이 많지만, 예전에는 울안에 구덩이를 파서 씨고구마를 묻거나 정지* 또는 방 한쪽에 정성으로 보관했다. 쥐가 들락거렸다. 하얀 눈이 덮인 구덩이 한쪽 쥐구멍으로 조그만 손을 집어넣고 몇 개 집어서 부모님 몰래 먹는 맛은 천상의 맛이었다.

부부가 빼떼기를 삶아 TV 연속극을 보면서 먹었는데, 옛날 맛이 아니다. 양푼에 숟가락 부딪치며 형제들과 먹던 맛이 나지 않는다. 지금도 잊지 못하는 충 승 100호, 수원 147호 품종이 아니라 더 좋은 품종인데도 맛이 다르다. 품종 개량보다 혓바닥 개량이 너무 앞서가는 것 같아 속상하다.

"야! 고구마에도 꽃이 피었네! 나팔꽃 비슷한데," 꽃을 따 아내를 보면서 보기 드문 일이라고 하며 웃었다. 씨고구마를 자급자족할 때는 보지 못했던 일이다. 현대인들의 선호도 충족을 위해 끊임없이 개량하는 과정에서 나팔꽃 줄기를 접목한다는 것이다. 꽃을 피워 수정하면서 신품종을 개발하는 데 9년 이상 시험 과정을 거쳐 색과 맛이 다른 고구마를 생산한다고 한다. 고구마 줄기에서 나팔꽃 피는 게 신기하지도 않은 세상이 되었다.

주린 배 채워 주고 공책과 연필도 사 주고 고무신도 사 주던 고구마, 그리고 빼떼기는 따스하고 온정 넘치던 세월과 함께 나날이 작아져 간다.

*정지(부엌) 빼떼기(고구마를 썰어서 말린 것) 통시(똥 돼지가 있는 화장실)

제3부

강아지의 눈물

> 자고 나면 새로운 발명품이 생활을 편리하게 하고,
> 세상을 바꾼 위대한 발명품도 많지만,
> 재봉틀도 그중의 하나라는 생각이 든다.

노루

한라산을 오르다 평화롭게 풀을 뜯는 노루 가족을 만나면 그보다 기쁠 수가 없었다. 갓난아기처럼 순한 눈이라도 마주치면 황홀함에 선뜻 발을 떼지 못했다.

귀한 노루들이 오늘날 농민들의 적이 되어 찬밥신세가 된다는 게 가슴 아프다. 그동안 보호 속에서 개체 수가 엄청나게 늘어 분가에 분가를 거듭하다 보니 지금은 해발 100m 이내까지 전입 신고한 지 오래됐다.

관광객의 카메라 초점이 되고 올레 길손들의 구경거리가 되었다. 이 모든 게 자랑스럽게 보호되었으면 얼마나 좋을까? 개체 수 증가에 따른 농작물 피해 때문에 대책을 세워야 하는 게 슬픈 현실이다. 밭 주변마다 담장 따라 형형색색의 그물이 처져 있다. 심지어는 바다에서 숭어 잡던 그물까지 동원되었다. 노루 피해를 줄이려고 농부들이 어렵게 작업을 한 것이다.

2012년 3월 15일 0시 한·미 자유무역협정(FTA)이 발효되었다. 조그만 나라에 넘쳐나는 자동차, TV, 전화기를 비롯한 전자기기와 큰

나라에서 넘쳐나는 곡식, 육류의 관세 장벽을 없애고, 서로 사고팔고 하면서 잘살아 보자는데 무슨 할 말이 있을까마는, 큰 나라에서 들어오는 농·수·축산물을 생산하며 살아가는 사람들의 고통은 너무나 크다. 설상가상으로 정성 들여 키운 농산물이 노루의 먹이가 되면서 고통은 배가 되고 있다.

한라산 주변과 중산간에서 보호받아 가면서 개체 수를 늘려가더니 어느덧 많은 오름 하나하나 점령하고 농경지 부근 숲속까지 깃을 들여 농부와 숨바꼭질하기 바쁘다. 녀석들이 거친 숲 가시덤불 속에 있는 거친 풀보다는 잘 키운 보드랍고 영양가 많은 농작물을 섭취하는 데 어느새 길들였다.

탐관오리 사또 밑에 졸개들 모양 관에 소속되어 함부로 할 수 없다는 것을 아는지 종횡무진 날뛰면서 피해를 주고 있다. 가을에 영양가 높은 콩을 잔뜩 배불리 먹고 유희를 즐기고, 다음 해 오뉴월에 한 마리에서 세 마리까지 새끼를 낳아 식구를 불려 나가니 매년 농작물 피해가 급증할 수밖에 없다.

100만m^2(약 30만 평)에 노루 적정 밀도가 8마리로 알려졌으나 해발 500m 이내에는 36.7마리 600m 이내에는 45.6마리를 넘고 있는 현실이다. 야간에 산림 사이 농로나 산업도로에서 차량에 치여 다치거나 죽는 노루가 흔하다. 노루 피해도 피해지만. 갑자기 튀어나오는 노루에 혼비백산 놀라는 일도 비일비재하다. 이로 인해 자칫 교통사고로 연결될 수도 있는 게 현실이다. 노루가 자주 출몰하는 곳에 대한 방책을 세우는 일도 서둘러야 한다.

2010년 현재 농가 인구는 306만 명(1980년대 1,083만 명) 그중 10명당

3명이 65세 이상이며 우리나라 65세 이상 인구 11.3% 중 31.8%가 농가다. 읍면 소재지 30%는 초등학교도 없다. 고령화 사회가 아니라 농촌에는 이미 고령사회가 눈앞이다. 어찌 힘없는 노인이 노루와 맞설 수가 있겠는가?

국회의원 가운데 농업인을 대변하는 정치인도 점차 줄어만 간다. 농정 정책 또한 농산물 수입 덕택으로 차례상 비용이 줄었다는 도시민들의 기쁜 소리에 농민들의 소리는 점차 힘을 잃고 작아져만 간다. 노루 피해에 따른 대책은 일시적이 아니라 영구적이라야 한다. 일시 보상금으로 달랠 게 아니라 일정한 오름을 선택해서 수용하고 이를 관광 상품화하든지 개체 수를 줄이기 위해서 일정 기간 겨울철 사냥을 할 수 있도록 했으면 좋겠다.

피해 방지 그물도 각개 밭마다 더덕더덕 형형색색으로 할 것이 아니라 일정한 구역을 넓게 그리고 일률적으로 보기 싫지 않게 장치를 했으면 좋겠다. 애써 가꾼 농작물 희망으로 찾아간 밭둑에서 노루가 깨끗이 정리하고 간 흔적을 보면서 헌 신발 뒤 굽을 야윈 손에 움켜 쥐고, 땅을 치면서 힘들어하는 농민들을 도와줬으면 좋겠다.

노루와 농민이 함께 상생할 수 있는 대책이 절실하다. 그래도 근래에는 귀 넓은 선량들이 그물 설치 비용을 많이 지원해 주고 있어 다행이다. 개체 수 줄이는 일에 좋은 머리 써 줬으면 하는 바람이다.

강아지 눈물

　강아지는 40일이 지나면 분양을 한다. 예전에는 다투면서 가져갔는데 요즘은 키우려는 사람이 많지 않아 공짜로 드린다 해도 반가워하지 않는다. 태어난 지 45일이 지나도록 분양이 되지 않아 한 마리를 분양받아 키우기를 원하는 동네 헛뿌리같이 지내는 동생이 있다.

　철물점에 가서 강아지에 걸맞은 줄을 장만하고 찾아갔다. 다섯 마리를 낳았는데 수놈 넷에 암놈이 하나라는 것이다. 수컷 두 마리는 이미 분양된 후라 세 마리 남았다. 그중에 제일 작은 놈인 암놈을 선택해서 분양받기로 하고 동생이 붙잡으려고 하는데, 손에 잡히지 않으려고 발버둥 친다. 형제 중에 울면서 이별하는 모습을 목격한 직후라 더욱 떨어지지 않으려고 발악을 할 테다. 결국, 어렵게 잡아서 넘겨준다.

　두 손으로 가슴에 안았다. 집에 도로 찾아갈까 봐 눈을 가리고 집으로 오는데, 미지의 환경에 불안을 느끼는지 떨고 있는 강아지가 불쌍하다는 생각이 든다. 강아지 체온을 느끼면서 이제 한 식구가 되었다는 생각을 해본다. 예전에는 개를 키우는 집이 꽤 있었는데 요즘은 드물다. 개를 집단으로 키우는 농장은 늘었는데 집에서는 잘 키우려고 하지 않는다. 살림살이 형편들이 여유 없이 바쁜 탓이기도 하지만, 다른 짐승과 달리 헤어지기가 여간 어렵다는 경험을 했기 때문이라는 생각도 든다.

우리 집에서도 예전에 여러 번 개를 키웠다. 그러나 모두 속상한 이별을 경험해야 했다. 아이들이 개를 무서워해서 개는 무서운 동물이 아니라는 것을 인식시켜 주기 위해 내키지는 않았지만, 교육한다는 생각으로 강아지를 데려다 키웠다. 아이들이 껴안고 보듬고 하는 모습을 보면서 많이 웃었다. 대문을 나섰다가 집을 찾아오는 개를 보면 대견했고, 나들이하고 오면 꼬리 치면서 반겨주는 게 더없이 좋았다. 정이 들면서 아이들은 학교에서 돌아와서 보이지 않으면 찾아 나서기도 했다. 이런 맛에 개를 키우는구나 했다.

개는 크면서 점점 자신의 활동 반경을 넓혀 간다. 연애할 시기에는 주인의 말도 잘 듣지 않는 게 사춘기 인간과도 비슷했다. 주인 말을 무시하고 지지리 못생긴 수컷을 쫓아다니더니 신작로에서 교통사고로 죽었다. 신작로 가까이에 사는 사람이나 짐승은 차가 무서운 것을 안다. 그러나 신작로까지 짝을 쫓아 나온 해변 부근에 사는 개는 차가 무서운지 몰랐다. 오직 제가 좋은 상대만 보면서 차를 보지 못해 그만 변을 당하고 말았다. 쓰러진 개의 목을 안고 아이들은 울었고, 나는 삽을 들어야 했다. 그런 일을 겪은 후 개를 키우지 않았다.

개가 무섭다는 손자 녀석이 있다. 손자 중에서는 제일 듬직한 놈인데, 유독 개를 보면 질겁한다. 아마 어디서 혼난 적이 있는가 보다.

마침 분양을 원하는 강아지가 있어 겸사해서 분양을 받은 것이다. 집에 온 강아지는 떠나올 때 기운을 소진해서인지 아주 얌전하게 봄볕을 이불 삼아 졸고 있다. 졸다가도 문득 어미 생각이 나는지 묶은 끈을 힘껏 당기면서 낑낑거리고 몸부림친다. 그 모습이 안쓰러워 안아 주고 보듬어 달래 본다.

밤이 되자 혼자라는 적적함과 무서움이 헤어진 형제 생각, 젖 물리던 엄마 생각, 떠나온 집 생각이 절로 나선 지 끊임없이 칭얼거린다. 그러나 어찌할 방도가 없다. 혼자 저대로 견디고 참아내야 한다. 그렇게 하루 또 하루를 보내노라면 환경에 적응하게 되고, 새로운 주인에게 충성하고 새로운 인연 맺으면서 즐거운 날을 맞게 되리라.

강아지가 두고 온 정든 집과 형제 그리고 젖 물리던 어미 생각에 한시도 잠 못 이루고 애타게 우는 밤, 옆에서 뒤척이는 아내를 본다. 시집보낸 딸이 생각나는 것은 우연일까? 금강산에서는 이산가족 상봉의 구구절절한 사연과 함께 눈물이 손수건을 적신다. 그동안 꿈에 그리며 살아온 세월이다. 자신은 늙어 가면서도 헤어질 때 곱던 모습만을 간직한 채 만나보고서야 너무나 변해 버린 서로의 모습들이 아파서 울고 있을 것이다. 돌아가신 줄로만 알고 제사 지내던 사람을 만나서 울고, 만나서야 비로소 돌아갔다는 사실을 알고서 운다. 떨어져 살아온 세월이 원망스러워 울고, 헤어지면서 언제 또 만날 수 있을지 기약할 수 없어서 운다. 이를 보는 국민의 눈시울은 붉기만 하다.

강아지가 밤새워 운다. 억지로 부모, 형제와 가난하지만 재미있게 살던 곳에서 떼어내 낯선 곳에 감금한 인간 때문에 운다. 사상과 이념이 다르다고 철조망 치고 조국 땅을 분단하여 넘나들 수도 없고,

그리운 사람끼리 소통도 할 수 없도록 한 인간은 강아지 눈으로는 같다고 할까, 아니면 그래도 조금은 다르다고 할는지.

재봉틀

기름 냄새 밴 보일러실 구석진 곳에 늙은 손재봉틀이 한자리 잡고 있다. 언제부터 자리를 잡았는지 먼지가 소복이 쌓였다. 매일 기름 수건으로 곱게 화장하던 모습, 반들거리던 형체는 찾아볼 수가 없다. 기계만 녹슨 게 아니라, 나무 부분도 금이 가고 뒤틀려 재활 가능성도 희박하다. 벌써 쓰레기 수거차에 실어야 했는데 무슨 미련이 남아 아직도 아내의 눈치를 살피는지 모르겠다.

예전에 결혼할 때 신부는 시부모 덮을 이불 한 채에 신랑·신부 이불은 몇 채나 하느냐에 따라 동네 사람들이 구경하면서 평가를 했다. 신부 어머니와 친지들은 신부가 가지고 갈 이불을 장만하느라 모여들어 천을 펴고 솜을 넣고 하면서 몇 날 며칠 바느질을 했다. 신랑 집에 장롱을 들여놓고 이불을 옮겨 놓으면 일단 준비는 끝이다. 신랑 쪽 사람들은 장롱을 열어 보고 잘 차렸다, 못 차렸다고 평가하던 시절에 상방 한쪽에 신부가 갖다 놓은 발재봉틀을 대하는 순간 평가하던 입을 다물었다.

당시에는 재봉틀이라는 말이 생소했고, 너나없이 미싱이라고 했다.

집안에 미싱 있는 집이 거의 없었다. 구경하는 것만으로도 신기했다. 더구나 실패가 돌아가면서 두 개의 천이 하나가 되고 촘촘히 떠가는 실 자국과 드르륵 드르륵하는 소리에 눈을 떼지 못했다. 아이들은 틈만 나면 서로 싸우면서 발판을 눌러 보느라 난리고, 주인은 고장 난다고 건들지 말라고 야단이다.

재봉틀이 없던 시절에는 대나무로 엮은 둥글고 조그만 소쿠리 바늘 상자가 대신하고 있었다. 검은 실, 흰 실을 감은 실패가 들어 있고 크고 작은 바늘이 몇 개 꽂혀 있다. 조상 대대로 넘겨받아 수택이 반들거리는 것도 있고 종이로 포장해서 도배한 것도 있고, 신부가 곱고, 세련되게 장만한 것도 있다. 어느 집안이든 손이 잘 가는 곳에 두어 수시로 사용했다.

옷도 귀하고 천마저 귀하던 시절이다. 한 가지 옷을 오래 입어야 하니 그만큼 쉽게 해졌다. 헌 옷에서 가위로 쓸 만한 부위를 잘라내어 터진 부분에 덧대어, 검은색이면 바늘에 검은 실을, 흰색이면 하얀 실로 꿰매어 입었다.

제일 많이 터지는 부분이 엉덩이와 무릎이었다. 어머니는 낮에 밭에서 땀 흘리며 일하고 와서 천방지축 뛰면서 터진 아들의 옷을 등잔불 아래 한쪽 무릎 세우시고 깁던 모습을 잊을 수가 없다.

옷을 만든 천이 무명인데 거칠기도 하거니와 쉽게 터지기 일쑤다. 가만히 있지 못하고 한창 뛰어다녀야 하는 나이에 어머니는 터진 곳을 기우면서 조심하라 했지만, 대답은 그때뿐 또래들을 만나면 뛰고 뒹굴고 하며 잊어버린다. 터진 곳을 다시 깁는 어머니가 무서워 돌아눕고 잠든 척하던 날도 있었다.

몸에 뭔가 걸쳐야 하는 인간은 태곳적부터 꿰매는 기술을 배워야 했을 것이다. 능력에 따라 잘하는 사람, 못하는 사람이 있을 수밖에 없겠지만, 특히 신부가 되려면 밥하고 바느질은 필수였다. 여자에게 밥하고 바느질시키는 일도 시집보내기 위한 교육이었다. 서툰 며느리만 탓하는 게 아니라 친정어머니까지 진즉 그 어미에 그 딸이라고 욕을 먹기 마련이다. 1900년대 여학교 설립이 활발히 이루어졌다. 학교에서 한복, 양복 재단과 바느질법을 가르쳤다. 비로소 재봉틀 사용법을 가르치면서 길쌈에서 점차 해방되어 갔다.

재봉틀의 최초 발명은 18세기 말 영국의 캐비닛 제조업자인 토마스 세인트가 고안한 봉제 기구 특허권이 인정되면서부터라 한다. 우리나라는 1900년경에 도입되고. 공업용은 1960년 초부터 사용되었다. 미싱의 원뜻은 소잉머신(sewing machine) 소잉은 바느질의 뜻이고, 머신은 기계를 뜻하는데, 당시 일본식 발음으로 미싱이라 부르게 된 것이다. 이후 개발이 거듭되면서 가정용, 공업용뿐 아니라 특수 재봉틀까지 3,000종류가 된다고 한다.

자고 나면 새로운 발명품이 생활을 편리하게 하고, 세상을 바꾼 위대한 발명품도 많지만, 재봉틀도 그중의 하나라는 생각이 든다. 바늘상자는 비상용으로 있어야 하지만, 중요한 물건에서 소외되고 골무 낀 손은 볼 수가 없다. 모두 재봉틀 덕이다.

재봉틀은 봉제 공장을 낳았다. 15세 소녀는 봉제 공장으로 갔고 열시간도 훨씬 넘는 노동시간 속에 수출 산업전선의 일꾼이 되어 한강의 기적을 일군 동력이 되었다. 오늘날 잘살게 된 바닥에 재봉틀과 소녀가 있었다는 생각을 해본다. 요즘에는 젊은 사람은 재봉틀 앞에 없다. 집안에서 드르륵드르륵 돌돌돌…. 재봉틀 굴리는 소리도 없다. 밥도 기계가 하고 재봉틀은 세탁소나 수선소, 또는 옷을 파는 가계에서 40세 이상 된 사람이 바지 끝 정리를 위해 돌리고 있다.

요즘 생산되는 전자제품은 생산할 때부터 언제 수명이 다 된다는 것을 계산하고 나온다. 핸드폰은 2년 정도 지나면 신제품으로 바꾸라고 하고, TV는 10년이면 화면부터 늙어 간다. 제일 멍청하고 계산 없이 영구적으로 만든 게 재봉틀이다. 반세기가 다 되어 가는 부라더 재봉틀. 웬만한 고장은 조금만 기름칠하고 닦아 주면 또 돌아간다.

처음에는 모두가 부러워하던 발재봉틀에서 아내 나이 따라서 편하게 이불 덮고 앉아서 하겠다고 손재봉틀이 되었다. 화려했던 시절도 한때, 이제는 천덕꾸러기가 되어 창고 구석 외로운 곳에 자리를 잡았다.

부부가 늙고 병들어도 버릴 수 없듯, 쓸모없는 재봉틀이지만, 아내와 함께한 세월이 가족 같아 쉽게 버릴 수가 없다. 아내가 며칠 여행 간다는데 고물상이 나도 모르게 주워 갔다고 할까? 머리를 굴려 본다.

마을 대의원

매해 정월이면 으레 마을총회가 열린다. 전년도 마을의 살림살이를 결산하고 새해 살림을 계획하면서 그에 따르는 비용을 결정하는, 연중 제일 중요한 회의라 할 수 있다. 이는 마을뿐 아니라 모든 법인체도 개최하는 시기와 내용이 조금 다를 뿐 공통으로 하는 정기적 행정 행위이다.

마을총회가 대의원제로 바뀐 지도 꽤 되었다. 이전에는 이민 전체를 대상으로 총회가 열렸다. 물론 과반수가 모여야 한다는 향약에 따라 번번이 유회될 수밖에 없다. 궁여지책으로 일주일 간격으로 재공고를 하고 마지막 세 번째는 과반수와 관계없이 집행했다. 칠백여 세대가 사는 마을이다. 성원도 어렵고 장소도 어렵고 해서 부득이 의견을 모아 대의원 제를 택하게 되었다.

잘 살고 큰 마을이다. 백여 명으로 구성된 대의원 총회는 매번 성황이다. 일비를 지급하는 것도 성원을 이루는 데 한몫하고 있다. 행정의 구성에서 연락을 책임지는 반장제도가 있는데, 제일 귀찮아하고 회피하려는 직책이다. 할 수 없이 돌 반장이라 하여 차례로 돌아가면서 맡고 있다. 각 반은 15세대 안팎이다. 고생하는 반장을 배려해서 능력과 관계없이 대의원으로 선임하는 동네가 대부분이다. 그러다 보니 표결하면서 1안에도 손들고 2안에도 손을 들어 책망받는 대의원도 있다.

대의원 총회를 지지하지만, 이 행정에 관심이 있는 사람들이 소외되고 있다는 게 속상하다. 타 법인체는 구성원이 많은 경우도 있지만, 지역이 다르고 교통이 쉽지 않아 대의원제를 택할 수밖에 없는 체제와는 구별이 된다. 마을 회의를 위한 대의원제는 성원을 위한 수단으로 하고, 마을 일에 관심을 두고 회의장에 참석한 이민 모두가 평등하게 발언할 기회가 주어졌으면 좋겠다.

2020년 정월 총회는 유별했다. 회의 진행 중에 동장, 개발위원 24명 중 대다수가 퇴장하는 사태가 벌어진 것이다. 유례없는 일이다. 신임 이장이 정기총회 몇 개월 전에 향약을 개정하여 대의원 구성에서 운영위원(동장과 개발위원)은 제외되었다. 이후 총회 일정 등을 논의하는 운영위원 회의에서 상정된 안건에 대해 찬성과 반대를 해 온 운영위원이 의결권은 없지만, 발언을 통해서 대의원들의 의결권을 행사하는 데 도움을 줘야 한다는 의견에 이장을 포함한 모두가 동의를 했다.

이장이 총회에서 보여준 태도는 이율배반이다. 운영위원의 발언은 처음부터 받아들여지지 않았다. 특히 이장과 직접 관련된 내용이다. 매제의 일이라고 발을 빼지만, 일부 이민들은 이장이 당사자라고 믿는 부동산매입 건이다. 설 촌 이래 농로로 사용해 온 부분이 포함된 부동산이다.

매입 당시 현행도로는 마을에 기부채납 한다고 제반 서류까지 제출했다. 중간에 소송했다는 핑계로 이행하지 않는 사실을 추궁하고 대책을 세우려는 것을 알고 방해를 하려는 것이다. 매입 당시 주민들의 반발을 무마하려는 수단으로 기부채납형식을 보인 게 아닌가 의심되고 혹은 지가상승으로 욕심을 채우려는 게 아닌가 의심이 가는 대목이다. 법치국가에서 유·무효에 관한 자문이라도 얻고 결론을 내야 하는 데 책임자 모습이 궁색하기만 하다. 발언권을 제재하는 것을 지켜보던 운영위원은 퇴장했다.

시끌벅적한 가운데 누구 한 사람 잘잘못을 따지고 바르게 인도하려는 사람도 없었지만, 회의를 마칠 수 있었던 것은 다음날부터 마을제가 시작된다는 것을 크게 의식하고 다투려고 하지 않은 마음이 한 몫했다.

마을의 번영을 기원하는 마을제를 무사히 치르고 운영위원들이 자리를 함께했다. 운영위원 회의에서 이장의 잘못을 추궁하고 농로 문제를 의제로 상정해서 다루자고 의견을 모았다. 마을을 위해서 이장을 중심으로 적극적으로 참여하자는데 이의는 없었다. 다행한 일이기는 한데, 동장은 이장과 일체가 되어야 한다고 강조하는 생뚱한 소리가 거슬렸다.

동장은 행정과 동민의 교량적 역할자로서 의견을 모아 전달하고 건의하고 동네 화합과 소통의 구심체 역할에 무게를 두어야 한다. 이장을 보위하는 직책은 아니라는 생각을 해본다. 때로는 협조도 하고 비판도 할 수 있어야 한다. 무시로 안건이 없어도 동장 모임이 있어야 한다고 강조하는 저의를 모르겠다. 술 생각이 나서 하는 것은 아닌 것 같은데.

운영위원을 법인체 이사와 견주는 사람도 있는 것을 보고 놀라웠다. 이사는 대의원 총회에서 발언을 자제하는 게 통례다. 이사회는 합의체로서 상정된 의안에 의의가 없다. 설령 잘못된 의결은 참여한 이사가 책임지는 제도이다. 특히 합의되지 않은 의안을 책임자가 직권상정하지도 않는다. 마을 회의와는 비교할 수가 없는 것이다.

대의원제를 부실하게 선택하면서 계층별 다양한 소리는 듣기 어렵게 되었다. 특히 젊은이들의 소리가 들리지 않는 대의원제도는 바뀌어야 한다. 앞으로 마을을 짊어지고 가야 하는 젊은이들이다. 적극적으로 참여할 기회를 마련해야 한다. 대의원을 반장 배려가 아니라 각 계각층의 참여와 능력도 배려하는 성숙된 구성을 하므로 써 술잔에 영혼을 파는 흐트러진 소리보다 생산적인 소리가 들렸으면 좋겠다.

신상에 이로우면 악을 쓰면서 성취하려 하지만, 직접적인 관계가 없는 사안에는 관심을 두지도 않는다. 훗날 잘못을 지적받을 수 있다고 생각하는 사람도 찾기 힘들다. 무책임과 이기주의가 판을 친다. 실은 그보다 더한 꼴불견은 술잔에 영혼을 팔아버린 사람이 목청을 돋우는 모습을 볼 때이다. 정의가 사라진 풍토에서 가만있으면 중간은 된다고 생각하는 사람들이 때로는 존경스럽다.

종심의 나이에 목소리는 기어들어 가고 발언을 못 하게 하는 권력자의 힘은 쉽게 다수의 동의를 얻을 수도 있으니 당해낼 수가 없다. 이는 마을 회의뿐인가 국론의 국회 모습에서도 흔히 볼 수 있는 광경

이다. 훗날 나와 같은 생각을 하는 사람을 위해서 기록은 해 둬야겠
다.

잃는다는 것은

　낙숫물을 보는 마음이 예전 같지가 않다. 처마에서 내리는 빗물이 아니라 가슴에서 내리는 서늘한 눈물인 것 같다. 수척해진 막냇동생 병문안을 다녀와서 마음이 편치 않은 탓이리라. 여동생이 울면서 전하는 소식은 들었지만, 마늘 작업이 한창이라 시간을 낼 수가 없었다. 아내가 무릎이 성치 않아 용역에 맡겨 수확하면서 며칠 지나서야 병문안을 할 수 있었다.

　눈코 뜰 새 없이 바쁘다지만 구실일 수도 있다. 모든 일 내팽개쳐서라도 달려가지 못한 자신이 밉다. 예전 같으면 종일 힘든 노동을 해도 피로가 쉬이 풀렸는데, 막걸리를 중간중간 보충하지 않으면 체력이 고갈돼 버린다. 일꾼을 보내고 나면 움직이는 게 쉽지 않다. 어렵게 짬을 내어 찾은 병실에서 죽은 듯 잠이 든 동생을 보면서 차마 깨울 수가 없었다.

　문이 열린 병실 복도를 오가며 동생을 살피는데 잠시 후 힘없이 반쯤 눈을 뜨더니 나를 알아보고 일어나 앉는다. "형님, 한창 바쁠 텐데 어떵해 던 옵디가?" 형을 먼저 걱정한다. "농협에서 검사할 수 있도록 대강 갈무리하고 오기는 했는데 몸은 어떠냐?"

답을 기다릴 필요는 없었다. 병명은 누이가 눈물로 전해 줬고 만난지 얼마 지나지 않았는데, 눈에 띄게 수척해 버린 모습이 답이란 걸알기 때문이다. 환자 앞에서 근심스러운 모습 보이기가 싫어 막냇동생의 하나밖에 없는 아들 이야기를 꺼냈다. 누구보다 제일 걱정하고있을 피붙이다. 부자간에 관계를 너무나 잘 알면서도 묻지 않을 수가없었다. 환자가 가장 보고 싶고 걱정되는 게 있다면 자식이 아닐까싶다.

품어서 키우지 못한 자식이기에 끈끈한 정은 부족해도 어찌 잊은적이 있을까? 백년해로할 운명이 못되어 부부가 이별하면서 자식은어머니를 쫓아 고향을 떠나야 했다. 처자식 보내고 한동안 방황하면서 젊은 세월 허송하다 보니 자식을 위해 무엇 하나 해 준 게 없을 터이다. 지천명이 되어서야 조그만 사업 해보겠다고 했을 때 형제뿐 아니라 친척과 지인들이 정말 잘 되기를 축원하면서 떡을 나눠 먹었다.

어머니는 4남 1녀를 두었다. 서너 살 터울이라 장남인 나와 막냇동생은 열네 살이나 차이가 난다. 어머니 혼자 보릿고개를 오르내리며힘겨워할 때 막내의 아버지 노릇을 할 수밖에 없었다. 성장 후에도걸핏하면 아버지 같은 형님이라고 어려워했다. 막내의 부자간을 보면 어떻게 전대를 닮았는지 모르겠다. 방황하면서도 애면글면 애쓰는 동생을 진심으로 위로하지 못하고 책망만 했던 것은 우리의 성장과정을 연계하면서 원망하는 마음이 식지 않은 까닭이다.

나이가 들면서 많은 정든 이와 헤어져야 한다는 게 제일 슬프다.주위 모든 이웃이 한 가족 같은 시절도 있었지만, 몇 남지 않고 가리산지리산 흩어져 갔다. 좋은 곳으로 옮긴 사람도 있지만, 묘지에서 고운 잔디를 이불 삼은 이들도 숱하다. 떠난 자리는 어찌어찌 생면부지 어색함으로 채워진다. 내게 남은 소원이 있다면 나보다 젊은 사람 먼저 가는 일 없었으면 하는 것이다. 밑에 사람 죽음 앞에 소리 없는 단장의 눈물 흘리는 일 없기를 빌어 본다.

자신의 앞만 보고 달려온 세월이다. 주위를 살피면서 베풀고 어루만질 여유가 없었다. 어렵게 성장하면서 몸에 밴 습성이 밉다. 더 어려운 형제를 포옹하지 못하고 "젊은 놈이 정신 바짝 차리고 쉬운 일만 찾지 말고 남들이 잘하려고 하지 않는 일 하면서 살아." 책망만 했다. 잘되라고 한 말이지만, 그리 잘한 것 같지가 않다.

막내는 공부를 잘해서 학교장 추천으로 수산 관련 학교로 진학할수가 있었다. 가난한 형편에 학비 없이 공부할 수 있다는 것과 졸업 후 장래가 보장되는 희망이 있었다. 일 년 후 B형간염 보균으로 기숙사 형편상 치료를 위해 귀가했다. 치료를 위해 진력할 여유가 없었고 사정을 아는 동생 스스로 생활전선에 뛰어들었다. 한때는 수십 명을 관리하면서 관광 중인 형의 일행을 초대해 준 적도 있었다. 오래가지 못했고 시련이 늘 함께했던 동생을 생각하면 안타깝기만 하다.

최신식 의료기가 국내에 없어 일본에 간다. 진행 과정을 알면 막는 방법도 찾을 수 있으리라는 희망을 안고 간다. 모든 걸 잃더라도 건강만은 놓치지 않기 위해 최선을 다해 보는 것이다. 불편한 몸으로 긴 비행이 걱정이지만, 희망을 포기할 수가 없다.

'천지신명이시여, 너무나 많은 시련을 겪으면서 의지할 곳도 없고 위로 한번 받지 못한 인생입니다. 불쌍히 여기시고 오가는 길 살펴

주십시오.' 생멸은 자연의 섭리이고 목숨의 유한성을 모르는 이는 없다. 생에 대한 축복의 웃음만 줄 게 아니라 사별에 대한 눈물에 힘들어하지 않는 능력까지 주지 않은 신이 밉다.

막냇동생이 크게 한번 웃는 모습 볼 수 있도록 도와 달라고 두 손 모아 빈다.

술 잘 받는 날

황금 개띠 해戊戌年라고 들뜬 분위기다. 예전에는 쥐띠 말띠 닭띠라고만 했는데 언제부터인가 상징적인 수식어가 붙어 다닌다. 이러다가 황금 쥐띠, 황금 뱀띠 나올 날도 있겠다. 어쨌든 싫지는 않다.

분위기가 조금은 차분해지는 일월 말이다. 마을회관에서 총회가 열리고 지난해를 돌아보면서 결산을 하고, 올해 살림살이를 위한 예산에 대하여 의논한다. 이는 여느 마을과 별다른 게 없지만, 올해 우리 마을총회에서는 특별히 다루어야 할 사건이 있다. 이장 당선 무효 소송 사건이다. 고등법원까지 종결됨에 따라 당연히 이민께 보고를 해야 하는 날이다.

제8대 이장선거다. 세 사람이 등록하여 기호도 정해지고 순조롭게 출발했다. 사건의 발단은 선거 관리 규정 중 입후보자는 법인체나 자생단체 임원이면 등록 30일 전에 사임해야 한다는 조항 때문이었다. 한 후보가 다른 후보의 규정 위반을 지적하여 탈락하게 되었다. 선거 관리위원장도 책임을 지고 동반 사임해 버렸다. 나이순으로 호명되어 울며 겨자 먹는 격으로 내가 이어받았다.

이번에는 또 다른 후보가 위반사항이 존재한다면서 자료를 제출한다. 선거일은 임박한 데 보통 난감한 일이 아니다. 마을 선거관리위원은 중립이라 하지만, 몇몇 위원은 후보자별로 나뉘어 있다. 몇 사람 안 되는 위원만으로 결정하기에는 버거워 향약에 정해져 있는 대로 소청심사위에 결정을 맡겼다. 향약에 문제가 있을 때를 대비하여 유지들로 구성된 위원회로서 마을의 대법원 격이다. 장시간 장고를 한 것은 같은 마을 선, 후배 지간이고 친구도 있고, 조석으로 만나는 처지라 쉽게 결론을 못 내렸다. 장고 끝에 결국 자격상실이라는 결론이 내려졌다.

후보자가 한 사람이면 당선인으로 한다는 향약에 의해 당선증을 교부하고 읍에 통보했다. 자격상실이 되자 결과에 불응하여 소송을 준비한다기에 개발위원장과 감사와 함께 4인이 자리를 함께했다. 승복하라고 종용했지만, 재판하면 질 것 같으니까 사정하러 왔냐고 막무가내다. 소청심사위 결정에 문제가 있다면 불복하고 이의를 제기하는 게 타당한 일이다. 심사하기 전에 위원들 앞에서 어떠한 결정에도 무조건 따르겠노라고 언약하고 이 무슨 이율배반인가. 어처구니가 없다.

향약을 준수하여 소청심사위 결정에 따를 수밖에 없는 선거관리위원장이 무슨 힘이 있는가. 정말 비겁하고 남자답지 않은 행위에 부아가 난다. 어쩔 수 없이 마을 차원에서 대책위원회가 꾸려지고 대응할 수밖에 없었다. 이장선거 관련으로 법의 심판을 받는다는 게 마을 위신에 이보다 창피한 일이 또 어디 있겠는가. 어쨌든 고등법원까지 마을의 승소다. 이 사실을 총회에서 이민들께 알려야 하는데 회순에서 빼 버렸다. 패소한 측근에서 이장에게 화합과 포용이라는 명제로 회유해서 못하게 한 것이다.

마을의 기금으로 실행한 재판 내용을 알려야 하는 책임을 저버릴 수 없었다. 대의원들께 자료를 배부했다. 결국, 대의원의 발의로 보고하는 기회를 얻을 수가 있었다. 소청심사위 결정을 존중하겠다고 해놓고 마을을 상대로 소송한 당사자를 성토했다. 반대편에 적극적으로 가담한 사람 중 대표 여섯 사람의 실명도 알렸다. 사과를 요구했다. 불응 시 이민 자격 문제를 다루어야 한다고 목청을 높였다. 당사자 중 왜 실명이냐고 항의를 했지만, 회의 장소에서 부득이 한 경우가 아니냐고 무시했다.

당사자들의 사과도 받지 않고 회의를 끝내는 이장을 향해 부당함을 지적하고 나와서 집으로 향하는데, 마침 회의장에서 끝까지 나의 의견에 동조해 준 사람 중 여섯 사람이 같이 식사하는 모습이 보여 무조건 동석을 했다. 그냥 집에 가기가 싫었다. 맥주, 소주 가리지 않고 건네주는 잔을 모두 마셨다. 돼지고기 내장이 주 안주지만, 오늘 회의 내용이 더 좋은 안주가 되었다. 술이 매끄럽게 잘 넘어간다. 얼큰해서 나왔는데 그냥 헤어지기보다 다른 데 가서 한잔 더 하자고 제안을 했더니 대찬성이다.

새로 개업했다는 단란주점이다. 아직 문 열고 시작하기에는 이른 시간인데 일행 중에 능력자가 있다는 것도 행운이다. 오랜만에 와 보는 분위기가 서먹하지만, 속을 차지하고 앉은 소주가 용기를 준다. 언제 목청껏 불러 보았든가. 몇 곡조 뽑아도 보고 좋은 술과 노래가 있고. 아내한테는 "다른 여자가 옆에만 앉아도 다리가 떨린다."라고 했는데 옆에 앉은 도우미가 곱다.

일행 중 형님뻘 되는 분이 기분 좋다고 메뉴가 단조로운 식당 겸 주점으로 손을 끈다. 집에 가서 저녁 차리라고 하면 아내 눈치 봐야 하는 나이 든 사람들을 위해서 간단히 속을 채우고 가자는데 싫지가 않다. 남자 중에 일차만 하고 끝내는 사람 얼마나 될까? 술이 아니라 분위기에 취하게 되면 혼자 따로 행동하기란 쉬운 일이 아니다. 이런 남자를 이해하는 여자 치고 예쁘지 않은 여자는 없을 것이다.

새벽에 눈을 떴다. 어제 일어난 일들을 재생해 본다. 총회 자리에서 실명을 거론하며 성토했던 일이 생각난다. 재판 과정에서 마을을 상대로 이길 수 없는 소송을 제기한 상대편에 서서 변호에 급급했던 사람들을 호명하고 욕보인 것은 결코 잘한 것은 아니다. 그러나 소송 과정에서 참아 왔던 모든 게 화산이 폭발하듯 제어를 할 수가 없었다. 당시에는 시원한 청량감도 있었고 술도 잘 받았지만, 뭔가 께름칙하다.

도둑이 들면 뒷문은 열어놓고 쫓으라고 했다. 폐회 전에 성급히 피하는 실명 거론된 자들의 뒷모습을 떠올린다. 끝을 보지 않고 희미하게 회의를 마치는 책임자를 부당하다 지적했지만, 지나고 보니 결과를 험하게 매듭짓지 않은 게 다행이라는 생각이 든다. 이번 기회를 계기로 내 코를 남의 손으로 풀게 하는 일도 없도록 하고, 역지사지 처지를 바꾸어 한 번 더 생각해 보는 성숙하는 기회로 삼아야겠다.

축원祝願

범종 소리보다 먼저 일어나 앉았다. 마당 가 감나무에 가녀린 잎 겨우 내민 모습이 엊그제 같은데 아들딸 낳은 후 아낙처럼 크고 두꺼워진 5월이다. 날이 밝으면 찾아온다는 심방을 맞이할 준비를 하고 있다.

우리 마을에는 색다른 풍습이 있다. 검은 돼지를 잡아 신께 제를 올리는데, 털에서부터 내장 어느 부위 하나 빠짐없이 정성을 다해서 올리는 것이다. 식육점에서 삶고, 순대까지 준비해야 하는데 돈도 돈이지만, 근래 몸이 성치 않아 어려워하는 식육점 주인에게 사정하고 허락받는 일이 좀체 쉽지 않다.

돗제다. 예전에는 통시에서 정성으로 키워 바닷가에서 잡는데, 동네 젊은이의 자발적인 도움을 얻을 수가 있었다. 당시에는 십시일반 보통 3년 간격으로 돗제를 했다. 남의 일 같지가 않고 서로 돕는 걸 당연시하던 시절이었다. 개를 잡을 수는 없어도, 돼지 잡는 사람은 많았다. 꼬마들도 구경하면서 무서워하거나 놀라지도 않았다. 잔치 돼지 잡을 때는 따뜻한 간에 소주 한잔하면서 떠들썩한데 돗제 제물 준비할 때는 조용하고 엄숙하다.

심방이 대문 앞에 쳐놓은 새끼줄을 걷어낸 뒤 주재한다. 신을 불러들이고 가정과 연계되는 주문과 함께 그동안 잘 보살펴 주신 데 대한 고마움에 예를 표한다. 시험에 합격시켜 주신 것, 군대 무사히 제대시켜 달라는 것, 결혼해서 잘 살게 해달라고 기원하고 집을 마련토록 도와줘서 고맙다는 인사를 올리기도 한다. 좋은 일이 생겨도 감사한 마음으로 돗제를 하고, 불치의 병이 나거나 사고로 다쳤을 때도 낫게 해달라고 돗제를 올린다. 두세 시간 신과의 소통을 끝내면 이웃 주민들과 준비한 제물을 나눠 먹고 마신다.

언제부터인가 바닷가에서 돼지 잡는 일 구경조차 힘들어졌다. 환경 오염과 동물 학대 모습이 신을 마음 놓고 모시는 일보다 한 수 위가 되었다. 옛 조상 대대로 하던 일을 단절할 수도 없고 대접받았으면 응대를 해야 하고 할 수 없이 고개가 뻣뻣한 식육점 주인께 부탁하면서 제물을 준비해야 하는 수밖에 없다.

부처님이나 예수님 믿고 따르는 것보다 돗제 신을 먼저 모셨다. 춥고 배고팠던 시절 병원 문턱은 너무 높아 엄두를 못 내고 이웃의 심방(무당)을 찾게 되었다. 마당 가운데 멍석을 깔고 환자를 앉혀놓고 굿을 하는 모습을 자주 보면서 자랐다. 굿을 일주일하고 나서도 쾌히 나았다는 소문을 들은 적은 별로 없다. 병원 문턱이 낮아진 좋은 시절이다.

아들·딸 삼 형제 시집·장가보낼 때도 건강했는데, 아내가 폐경 후부터 무릎이 가끔 저렸다. 늙어 가면서 누구나 겪는 일이라고 대수롭지 않게 여겼다. 파스를 붙이고 정상적인 생활을 했다. 3년 전부터

증상이 심해졌고 병원을 찾았다. 마을 한의원에서 침구 시술을 시작으로 병원에서 약과 물리치료에 의존하기 시작했다. 좀체 차도가 없다. 돗제를 한 지 언제였던 가 아득하다. 이참에 조부감절 축원이라도 해보자. 큰마음 먹고 심방도 찾고 식육점도 찾았다.

아내와 같이 찾은 정형외과는 늘 만원이다. 아이들 키울 때는 소아과, 산부인과가 만원이었는데 이제는 제일 한가한 곳이 되고 별로 찾는 환자가 없던 정형외과는 문전성시를 이룬다. 고령화 시대 신바람 난 곳은 정형외과다. 병원장 얼굴 한번 보려면 오래 기다려야 한다. 만나기도 힘들고 만난다 해도, 대기하는 환자가 많아 충분한 상담 기회를 얻기도 어렵다.

병은 하나인데 용하다는 병원과 한의원은 많다. 수술하지 않고도 낫게 된다는 약도 많다. 정형외과를 두루 섭렵했다. 수술까지는 아직 이르니 약물치료를 하자는 게 공통된 진단이다. 진통제로 통증을 완화하면서 지연하다가 결과를 보면서 수술하자는 의사 소견이다. 쪼그리고 앉는 일, 하지 말라는 이야기는 너무나 어려운 요구다. 여자가 서서 하는 일이 얼마나 될까? 약국에서 좋다는 약 거의 먹었다. 선전하는 비싼 약도 아끼지 않고 투자를 해 봤지만, 효과는 별로다.

MRI 촬영도 했다. 아직 보험 혜택이 없어 진료비가 거액이다. 돈이 문제가 아니라 부어오른 양쪽 무릎을 꺼안고 고통스러워하는 아내를 위해서 무엇이든 전부 해 주고 싶다. 가정을 일구느라 얻은 병 오매불망 아내의 노고를 어찌 잊을 수 있겠는가. 우슬(쇠 무릎 풀)이 좋다 하여 늦가을 산에 올라 잎이진 우슬을 어렵게 찾아 뿌리를 정성으로 캤다. 다른 약초와 함께 차로 끓여 마시도록 하고 전문적으로 조제한

우슬도 사서 복용했지만, 차도가 없다.

모든 과정이 수술로 가는 것은 정해진 것이고 단지 속도 조절을 위한 것일 뿐이라는 생각이 든다. 점점 부어오르는 무릎을 보면서 우는 아내가 너무나 가련하고 병을 얻는 데 일조를 했다는 죄책감에 가슴이 쓰리다. 도내 여러 병원에서도 많은 수술을 하지만, 원 없이 서울에서 수술받도록 하려고 원장과 의논했더니 접수하고 6개월 대기를 해야 한다고 한다.

최선을 다했다 할 수 없지만, 최대한 노력을 했다. 크고 작은 병 · 의원과 약방, 약초와 매스컴에서 스타가 선전하는 약도 죄다 먹게 했다. 환자는 귀가 여리다. 어디서 많은 정보를 듣는지 모르지만, 정보를 실행하지 않을 수 없다. 근간에는 심방과 접촉했고 아내가 하고 싶은 일은 거스르고 싶지 않아 동조했다.

목적지는 수술대밖에 없는 줄은 알면서도 아내 마음을 편하게 해주고 싶다. 신과 소통하는 심방 곁에 앉은 아내가 편안해 보여 좋다. 수술이 잘되도록 신과 소통하고, 수술이 끝나면 내 곁에서 연속극 보며 조잘대는 예쁜 아내가 되었으면 좋겠다고 축원해 본다.

제주의 바람

제주의 바람은 하늘과 바다까지 지배한다. 계절과 계절 사이에는 신, 구간 바람이 불기도 한다. 봄에는 귀 간지러운 바람 소리가 유혹의 소리를 내면서 분다. 안달 난 싹들이 겨우내 뿌리 깊숙이 숨었다가 눈으로 직접 보고 싶어 살짝 가지 끝에 숨어 눈을 내민다. 성질 급한 유채 꽃망울 터뜨리면 뒤질세라 다투어 꽃을 피워내고 벌, 나비 날갯짓 소리에 봄이 무르익어 간다.

여름 바람은 한쪽 볼에는 장마를, 다른 볼에는 더위를 물고 성큼성큼 장사 걸음으로 온다. 뜨거운 열정이 넘치는 청춘의 바람이다. 보리 베는 농부는 밀짚모자 밑으로 흐르는 굵은 땀방울을 연신 닦는다. 눈까지 스며드는 땀을 수건으로 닦아 내면서, 시원한 바람 한 번 불어 달라고 사정해도 아랑곳없다. 장맛비와 천둥소리가 심술도 부리지만, 바닷가 로맨스를 선물하기도 한다.

조 이삭도 흔들어 보고 과일도 여물었는지 흔들어 보면서 가을의 강쇠바람은 코스모스 꽃잎 위로 온다. 한들한들 평온한 모습으로 하늘을 높이 들어 올리면, 망아지는 초원으로 내달린다. 한라산 백록담에서부터 해안가 일출봉과 용두암, 송악산, 산방산 모든 산천을 휘둘러온다. 그동안 봄, 여름 초록 일색에 갇혔던 날들에서 벗어나 마음껏 원하는 꾀꼬리단풍으로 갈아입힌다.

더위에 지친 농부의 밀짚모자를 벗겨 주고, 지쳐 늘어진 초목들에 시원한 빗방울로 목을 축여 기운도 차리게 한다. 오곡이 익도록 도와주고 각종 과일 본연의 색으로 잘 여물도록 부추겨 주기도 한다. 형형색색으로 산천을 단장해 보는 즐거움을 주고 노란 감귤을 위시하여 오곡백과 풍성한 수확을 도와준다. 농부의 주름진 미소는 가을바람의 선물이다.

휘~잉 휘~잉 적토마 타고 달리는 관우처럼 겨울 찬 바람이 몰아칠 때면 평온한 가을의 끝자락이 언제 도망갔는지 모를 때도 있다. 아직도 거두지 못한 농작물은 서두르도록 독려를 한다. 언제 떨어질까 망설이는 단풍도 과감하게 결정하도록 독촉을 한다. 휑한 산천이 안쓰러우면 하얀 눈을 불러 포근히 덮어 주기도 한다. 할아버지는 화로 잉걸불에 구운 고구마를 재 속에 묻어둔다. 눈 위를 뒹굴고 온 손자의 차가운 손을 잡아 주고, 묻었던 고구마 호호 불며 먹여 주는 가족애는 겨울이 주는 애틋한 사랑의 선물이다.

제주의 바람은 사시사철 색다른 모습이지만, 제주를 가꾸는 예술가다. 세계인이 찬사를 보내는 제주의 풍광은 바람이 만든 작품이 아닌가. 잘못 만들어진 작품이 있거나 인간들이 제 맘대로 고치는 날에는 바람이 가만있지 않는다. 태풍이라는 이름으로 훈계를 한다. 사람들은 거스르지 않고 태풍에 끄떡없는 모습으로 가꾸어 간다. 슬기로운 조상들이 초가지붕을 굵은 줄로 그물같이 얽는 것도,

집 둘레에 담을 공고히 쌓는 것도 태풍의 가르침이다.

　절해고도에서 육지와 왕래하는데 돛단배에 의존하던 시대도 있었다. 물물 교환은 물론이고, 문화를 접할 기회 역시 돛단배가 싣고 오갔다. 기계도 통신도 전혀 없는 시대에 돛단배를 움직인 것은 오직 제주의 바람이었다. 선진 문명을 전달해 주는 데 일조한 바람 덕분에 제주 사람들이 다양한 지식을 얻을 수가 있었다. 현대에는 제주의 바람이 풍력을 이용하여 신재생에너지를 얻는 데 일조를 하고 있다. 바다에도 있고 우마가 풀을 뜯던 방목지에도 서구에서나 볼 수 있는 풍경을 볼 수가 있다.

　석탄, 석유 사용으로 환경이 오염되는 것을 막고 태양을 이용하는 태양광과 더불어 필요한 전력을 얻고 청정한 제주를 만드는 데 제주의 바람의 역할은 절대적이다. 뭍사람들은 제주에는 바람이 많다고 투덜대기도 하지만, 제주를 거쳐 가는 바람은 모두가 자원이다. 풍광 곳곳을 다듬고 정리하고 때로는 창조하면서 제 몫을 다하고 가는 것이 바로 제주의 바람이다.

　바람의 섬, 제주에서 바람과 함께 살아온 사람들은 바람의 성격을 거스르지 않는다. 지구상에서 제일이라는 만리장성도 제주 돌담 길이에는 어림도 없다. 농작물을 우마의 침입으로부터 보호하기 위해 쌓은 밭 돌담이다. 흔한 돌로 생각 없이 올려놓은 것 같지만, 슬기로움이 숨어 있다. 쌓으면서 생기는 구멍을 그대로 둔 것은 바람이 다니는 길을 방해하지 않고 화해하기 위함이다.

　제주의 바람과 사람은 둘이 아니다. 소통하고 순응하면서 함께한 슬기로운 삶과 예술로 가꾸어진 풍광을 정성으로 보존하고 잘 가꾸어, 후손에게 물려줘야겠다는 다짐을 해 본다.

삼재 三災

정월이다. 마을에서 제일 먼저 행하는 마을제가 끝나면 집안에 평안을 기원하는 조왕제를 지낸다. 물론 종교에 따라 일률적이지는 않지만, 옛 풍속을 따르는 많은 사람이 행하고 있다. 제를 하기 전에 택일하면서 토정비결도 함께 보는 이도 있다. 정초를 맞아 믿거나 말거나 반신반의하면서도 혹시 액이 있다면 예방이라도 해야겠다는 생각이다.

토정비결을 보려는 사람 중에는 삼재를 맞는 당사자나 가족이 있는 경우가 많다. 대개는 할머니가 본인 아닌 자식의 운수를 보려고 한다. 옛사람의 고리타분한 행위라고 하지만, 젊은 사람도 미래를 점치는 일 년 운수를 알려고 노력한다. 신문 지상에 게재된 띠별 '오늘의 운세'를 살피기도 하고 컴퓨터에서도 찾지만, 무조건 내용을 믿거나 현혹되지는 않는다. 재미로 보지만 보고 나서 지금 형편보다 낫고 희망이 보이면 신이 나고, 나쁜 일만 가득하고, 조심하라는 글귀가 많으면 괜히 보았다는 생각이 안주가 되어 소주를 찾게도 한다.

토정비결을 보면서 워낙 나쁜 운이 많으면 수심이 끼는 할머니를 위안한다. "너무 좋으면 가만있어도 운이 따라주는 줄 알고 노력을 덜 해서 별 소득 없고 탈이 많은 경우도 많습니다. 조금 운이 나쁜 사람이 매사 조심하고 노력해서 오히려 좋은 결과를 얻습니다." 하면 주름살 몇 개 펴 보이면서 웃는다.

삼재에 관해서 전연 관심이 없는 사람들도 많지만, 아직도 연초에 올해는 무슨 띠가 삼재에 드는지 관심이 있는 사람들도 많다. 불교에서 유래된 재앙 명이다. 태어나서 9년마다 되풀이되어 3년 동안 액운이 닥친다는 관념이다. 모든 사람이 똑같은 게 아니라 태어난 해의 띠에 따라 각각 다르다. 정치를 하면서 이념이 같은 사람끼리 정당을 하듯이 띠(범띠, 말띠, 개띠…)는 서로 다르지만, 삼재를 같이 맞이하고 떠나보내는 띠들이 있다.

뱀, 닭, 소띠가 같은 편인데 돼지해에 삼재가 시작되고, 쥐해를 눌 삼재로 소해에 끝난다. 원숭이, 쥐, 용띠가 같은 편인데 범띠 해에 시작해서 토끼해 지나 용띠 해에 끝나고, 돼지, 토끼, 양띠가 같은 편인데 뱀띠 해에 시작해서 말의 해를 거쳐 양띠 해에 끝난다. 나머지 범, 말, 개띠가 한편인데 원숭이해에 시작되어 닭띠 해를 지나 개띠 해에 끝난다. 모두 3년 동안 재앙이 닥칠 운이라는 것이다.

삼재란, 불과 물 그리고 바람으로부터의 재앙을 의미한다. 옛날 불이 얼마나 귀했으면 재 속에 묻어둔 불씨가 꺼질라. 며느리가 밤새 아궁이를 몇 번씩 들락거렸을 것인가. 불씨를 잘 지키는 며느리가 훌륭한 며느리이고 시어머니 구박 없이 보냈지만, 다음날 옆집에서 불씨를 얻어 오는 며느리는 구박을 받을 수밖에 없던 시절에는 화재도 잦을 수밖에 없었다. 수로가 정리되지 못한 시절에 폭우가 쏟아지면 물

난리를 당할 수밖에 없고, 동력이 없는 풍선으로 왕래하는 바닷길엔 항상 재앙이 따랐다. 바람이 재앙이 되어 많은 인명과 재산이 피해를 보는 일은 콘크리트 시대에도 계속 진행 중이다.

호롱불 켜고 다닐 때, 정월 보름날 밤에 허재비 안에 동전 몇 개 넣고 짚으로 일곱 매듭지어 사람이 많이 다니는 삼거리나 사거리에 두었다. 허재비 안에 삼재 모든 액을 넣고 떠나보내는 심사이다. 아침에 꼬마들이 신기해서 발로 차며 놀다가 동전이 나오면 그렇게 기쁠수가 없었다. 길에서 주운 돈은 혼자 집에 가져가면 안 된다는 이야기를 알고 있는 꼬마들은 우르르 구멍가게로 간다. 눈깔사탕을 사서 나누고 입에 물고 가면 어머니는 다음부터는 절대 허재비를 건들지 말라고 타이를 뿐 크게 탓하지는 않았다.

가로등이 밤새 환한 시대에 허재비는 없고 삼재를 피하려는 의식도 볼 수 없지만, 절에서 삼재 대상자를 위주로 공양하고 불공을 드리는 의식은 이어 가고 있다. 인간은 호랑이도 사냥하는 강한 동물이지만, 재앙 앞에는 한없이 무력해서 무엇에라도 의지하려고 한다. 오늘날 종교가 번창하는 것과 무관하지 않을 것이다.

불교에서 재앙은 몸, 말, 생각으로 인해 생긴다고 했다. 평소 몸을 바르게 관리하지 못해 생기는 일 중에는 온갖 질병을 꼽을 수가 있다. 예전에는 너무 못 먹어서 병을 얻었고, 요즘은 너무 많이 먹어서 병을 얻는다. 많은 질병의 원인이 밝혀지고 치료 의술도 늘어가지만, 아직도 해결하지 못하는 병명과 원인은 숱하게 많다. 욕구를 채우느라 가깝고 멀고를 따지지 않고 행하는 온갖 추태와 다른 사람의 인생을 망치게 하는 경우를 보면 짐승과 무엇이 다른가 하는 생각이 든다.

말로써 재앙을 부르는 경우도 허다하다. 남을 욕보인 말이 얼마 지나지 않아 자신도 똑같이 당하는 사례가 비일비재다. 말로써 천 냥 빚도 갚는다는 이야기가 가슴에는 있는데 입가에는 재앙과 친한 친구가 산다. 생각도 마찬가지이다. 착하게 살아야 한다는 것으로 머리끝에서 발끝까지 가득 채워져 있지만, 상황에 따라 생각이 조금 바뀌는 순간 잘못된 생각이 점령한다.

삶과 떨어질 수 없는 삼재는 예나 지금이나 별다름이 없지만, 시대의 흐름에 따라 재난은 더 늘어간다는 것을 느낀다. 불, 물, 바람의 재난도 무섭지만, 교통사고, 질병, 미투도 만만치 않다. 고령화도 축복의 대상만은 아니다. 더 많이 발생하는 암과 치매가 고령의 주머니 속에 살기 때문이다.

공부를 열심히 해서 훌륭한 사람이 되라는 소망도 좋지만, 자라서 많은 재난을 슬기롭게 해결하려면 몸과 마음을 바르게 키워야 한다. 남을 속상하게 하는 말을 하지 않도록 키우는 일이 무엇보다 중요하다는 생각을 하면서 왜 손주가 이렇게 보고 싶은지 모르겠다.

제4부

못 다한 이야기

"

인간은 혼자 사는 게 아니라 더불어 살아간다.
주위에 베풀고 봉사하는 일 게을리 말고 모범이 되려고
부단히 노력하리라 굳게 믿으마.

"

퇴행성 관절염

겨울 찬바람이 낙엽을 맘껏 굴리고 있는 산자락의 조그만 들녘. 흐릿한 눈을 비비면서 잎이 지고 줄기만 남은 우슬을 찾아 이리저리 서성댄다. 소의 앞발 무릎을 닮았다고 해서 우슬이라고 하는데 관절에 좋은 약재라고 해서 찾아 나선 것이다. 허준 선생의 동의보감을 우려먹은 선생님들이 좋다고 하는데 믿을 수밖에 없다.

아내가 무릎이 아파서 병원 출입하기 시작한 지 삼 년이 넘었다. 처음에는 별로 큰 통증이 없어 한방에서 침과 뜸으로 지내다 물리치료를 병행하면서 근근이 지냈다. 일상생활에 큰 지장이 없었고 늙어가면 으레 그러려니 했는데, 치료받는 횟수도 시간도 점차 늘어만 갔다. 동작은 점점 굼뜨기만 한데 별일도 아닌 일에 화를 내는 일이 많아져 간다.

여우 같은 아양은 없어도 착하고 예뻤다. 구시렁대는 버릇은 있어도 남편에게 순종하는 흥부의 아내 같던 사람이다. 아프기 시작한 후 성질내는 일이 많아진 아내의 얼굴을 가만히 쳐다본다. 며칠 전에 동네 미장원 앞을 지나는데 할머니 한 분이 나를 불러 세운다. "어떻게 살아가면서 부부싸움을 하지 않고 살 수 있느냐?"고 묻는데 어리둥절하지 않을 수가 없었다. "무슨 말씀입니까? 저희도 많이 싸우면서 지냅니다." 했더니, 매일같이 일 다니는 당신 뒷집 사람이 싸우는 소리 한 번도 들리지 않은 집이 동네 안에는 당신네 집밖에 없다고 자랑을 하더라는 것이다.

부부싸움 없이 사는 삶, 과연 있을까? 타고난 성격에다 자라 온 환경이 다르고 생활풍습이 다르고 생각이 다른데 조용하게만 지낼 수는 없는 일이다. 아내가 불만을 토하고 성질낼 때면 처음 1절은 조용히 들어주는 것이고, 2절 때는 잘못을 했더라도 가장의 위상을 잃지 않으려면 핏대를 세워야 한다. 지난날을 돌아보면 내가 핏대를 세우면 무조건 조용해진 아내, 잘못하지도 않았는데 잘못했다고 해 준 아내 덕분에 싸우는 소리가 담장을 넘지 않았으리라.

어렵던 시절을 큰 불평 없이 숙명으로 여기면서 한 가정을 내로라하는 정도는 아니지만, 이만큼 꾸려 온 데는 아내의 숨은 공이 전부라 해도 과언이 아니다. 때로는 배고픔도 잊고 바다 한가운데 테왁에 의지해서 물질하는 해녀였다가, 집에 와서 아기 젖 물리고 나면 호미 들고 밭으로 갔다. 호사 한번 못하고 여자로서 화장인들 제대로 할 시간 있었을까.

친구들과 밤늦게 술 마시면서 호기를 실컷 부리다 집에 와서, 남편도 오기 전에 잔다고 지쳐 쓰러져 자는 아내를 깨운 적도 많았다. 아내를 손에 쥐고 사는 게 개선장군인 양하던 시절에는 아내에게 잡혀 사는 친구를 졸장부로 여겼다. 나이 들어 아내 눈치 살피는 현실이 곤혹스럽다. 하기야 근래는 젊은 사람도 내로라하는 정치인도 사회

지도층도 여성을 위한 일에는 쌍수를 들고, 야단이다. 남녀평등사회가 아니라 여성 상위시대다.

아내는 남존여비 시대에 태어나 남자를 섬기고 우선하는 것을 부덕으로 여기면서 살아왔다. 잘한 것은 남자가 한 것이고 못한 것은 여자의 몫이었다. 내세울 게 하나도 없는 남편을 사람 구실 하게 하려고 열심히 뒷바라지해 준 고마운 사람이다. 거들먹거리며 술 마시고 와서 보면, 재봉틀 앞에 앉아 작업복을 기우도 있거나 아기 기저귀를 까만 감자 비누로 손세탁하고 있었다.

땔감이 어려워 벌초한 검불도 지고 오던 시절이다. 소나무 가지치기를 하고 솔가리를 긁어모아 아궁이를 지폈다. 굴묵을 떼려면 우마가 방목된 들판에서 마른 우마 분을 가마니에 지고 먼 길을 걸어야 한다. 초가지붕도 안팎 거리를 교대로 해마다 새로 단장하려면 여러 날을 들판에서 재료를 구해야 한다. 가정의례 지키기에 엄중했고 존속의 사망 후에도 초하루 보름 삭망제와 3년 상까지 생존 시 모시듯 했다. 쉴 새 없이 일하는 개미 같은 삶이었다.

춘원은 외국 사람은 방안에 화분 하나 꽃 한 송이 꽂아놓지 않은 사람 없다고 하면서 조선 사람은 화초를 사랑할 줄 모른다고 했다. 삼시 세끼 입에 풀칠하기도 어려운데, 어느 세월에 강산 명월을 노래하고 꽃향기 맡을 수 있었겠는가. 새벽 찬 이슬에 베잠방이 적시며 지게 지고 나서는데, 어느 겨를에 취미를 맛볼 심경인들 있었겠는가.

고난의 세월을 이겨내느라 마디마디가 갈퀴 등이 되었다. 뼈와 뼈 사이를 매끄럽게 해 주던 연골과 인대가 파괴되는 퇴행성관절염이라는 훈장도 받았다. 가난한 시절 무명옷 군데군데 기운 듯, 태양과 맞바라기를 하며 검게 그을리고 주름진 피부와 관절에는 갖가지 파스가 제집인 양 자리를 틀었다.

아직은 고령이 아닌 아내의 관절을 아프게 한 원인 중에는 나의 몫이 많다고 생각한다. 별 도움이 되지 못한 지난날을 돌아보면서 자책감을 느낀다. 인공관절 수술 후 사람에 따라 차이는 있지만, 15년을 유효기간으로 할 때 최대한 수술 시기를 늦춰야 한다는 담당 의사의 말을 따를 생각이다. 그동안 우슬뿐 아니라 청색 홍합 추출물, 굴지의 유명한 한약과 양약도 섭취하고 있지만, 눈에 보이게 달라지는 것 같지는 않다.

부부가 말년 운은 별로인 것 같아 속상하다. 해로동혈할 아내의 손을 잡고 많은 곳을 구경하리라는 꿈을 꾸고 있었는데 가망성이 없다. 그래도 가까운 곳의 주위를 동행하기 위해서라도 조금은 걸을 수 있도록 최선을 다할 생각이다. 고생한 아내를 위하는 일이고, 그동안 속 썩인 일에 대한 조그만 보답이라도 해야 체면이 설 것 같다.

엿 만드는 날

가스버너에 큰 솥을 올리고 좁쌀로 밥을 정성스레 짓는 중이다. 생전 처음 엿을 만드는 아내 곁에서 아는 체했다가는 구박받을까 조심스레 자리를 피했다. 엿 한번 만들어 보자고 오랫동안 칭얼대다 드디어 소원이 이루어진 날이다.

대단위 양계장에서 중책을 맡고 일하는 가까운 동생이 있다. 병아리를 정성으로 키워 성계가 되면 계란을 낳다가 늙어서 알을 못 낳으면 폐계가 된다. 만물의 진화과정과 다를 게 없다. 도태시키는 폐계는 업자들에게 거저나 다름없는 헐값에 팔린다. 이럴 시기에는 연락이 온다. 몇 마리 필요하냐고 묻는 동생이 늘 고맙다.

여름부터 밭 구석에 그물을 쳐놓고 20여 마리 얻어다 키웠다. 닭 케이지 철망 좁은 칸에서 옥살이하며 주는 물과 사료로 사육되면서 주인이 원하는 알만 낳던 닭들이다. 건너 칸에는 누가 사는지 한 번도 어울리지 못하다가 자유를 얻고 넓은 울타리에 방사되니 어리둥절해 하는 모습들이 가관이다. 지금은 흔한 닭이지만, 어렸을 적에는 귀했다. 이웃집 마당 가에 암탉 서너 마리 수탉 한 마리만 있어도 부러웠다. 계란은 아주 귀해 아무나 쉽게 먹을 수 없었다.

찬 바람이 불기 시작하는 초겨울이다. 그동안 양계장에서 자랄 때와 달리 갖가지 먹이와 넓은 곳에서 마음 놓고 뛰어논 닭들이 통통하게 살이 올랐다. 몇 마리는 지인들에게 나눠도 주고 술안주로 긴요하게 몸보신하는 데 이바지했다. 요즘 토종닭이라고 별미로 해서 고가로 상품화하지만, 비싼 돈 주고 먹는 토종닭이나 폐계를 울타리에서 키우면서 먹는 닭이나 맛에서는 크게 다르지 않다.

그동안 백숙으로도 충분히 만족하지만, 욕심이 생겼다. 토종닭 못지않은 튼실한 닭으로 엿을 해 봐야겠다는 생각이 들었다. 술 한잔하고 아내 눈치를 살펴온 지 여러 날 만에 슬쩍 운을 떼었다. "엿을 만들어서 당신 몸보신도 하고 아이들도 나눠주자."라고 나지막한 소리로 제안을 했다. 거칠게 돌아누우면서 "요즘 집에서 엿 만드는 곳이 어디 있어요? 먹고 싶으면 사다 먹는 게 훨씬 편한데 무슨 소리예요." 하면서 핀잔이다. 내 속을 헤아리지 못하는 아내가 야속했지만, 크게 기대도 하지 않은 터라 나도 돌아누웠다.

오일장에 반찬거리나 사자고 해서 따라나섰다. 자주 가는 오일장에는 늘 정해진 자리에 정해진 품목들이다. 계절과 명절에 따라 조금 달라지거나 양이 늘어날 뿐이다. 만나는 사람들도 관광객 말고는 자주 보는 얼굴들이다. 차조를 파는 앞에서 아내를 툭 치며 "엿 만드는 데 좋은 국내산이다." 하며 한 줌 쥐어 본다. 고개를 돌린 아내는 엿 먹으라 하는 시늉으로 종종 사람들 틈을 비껴간다.

어미 닭은 따스한 봄날 귀여운 노란 병아리를 유치원 선생님처럼 품어 주고, 먹이를 찾아주면서 매의 눈을 피해 숨겨 가며 키운다. 가을에 성계로 키우고 나서 찬 바람 불면 어미 닭을 잡아 가족의 생계를 위해 노력하신 할아버지의 몸보신을 위해 할머니는 정성으로 엿을 고았다. 부엌에서 큰 솥에 장작을 지피면서 연기에 눈물 콧물 마다치 않고 장시간 솥 안을 막대기로 휘저었다. 아침에 일어나 보면 아직도 아궁이 앞에 쪼그려 앉아있었다.

할아버지 몫을 먼저 준비해 놓고 식구들 몫으로 골고루 나누어 주셨다. 당시에는 이웃들도 엿을 많이 했다. 지금은 귀한 차조지만 그 시절에는 흔했다. 쌀이 귀하던 때라 보리가 생산될 때는 보리밥, 차조가 생산될 때는 조밥이 유일했고 보리와 좁쌀을 혼식해서 주식으로 삼았다. 돼지고기나 닭을 어렵게 장만해서 엿을 만들었고 꿩을 재료로 하기도 했지만, 귀하기는 마찬가지다.

나의 몫으로 준 귀한 엿을 함부로 할 수가 없다. 몇 숟갈 조금 떼어 먹고는 나만 아는 은밀한 곳에다 숨겨야 한다. 동생들이 모르는 곳이거나 조금 높은 곳이어야만 한다. 동생이 어수룩하게 숨겨놓은 엿 사발을 숟가락으로 조금 파먹고는 위를 잘 다듬어 놓는 긴장감은 잊을 수가 없다. 몸보신할 게 없던 시절이다. 육지로 해녀일 떠나보내는 어머니는 정성으로 엿을 고아 먹여 보냈다.

배가 불러서 다 먹지 못하는 시절이다. 그러나 어디를 찾아봐도 옛날 맛이 없다. 라면이 20원 할 때 그 맛, 배불리 먹어 봤으면 하던 그 시절의 맛은 없다. 포장지가 화려한 오백 원 넘는 라면이 맛이 없다. 정성이 담긴 엿이면 낫겠지 재료도 충분한데 다시 한번 아내의 눈치를 살핀다.

건넛집에 아내와 친한 아주머니가 산다. 이웃 마을에서 시집온 연고로 언니, 동생 하며 지낸다. 마침 돼지고기로 엿을 한다는 소식이다. 아내를 부추겼다. 참관해서 과정을 숙지하고 우리도 해 보자며 등을 떠밀었다. 아내도 남편이 여러 번 이야기를 하니까 생각은 하면서도 직접 해본 경험이 없어 선뜻 나서지 못하는 심정이라는 것을 눈치를 챈 지는 오래되었다. 남편의 성화라고 전했는지 선뜻 도와주겠다고 나선다. 지성이면 감천이라더니 드디어 엿 만드는 날이 온 것이다.

옆집 아줌마가 선생님이 되어 시작되었다. 아내는 국내산 차조를 구해 오고 나는 닭을 깨끗이 잡아 장만했다. 마침 장끼 한 마리도 구할 수 있어서 양질의 재료가 다 모였다. 조밥을 식히고 엿기름에 버무리고 나면 충분한 시간 삭힌다. 망에 넣고 짜낸 물로 닭을 삶았다. 버너에는 물이 끓고 고기는 잘게 뼈를 발라낸다. 계속 솥 안을 막대기로 휘저으며 고생하는 줄 알면서도 피했다. 잘못되면 불똥이 튈까 봐 귀를 막고 TV만 얌전하게 경청했다.

사발에 맛을 보라고 가지고 온 아내가 곱다. "참 잘 만들었어. 파는 것보다 백배 낫네." 했더니 오랜만에 흘기는 눈이 밉지가 않다. 엿은 옛날 엿인데 맛은 옛날 맛이 아니다. 정성으로 만들어 준 아내를 생각하면서 맛있게 먹어야겠다. 백 세가 다 되는 고모가 살아계신다. 아내에게 한 사발 준비해 달라고 해서 집을 나섰다. 눈은 멀쩡한데 귀가 절벽이 된 지 오래되었다. 사발을 내밀었더니 반찬이냐고 묻는데 엿이라고 해도 무슨 반찬이냐고 묻는다.

젊은 날 고왔던 고모님이 그립다. 지난날의 모습만 변해 가는 게 아니라 입맛도 덩달아 변해 간다는 것을 느끼면서 돌아서는 발길이 무거웠다.

못 다한 이야기

오랜 자료를 정리하다가 빛바랜 종이를 들춰 본다. '마지막 가는 길에 남기는 말'이라고 적혀 있다. 이십 년 전 글이 엊그제 쓴 것 같아 놀랐다. 예전에 마을에서 몇 사람 선정해서 지도자 교육에 동참하는 기회가 있었다. 교육과정 중 유언을 하는 마음으로 살자는 주어진 과제에 따라 썼던 글이다. 지금 쓴다고 해도 별다르지 않을 거란 생각이 든다.

수많은 사람 중에 유언 하나 제대로 남기는 이 몇이나 될까? 눈 깜빡하는 사이에 갈리는 인생 그 얼마나 많은가. 편안히 천수를 누리다가 자손들이 지켜보는 가운데 조용히 눈감고 임종하는 모습이라면 얼마나 축복받은 인생인가.

한이 서려 눈을 감지도 못하고 공중에서, 지하에서, 수중에서, 전쟁터에서, 산업 현장에서 혹은 자다, 걷다, 장난치다, 운동하다가 겪는 사고를 보고 들으면서 건강하게 살아가는 나 자신도 예외가 아니라는 생각이 들곤 한다. 평범하게 살아온 내가 가족에게 남기고 싶은 말이 대단치는 않겠지만, 나름대로 마음속에 품었던 이야기를 남기고 싶다.

예쁘고 귀하게 자란 처녀가 보잘것없는 장남인 나에게 시집와서 부모님 잘 모시고 많은 시동생 시집·장가보내며 집안 대·소사를 무난히 치르느라 정말 고생 많았어요. 고생과 역경만 준 나를 항상 따뜻이 보필해 온 당신에게 진심으로 고맙고, 사랑했노라고 전하고 싶소. 다시 태어나도 당신만을 사랑하겠다는 유행가는 나의 마음을 대변한다는 생각이 드는구려. 어렵게 살아온 숱한 사연을 말로 다 할 수 없지만, 이사 다닐 때마다 늘어나는 살림에 어렵기도 했지만, 커 가는 아이들을 보면서 기쁨과 보람에 웃을 수 있었지요.

즐거운 날보다 괴로운 날이 더 많은 삶 속에서 낯 찌푸리지 않고 웃어 준 당신이 정말로 고맙소. 애들을 건강하게 키워 준 당신 그리고 건강한 당신 모습이 나의 전 재산이고, 자랑으로 살아왔어요. 이제 당신을 두고 가는 마음 천 갈래, 만 갈래지만, 이게 우리의 정해진 운명이라면 조용히 맞이합시다. 이제까지 그래 왔듯이 웃으면서 날 보내줘요. 비록 지하에서나마 행복을 빌리다. 어려움이 닥치면 짧았 던 우리의 즐거웠던 지난 일들을 떠 올리도록 해요. 배움에 한이 맺 힌 내게 사각모를 쓰게 해 준 당신의 고마움을 먼저 가신 어머님께 전하리다.

나의 희망 큰아들, 많은 것을 베풀지 못한 이 아비가 무슨 할 말이 있겠냐마는, 이제 우리 가정을 책임지고 행복하게 할 의무를 네게 짐 지우고 간다. 성장 과정에서 사랑보다는 기합과 매와 욕을 많이 한 것은 미워서가 아니라, 너를 통해서 내가 이루지 못한 꿈을 이루려 했던 나의 우둔한 훈육 방식 때문이었다는 것을 고백한다. 어려운 환경에서 훌륭히 성장해 준 너를 자랑스럽게 생각한다. 지금까지도 잘하고 있지마는, 주위의 모범이 되고 베풀고 봉사하며 살아야 할 것이야.

사랑하는 하나밖에 없는 내 딸아, 이 아비가 네게 칭찬보다 구박을 많이 한 이유는 시집가서 더 많은 칭찬을 받도록 하기 위함이었다. 원하는 대로 해 주기보다는 규제하고 구속하면서, 자유스럽게 신여성으로 키우지 못한 보수적인 아비의 마음을 너는 이해해야 한다. 지금까지도 잘하고 있지만, 내가 떠나고 나면 혼자 남은 어머니 마음을 보듬고 감싸 줄 수 있는 게 너라고 믿는다. 남편을 잘 보필하면서 행복하고 모범적인 가정을 꾸려 가리라 믿는다. 복지사로서 이웃을 돌보고 웃음을 전하는 전도사가 되기를 빈다.

막내야, 늘 어린애로만 보던 네가 가정을 꾸리고 잘 사는 것을 볼 때마다 기쁘기 그지없단다. 말썽도 많이 피웠지만, 웃음도 많이 줬다. 어머니와 형과 누나를 엮는 사랑의 끈이 되어 건강하고 행복한 집안, 가족이 되도록 하는 데 노력을 보탰으면 해. 직책상 많은 사람을 상대하면서 도움이 필요한 사람이 있나 늘 살피고, 괴로움이 있어도 웃음으로 대하는 일 잊어서는 안 된다. 잘하리라 믿으면서도 한편으론 마음을 놓을 수가 없구나. 어려운 일할 때면 이 아비가 네 곁에 있다는 생각을 해 줬으면 좋겠다.

넉넉지 못하고 능력 없는 아비가 모두에게 하고 싶은 얘기는 어떤 일이 있더라도 합심해야 한다는 것이다. 서로 도우면서 각각이 아닌 하나라는 마음으로 아끼고 사랑하고 양보해야 한다. 똘똘 뭉친 모습을 보일 때는 이간질할 수 있는 틈새도 기회도 없을 것이다.

세상은 시시각각으로 변한다. 처지지 않으려면 배워야 한다. 쉬운 길만 택하려 말고 어려운 길을 걷고 나면 더 넓고 편한 길이 있다는 것을 알아야 한다. 인간은 혼자 사는 게 아니라 더불어 살아간다. 주위에 베풀고 봉사하는 일 게을리 말고 모범이 되려고 부단히 노력하리라 굳게 믿으마.

개관사방정蓋棺事方定이라고 했다. 관 뚜껑을 덮을 때 그 사람의 진가를 안다는 것이다. 자만하지 말고 항상 뒤돌아보면서 부끄럼이 없는지 살펴보고 매일매일 유서를 쓰는 마음으로 살아야 한다. 유서를 쓰는 숭고한 마음이면 남을 어찌 욕보이고 욕심을 부리며, 형제와 모든 이웃에게 누가 되는 일을 하겠느냐?

다시 태어나도 꼭 당신만을 찾을 것이오. 눈에 넣어도 아프지 않을 자식들! 모든 게 부족한 아비 밑에서 너무나 훌륭하게 자라 줘서 고맙다. 웃음소리가 항상 담 밖을 넘어 부러움을 사는 가족, 모범 집안으로 키워 가리라 믿는다.

못 다한 이야기는 꿈속에서 계속 나누기로 하자.

동네 여행

삽상한 아침이다. 미세먼지로 희뿌옇던 주위가 훤히 트였다. 조반을 드는 둥 마는 둥 서둘러 문간을 나섰다. 버스가 기다리는 곳으로 가면서 만나는 사람들과 정답게 인사를 나눈다. 어제 본 얼굴인데 머리 단장하고 분 바르니 다른 사람 같아 요즘 한창 흐드러진 유채꽃같이 화사한 모습이다.

버스에 먼저 와서 앉아있는 사람도 아끼던 고운 옷 꺼내 입은 모습이 새롭고, 서로 주고받는 인사도 어제보다 상냥하다. 오늘은 동네 사람들이 여행을 떠나는 날이다. 근래 들어 연례행사가 되었다. 선진국이 되어 각종 복지 혜택을 누리는 시대, 마을에도 수입원이 생기고 동네에 배당되는 금액도 점점 늘어 간다.

보람 있게 쓰기 위해 동네 회의가 열렸다. 여러 의견이 나오지만, 여행 쪽으로 기울어지는 경우가 많아 연례행사가 된 것이다. 한동네에 살면서도 한데 어울리는 기회는 많지 않다. 명절 때 말고는 고운 옷 입은 모습을 보는 것도 쉬운 일이 아니다. 공동으로 바닷가 톳 채취할 때는 두꺼운 작업복에 장화를 신고, 도로 청소 때는 낮이나 마대를 들고 허름한 신발을 신는다. 조석으로 만나 인사하는 기회도 날이 갈수록 줄어든다. 걸어 다녀야 인사할 텐데 자동차가 발이 된 지 오래다.

TV가 악역으로 한몫하고 나선다. 저녁이면 만나서 낮에 있었던 일을 조곤조곤 얘기 나누던 이웃의 발걸음을 TV가 잡고 있다. 울고불고 욕하면서 연속극을 보도록 꼬드겨 어울리지 못하게 막아 버리고, 소주 한잔 같이하던 친구들 발목까지 잡아버린다. 집마다 골목마다 그득했던 꼬맹이들마저 보이지 않게 하는 데 TV가 일조했다는 생각이 든다. 더구나 농사 품목도 다양해져 바쁜 시기와 한가한 시기로 나뉘지 않고 노상 바쁘니 이웃 간에도 얼굴 보는 일 쉽지 않은 세상이다.

고령화 사회라고 하지만, 어르신들은 점점 보이지 않고 낯선 얼굴들이 동네를 채워 간다. 동네 넘치던 온정은 날로 식어 가고 서먹한 이웃들은 늘어만 간다. 지난날의 농촌이 아니라 콘크리트에 갇혀 사는 도시민의 모습이 다되었다. 하기는 초가집 없어진 지 이미 오래고 동네도 콘크리트가 점령해 가는 현실이니 어쩌면 당연한 일이 아닌가 싶다.

제집처럼 스스럼없이 드나들 수 있는 이웃이 줄어든다. 급하게 쓸 곳이 생겨 돈 좀 빌려달라는 이웃도 없다. 버리기에는 아까운 옷과 신발도 건네줄 곳이 없다. 삶은 고구마 이불 덮고 앉아 호호 불면서 종알종알 얘기할 사람도 귀하고, 냉장고에 쌓인 음식 나눠 먹을 사람도 줄어만 가는 동네의 흐름이다. 옛날이야기 해 주는 할머니도, 듣는 아이도 없는 집안과 팽나무 그늘은 넓은데 장기판도 어르신도 없다. 도시의 거리에는 차량과 인파로 넘쳐나고 초등학교 운동장이 좁아 운동회도 못 한다는데, 우리 마을 학교는 학생 수가 줄어 나날이 삭막하고 야위어만 가는 것 같아 속상하다.

떠나가는 동네가 아니라 찾아오는 동네를 만들자고 하지만, 헛소리다. 농사지을 젊은이 없고 자식 공부시키려면 시내로 가야 한다. 손자도 워낙 바빠 할머니 할아버지를 찾아올 수가 없다. 보고 싶어서 이쪽에서 찾아가야 한다. 가난해도 정이 넘치고 와글와글 사람 냄새 나던 그 시절이 그립다.

자식들은 둥지를 떠나갔고, 외롭게 남은 사람들과 새로 들어온 사람들이 동네를 채워 간다. 간격을 좁히기에는 시간이 필요하고 어울리는 일부터 해야 한다. 평소 같이 지내는 사이라 해도 계속 화기애애할 수만은 없다. 이를 해소하는 한 방편으로 여행을 택하는 것 같다. 나이 차이가 심하고 신체 조건이 다른데 여행지를 선택하는 어려움, 결코 쉬운 일이 아니다. 풍광이 좋다고 원정할 수가 없다. 한 가정에 두 사람씩으로 결정하고 불편한 부모님은 자식이 책임지고 효도하는 기회로 삼도록 했다.

버스에서 내리면 많이 걷지 않도록 배려하고, 많은 여행지가 아닌 단조로운 곳을 선택한다. 젊은이는 이미 거쳐 간 곳이 중복되지만, 불만을 이야기하지는 않는다. 버스 복판에 나와 흘러나오는 음악에 맞춰 어깨와 엉덩이를 흔들며 춤을 춘다. 오지의 원주민들이 북소리에 따라 추는 것보다 더 신나고 요란하다. 플라스틱병에 든 소주를 못 먹는다는 이웃에게도 막무가내다. 그동안 깊은 곳에 감추었던 흥이다. 오늘 내놓지 않았으면 병이 될 뻔한 흥을 발산하는 신명에 모두 동참하여 흔들고 마시고 노래하다 보면 목적지다.

자주 모시지 못하는 며느리가 어머니를 꽉 붙잡고 오르내리는 모습, 지팡이를 짚은 어르신을 부축하는 이웃과 아직은 서먹한 사이에서 버스에서 춤추고 나서 서로 손잡은 모습, 이게 바로 동네 여행의 참모습이다. 중국 꼬마들의 아슬아슬한 묘기와 오토바이 쇼를 손에 땀을 쥐며 보았고, 산방산 유람선에서 용머리 해안을 보며 즐거워하는 모습에서 언제 떠나실지 모를 어르신을 모시고 함께하는 동네 여행은 계속되었으면 하는 생각을 해본다.

갑자기 일이 생겨 못 가는 사람, 병원 예약 때문에 또는 선약이 있어 부득이 동참치 못하는 사람도 있다. 모든 행사에 빠짐없는 일은 드문 일이다. 볼일 때문에 못 가는 것은 어쩔 수 없는 일이지만, 온종일 텅텅 비어 버린 동네에 혼자 집 안에서 적막하게 지내는 어르신을 생각하면 가슴이 먹먹하다. 지난해까지만 해도 지팡이 짚고 동참했는데 못 가는 심사 편할 리 없다.

불참한 어르신 아들을 목욕탕에서 만났다. "삼춘 이번 행사에 불참했던데 어디 많이 안 좋으시냐?" 했더니 "몸은 움직일 수 있지만, 우리 부부 일 나가고 누구 신세 지기 싫고 해서 불참하게 되었습니다." 물어보지 말 걸, 듣고 보니 가슴 한쪽이 쓰리다. 어느 시인의 시가 떠오른다. 친구 생일에 초대받지 못한 아이가 종이에 음식 이름을 적어 상 위에 놓고 앉아있는 모습을 그려 본다.

선명장選名狀

길 건너 혼자 살고 계시는 여든을 넘긴 할아버지가 찾아오셨다. 가끔은 찾아와서 살아온 이야기도 종종 해 주시곤 하는데, 오늘은 다른 날과는 조금 다른 느낌이다. 얼굴은 상기된 표정이셨지만, 기쁜 웃음을 머금었다. 나를 보더니 대뜸 손자 이름 지어달라는 것이다. 여든 넘은 할아버지가 손자를 본 기쁨을 감추느라 애쓰시는 모습이 역력하다.

"할아버지, 제가 이웃에 살지만, 며느리를 본 적도 없고, 아들은 고깃배 타느라 집에도 잘 다니지 않는데 손자는 무슨 손자입니까?" 하고 물었다. "하나 있는 아들놈이 색시를 구할 형편이 못 되어, 할 수 없이 베트남 처녀를 얻어서 조용하게 시내에서 살림을 차려서 살았다네. 출산하려니 도와줄 사람이 있어야지. 할 수 없이 베트남에 있는 언니가 도와줘서 출산하고 돌아왔다네."

"출생신고를 하려니 이름이 있어야 하지 않겠나? 그래서 자네한테 부탁하려고 하네." 이 말을 듣고 어르신의 사정을 잘 아는 나는 할아버지와 한마음이 되어 나의 일 같이 마냥 기뻤다. 그럼 아기의 사주와 조상의 함자와 4촌 등 돌림자라도 달라고 했더니, 그런 게 필요한 줄 몰랐다면서 돌아가더니 금세 아들에게 연락하고 사주를 가지고 왔다. 그리고 작명은 공짜로 하는 게 아니라는 걸 들었는지 깊은 호주머니에서 꾸겨진 파란 지폐 석 장을 내어놓으시는데, 서로 밀고 당기다가 성의를 무시하는 것 같아 한 장만 받고 겨우 돌려보냈다.

예전에도 손자들의 이름을 직접 작명한 경험이 있었지만, 어르신을 너무나 잘 알기에 잘 지어 드려야겠다는 의무감을 가질 수밖에 없었다. 고향을 떠나 여러 곳을 떠돌다가 꽤 큰 마을이라 힘만 있으면 할 일이야 있겠지 하고 정착한 지 40년이 넘었다. 살아오는 동안 궂은일, 남이 싫어하는 일을 도맡아 하면서 사연 많은 여인을 만나서 자식을 얻었지만, 일찍 상처하고 땅 한 평 없이 혼자 자식을 키우면서 교육은 겨우 이름자 깨우치는 데 그쳐야 했다.

조그만 공지에 젊고 기운 있을 때 혼자 돌을 쌓아 조그만 집 한 채 마련했다. 돈이 없어 행정에서 좋은 조건으로 매각할 당시에도 매입을 못 해서 지금까지 그대로 기거를 한다. 동네 궂은일에는 몸소 앞장서서 솔선수범해 왔기에 늙고 귀마저 잘 들리지 않는다고 하지만 미워하는 이 없고, 조그만 낚싯배를 벗으로 삼고 살아간다. 시내에서 고기 잡는 아들이 가끔 오는 걸 낙으로 살지만, 아들마저 수익이 변변치 않아 자주 찾지를 못하는 것 같다. 일가친척 없는 혈혈단신인 할아버지가 손자를 본 그 기쁨이야말로 실로 무엇에 비할 바 아닐 것이다.

귀한 선물을 준 며느리가 아깝고 하나님, 부처님, 조상님, 천지신명 모든 신께 감사하고 싶은 마음이 주름진 얼굴에 그대로 비친다. 손주는 이곳 아이들과 어울려야 한다고 어린이집에 보낸다는 며느리를 침이 마르게 자랑하는 모습에서 행복을 읽을 수가 있다. 이제는 죽어도 한이 없을 것 같은 흡족한 모습을 보면서 사주에서 부족한 것을 잘 보충하는 좋은 이름 지어 드려야겠다는 생각으로 많은 시간을 고민해야 했다.

이름을 짓는다는 것은 항상 느끼지만, 심한 고문이라고 생각을 한다. 대개는 한자 획수 또는 항렬에 맞춰 짓는 예도 있다지만, 새 생명에 대한 최초의 큰일을 아무렇게 할 수 없기에 내가 알고 있는 상식을 모아야 하는 일이다. 먼저 사주를 보았다. 몸체를 도와주는 인성과 지배할 수 있는 재성, 힘이 되어 줄 식상은 보이는데 규제해 줄 관성이 보이지 않아 이름자에 관성을 실었다. 관성이란 몸체가 타고난 성질을 조절하고 직업을 얻어 규제, 속박을 유지함으로써 삶에 도움을 주고자 함이다. 조상들과 같거나 비슷한 이름은 아닌지 살펴보고 항렬도 충분히 고려했다.

특히 다문화 가정이라는 특수성 때문에 놀림감이 되어 소외되지 않도록 배려도 해야 했다. 아무리 좋은 이름도 성과 연결했을 때 놀림감이 되는 것을 흔히 볼 수가 있다. 가령 주길수, 고무신, 황천길, 신장수, 김치국, 원승희 등등 성과 연결이 아니면 좋은 이름도 성과 연결하면 안 좋게 되는 경우가 종종 있다.

성명이란 부모가 주는 첫 번째 선물이요 육신이 망실된 이후에도 영원토록 자기의 존재를 남길 수 있어서 함부로 작명할 수가 없다. 이름에 따라 삶이 이끌려 간다고는 할 수 없지만, 성명은 가장 안전한 자기 대표이고 존재를 표시하는 유일한 기호이다. 땅은 이름 없는 풀을 기르지 않는다는데 하물며 만물의 영장인 사람의 성명을 함부로 할 수 있겠는가. 얼굴을 떠올리기 전에 성명이 먼저다. 성명을 들으면 얼굴이 뒤따르고 됨됨이를 알고 내력을 알고 멀리해야 할 것인지도 알 수가 있다.

짧은 실력이나마 정성을 다해 임형진林炯辰이라 지었다. 외로운 가정에 번영과 건강하고 맡은 바에 최선을 다하며, 기뻐했던 할아버지를 생각할 줄 알고, 우리 사회가 필요로 하는 젊은이로 성장하기를 기원하면서 생전에 또한 지켜볼 수밖에 없는 작명한 사람으로서의 긍지를 갖는다.

곡학아세 曲學阿世

마을 회의에 참석하는 나에게 마누라가 한마디 한다. "바른말 하지 말고 나서지도 말고 남들이 하자는 대로 따라 해요. 그래야 책임자가 고맙다는 이야기를 하는 세상입니다." '오죽하면 저런 소리를 할까.' 하면서 지난 사건을 돌아본다.

어촌의 5월은 천초를 채취하기 시작하는 달이다. 9월까지 하는데 각 어촌계마다 조금씩 다르다. 천초(우뭇가사리 : 홍조류의 해조류로서 주로 한천의 주원료)는 바닷속 여러해살이 해조류로 햇볕에 말려 고아서 찌꺼기를 걸러내고 식히면 우무가 된다. 우무는 예로부터 콩국에 띄워 청량음료로 사용하였다. 지금은 한천으로 가공된 후 주로 일본으로 수출하고 있다. 젤리, 양갱, 의약품, 립스틱 등 향장품의 원료가 된다. 특히 근래에는 저칼로리 식품으로 다이어트 붐을 타고 주목을 받고 있다.

우리 마을은 동네가 8개로 나뉘어 있어 바다도 8개로 나누어 순회하면서 채취한다. 천초 시기가 되면 관행적으로 입찰을 한다. 대다수 동민이 해녀가 아니므로 공동으로 채취할 수 없어서다. 낙찰된 자는 임의대로 행사를 한다. 천초 채취권을 매매하거나, 다른 마을 해녀투입 등 독자적인 방법으로 생산할 수도 있다.

당시 나는 사업상 시내에서 거주했는데, 집에 일이 있을 때는 자주 왕래를 했다. 그날도 마누라가 천초 채취를 한다기에 마중도 할 겸 차를 타고 집에 가면서 중학교 후문 쪽으로 커브를 틀었다. 동네 할머니 해녀가 구덕을 메고 밭으로 가고 있었다. 차를 세워 할머니에게 물었다. "오늘 천초 채취를 하는데 왜 밭에 갑니까?" 했더니 "이젠 늙어서 잘 못 한다고 나오지 말라는 말은 안 해도 해녀를 인부로 쓰는 사람이 싫은 표정을 하는데 미안해서 갈 수가 없네."라는 게 아닌가.

가슴이 찡했다. 우리 바다에서 다른 마을 해녀는 입어를 하는데 마을 해녀는 밭으로 간다는 데 부아가 치밀었다. 어촌계장에게 면담을 요구했더니 집까지 와 주었다. 오늘 본 내용을 전하면서 매매는 점차 개선하더라도 당장은 다른 마을 해녀는 입어를 금지하고 마을 해녀만으로 채취하자고 제안을 했다.

어촌계장도 동감을 했다. 낙찰된 상인에게 다른 마을 해녀는 입어하지 않도록 설득하겠다는 약속도 했다. 당시 나는 제주시 수협 대의원직을 맡고 있었다. 마침 같은 대의원인 K와 Y 두 사람과 합석할 기회가 있었다. 타 어촌계에서는 볼 수 없는 관행의 잘못을 공감하는 K와 Y에게 함께 개선해 나가자고 약속했다.

며칠 후 제주시 집으로 전화가 걸려 왔다. 한동네 거주하는 사촌 동생이다. "어촌계장의 약속은 말뿐 달라진 게 없고 다른 마을 해녀가 계속 입어를 한다."는 것이다. 먼저 배신감이 들었다. 행정 담당자에게 이래도 되느냐고 자문을 구했다. 담당자는 구역 이외 입어는 있을 수가 없으며, 더구나 채취권을 매매한다는 것은 위법이라고 한다. 어민이 직접 생산 활동을 하지 않으면 소득도 없는 것이라면서 지도에 나서겠다는 약속도 했다.

나는 마을에 피해가 없는 차원에서 시정될 수 있도록 선도해 달라고 부탁하고, 한 달이 거의 지났을 때 마을에서 난리가 났다. '고발쟁이를 어촌계원에서 제명하라. 대문 앞에 담쌓아야 한다. 과태료 변상해라.' 행정에 지도를 부탁한 것이 묘하게 되어 갔다. 이 사실을 관계 장관에게 알렸다.

실제 고발이 목적이었다면 실명을 보호해 줘야 했다. 그러나 행정 지도를 희망했는데 고발쟁이로 매도하는 결과에 대해서 책임을 지지 않으면 법적 조치도 불사하겠다고 했다. 그 후 제주도지사 직인이 찍힌 공문이 왔다. 행정의 착오로 민원인께 피해를 끼치게 된 점에 대하여 진심으로 사과한다고 되어 있다. 담당자로 하여금 사과토록 하겠다는 내용이다.

담당 계장과 담당자가 집에 와서 잘못했다고 통사정을 한다. 과태료 발급 후 한 달 이내 이의를 제기해야 함에도 하지를 않아 어쩔 수가 없었다는 것이다. 과태료 납부액 보상 차원에서 투석 사업을 하도록 보조하겠다고 한다.

다른 마을 해녀 입어 금지와 천초 채취권 매매는 위법이라는 것을 규명하는 데 너무나 많은 희생을 해야 했다. 이런 기본적인 상식을 알면서도 힘센 쪽 다수의 편을 드는 것은 그간 가깝게 지낸 지인도, 심지어는 친척도 소외계층인 해녀까지 너나가 없었다. 1:500도 넘는 싸움이었다. 그러나 사건 이후 K는 절대 모르는 척 오히려 선봉에서 공격하고 Y는 일절 함구무언으로 행동한 것을 잊을 수가 없다.

마누라가 주위에 불편함을 전하고 원망할 때 마누라 입부터 막았다. "이 세상에서 당신마저 이해해 주지 않으면 내가 지고 만다고." 마누라는 나를 이해해 줬다. 한바탕 난리를 겪고 나서 천초 채취권을 매매하는 일은 없어졌다. 낙찰자가 있을 때는 파도가 거칠게 몰아친 후 밀려오는 천초를 함부로 주울 수가 없었다.

낙찰자가 없어진 바닷가에서 천초를 자유롭게 줍는 사람들을 볼 수 있다. 그중에는 나이 많은 분들이 많다. 부지런하면 수입이 짭짤하다는 것이다. 이런 말을 들으면 나 혼자 외롭게 투쟁한 지난날에 대한 보상을 얻는 것 같아 흐뭇하다.

자기가 알고 있는 것을 올바르게 펴지 못하고 세속에 아부하면서 양심과 영혼을 파는 사건들이 흔한 세상이다. 지식인들이 침묵하는 사회, 지식이 옳고 그름의 잣대가 아니라 자신의 출세와 이익만을 위한 수단으로 악용하는 사람들이다. 남의 자유와 권리를 짓밟는 이기심이 넘쳐나는 세상이다. 곡학아세는 결코 양식 있는 자로서 취할 태도가 아니다.

곡학아세(曲學阿世): 배운 것을 바르게 펴지 못하고 굽혀 세속에 아부하는 태도나 행동

노인대학

수요일 아침이다. 많은 선배와 삼촌을 만나는 날, 수염이라도 깎고 가야 한다는 생각에 거울 앞에 섰다. 노인이라 하기에는 설익은 풋과 일처럼 아직은 주름살 몇 개가 모자란다. 올해 갓 입학한 한창 어린 노인이 상노인께 건방지지 않게 보이려면 걸맞은 자세부터 갖춰야한다는 생각이다. 매주 수요일 10시부터 12시까지 노인을 위한 여러 가지 유익한 교육을 정해진 프로그램에 따라 왕년에 내로라하며 여러 방면을 섭렵한 선생님이 교육 내용에 맞춰 교대하면서 교육한다.

찬 기운이 채 가시지 않은 2월이다. 제주시 구좌읍 김녕로8길 14번지 노인대학 간판 위에 신입생을 모집한다는 현수막이 크게 걸렸다. 1, 2년 전에도 많이 망설였었다. 입학하기엔 너무 어리다는 생각이 발목을 잡았다. 다니고 있는 선배와 삼촌을 보노라면 아무리 노인으로 구분되는 나이지만, 같이 어울린다고 생각하니 괜히 쑥스럽고 아이로 대할 것만 같아 용기를 내지 못했다.

마감 임박해서 용기를 내 사무실에 들어섰고, 입학원서를 받아 꼼꼼히 작성한 후 입학금과 함께 제출했다. 모집 정원을 거의 채우고 있었다. 이웃 마을에 사시는 어르신도 많이 참여했다. 매해 모집 인원을 채우는 데는 별로 어려움이 없지만, 전 연도에 졸업했는데 더 배우고는 싶고 갈 곳은 없어 재입학하는 어르신도 많다. 교실은 한정되어 인원수를 희망대로 받아들이지 못하고 있다. 졸업식 한 후 신입생과 같이 재입학 하는 것보다 '심화반' 하는 식으로 한 등급 올렸으면 좋겠다.

노인대학은 1980년대 경로사상의 앙양과 더불어 노인들 스스로 자아실현을 위해 노인을 대상으로 하는 평생교육 차원에서 시작했다. 2001년 6월 한국 노인대학복지협의회가 창립되고, 2004년 3월 26일 사단법인으로 인가되었다. 초등학교, 중학교나 대학에 부설하거나 시민단체 또는 노인회에 의해 설치되었다. 2013년 현재 지부 포함 277개소가 설립되고 흔히 경로대학, 노인 교실, 노인학교 등 여러 명칭으로 불린다.

우리 마을에는 2003년 3월 10일 첫 입학식을 했다. 평상시 노인의 삶의 질 향상을 위해 고심하던 선구자가 계셨다. 다른 마을에서는 꿈도 꾸지 못하던 때 노인당 한편에 노인대학 간판을 세우고 할머니, 할아버지를 불러 모았다. 첫해 60명이 입학하면서 성황을 이뤘다. 초대 교장 선생님이기도 하신 김군천 어르신의 열성에 노인회가 앞장섰고, 부녀회뿐 아니라 온 마을 사람들로부터 관심을 불러일으켰다.

노인대학 설립뿐 아니라 마을의 크고 작은 어려움이 있을 때마다 솔선수범하시고, 심지어 일본까지 건너가 교포의 도움을 얻어 오기까지 숱한 고생을 하는 모습을 보면서 따르지 않을 수가 없었다. 가만히 보고만 있던 이웃 마을 어르신들의 호응까지 얻게 되어 지금은 명실상부 노인의 삶을 윤택하게 하는 산교육장이 되고 있다. 올해 13회 졸업식을 했다. 연인원 530명의 노인이 젊은 날 꿈에 그리던 사각모를 쓰고 주위 많은 분의 축복과 가족의 꽃다발을 안고 노인대학의 문을 나선다.

노인대학이 별 어려움 없이 운영될 수 있었던 것은, 초창기부터 거금을 기탁하면서 뒷받침해 준 외국인 더스틴 박사의 도움이 컸다. 젊은 날 제주에 왔다가 풍광에 취해 떠날 수가 없었다는 분이다. 만장굴과 사굴 사이에 당시에는 아주 큰 양계장을 운영하면서 주변 양계장의 선도적 역할을 했다. 병든 아내가 본국에 있지만, 떠나지 않고 양계장과 대학 강의를 하면서 어렵게 지냈다.

결국, 양계장은 병아리 감별사로 채용한 사람에게 넘겨주고, 사굴 지나서 멀지 않은 평지에 나무를 이리저리 밀식하더니 공원을 만들었는데 바로 관광객이 많이 찾는 미로 공원이다. 당시 사굴에는 김군천 어르신이 거주했는데, 두 분이 의기투합해 노인대학의 후원자가 되신 것이다.

애써 모은 재산을 사회에 환원하는 게 참으로 어려운 일이다. 미로 공원 소득을 학교와 사회에 아낌없이 내놓은 외국인이다. 유명을 달리하면서도 계속 도움을 주문하고 가신 외국인의 숭고한 정신이 함께하는 노인대학은 영원할 수밖에 없다. 마을에서도 제2대 김민식 학장 때부터 매해 보조를 이어 가고 있다.

육지 딸네 집에 가서 좀 아는 척했더니 "우리 어머니 그동안 많이 달라졌네." 하고 딸이 웃는데, "야, 그래도 노인대학 다닌다."라고 했다는 말을 들으면서 모두 웃는데, 왠지 웃음이 나오지 않았다. 일제

강점기, 4·3사건, 6·25전쟁을 겪으신 분들이 어떻게 학교마당을 밟을 수가 있었을까? 뉴스를 보며 소리는 듣지만, 지나는 자막을 읽을 수 있는 노인이 얼마나 될까? 다 늙어서 학교 간판 그리고 책상을 마주하는 벅찬 마음을 그 누가 알 것인가.

여러 분야에서 강의하던 분들이 수준에 맞춰서 젊은 학생 가르칠 때보다 더 열심히 강의한다. 한 사람 졸지도 떠들지도 않고 선생님을 쳐다보면서 열심이다. 젊을 때 배우지 못한 것을 한꺼번에 배우려는 듯한 열정에 마음은 이미 박수를 보내고 있다. 제주도 인구가 2019년 1월 현재 667,337명이다. 80세~89세 21,575명이고, 70~100세 인구도 69,160명 고령화 시대에 오래 사는 게 문제가 아니다.

노인대학에서 건강관리, 의료특강, 생활체조, 문화 활동뿐 아니라, 배움의 기쁨으로 성취감을 얻고 친교 활동으로 활기찬 노후를 보내는 어르신들이 많았으면 좋겠다. 방안에 누워만 있으면 빨리 늙고 병들 수밖에 없다. 지난해에는 김인식 학장님이 인솔하여 조금이라도 오몽할 수 있을 때, 움직여야 한다면서 비행기를 타고 문화탐방을 했다. 내년에도 실행하겠다는 계획을 들으며 좋아하는 모습에서 멀지 않아 다가올 나의 모습을 떠올려 본다.

도면 없는 계약

완성된 도면 없이 삼십억 상당의 사우나 건물을 어떻게 계약할 수 있었을까? 이와 관련해 마을 회의가 열렸다. 이미 한 달 전 총회에서 부실하게 집행한 관련자에게 앞으로 5년간 마을 일에 참여하지 못하도록 만장일치로 결의했는데, 당사자에게 발언할 기회를 주지 않았다는 이유로 회의 소집 요구에 따라 임시총회가 열린 것이다.

목욕탕 건립은 숙원사업으로 그동안 꾸준히 추진해 오면서 좋은 위치에 사업장을 마련한 지 꽤 되었다. 직전 이장이 진행 과정에서 예산 범위를 너무 초과하는 바람에 총회에서 동의를 얻지 못했다. 새로 당선된 이장이 이를 이어받아 추진위와 함께 활발히 추진했다.

운영위원회의에서 추진 부서를 결정하고, 진행 과정을 보고 받는 형식이다. 자체 부담 비율이 50%를 넘기면서 행정의 관여도 있었지만, 직접 집행할 수 있는 부분도 적지 않았다. 시작하면서부터 잡음이 끊이지 않았다. 주관 부서에서 진행되는 과정을 운영위원회에 보고하지 않고 독단적으로 진행한다는 불만이 결국 사건으로 불거졌다.

이장도 이를 해소하려는 노력이 미약했다. 신임을 잃어 가는 이장이 안타까웠다. 내가 선거관리위원장을 하면서 갖은 고초를 겪으며 탄생시킨 이장이다. 마을 안의 소문을 가지고 집을 찾았다. "이장님, 추진위원 말만 믿고 집행할 게 아니라, 향약에 있는 자문위원 몇 분을 선임해서 도움을 받도록 하십시오." 하고 간청했다.

며칠 후 궁금해서 이사무소를 찾았다. 이장은 부재중이라 사무장에게 물어봤다. "혹시 이장님이 자문위원 얘기하는 거 들어본 적 있냐?"라고 물었더니, "내가 무엇이 부족해서 자문위원 말을 듣냐." 하더라는 것이 아닌가. 내가 도와줄 일이 없구나 하는 마음으로 돌아서면서도 걱정이 되었다. 만약 잘못되기라도 하면 내게도 득이 될 것이 아니기 때문이다. 이런 분을 믿고 갖은 욕설과 소송까지 당하면서 원칙을 고수한 자신이 한심했다.

공사 지연으로 배상받을 돈이 줄 돈보다 많았다. 행정에서는 마무리 독촉이 이어졌다. 마을을 대표한 순둥이 세 사람과 영리한 업자가 앉아 궁리를 했다. 사업 관련 통장에서 업자에게 먼저 계좌 이체하여 행정을 따돌린 후, 다른 통장으로 돌려받은 다음 정산하는 것으로 합의했다. 업자는 계좌이체 완료 전화를 받고는 뒤도 돌아보지 않고 유유히 떠나갔다. 함께 결정한 사람도 구경만 할 뿐이었다. 업자의 농간에 놀아난 건지 협조한 건지 도저히 이해할 수가 없다. 만약 개인의 일이라면 그리 쉽게 당할 수 있을까. 억대가 훨씬 넘는 돈인데 정말 어처구니없는 사람들이다.

사용 승인 후에도 문을 열지 못했다. 하도급을 책임진 자가 받을 돈이 있다며 열쇠를 내놓지 않았다. 이장은 빨리 열라는 이민들 성화에 열쇠를 쥐고 주지 않는 자를 달래느라 진땀을 뺐다. 제갈공명이 나타났다. 목욕탕 앞 맹지 주인을 찾아가서 입구를 매입할 수 있도록 협조한다는 명목으로 이천 오백만 원을 받았다. 하도급자에게 쥐여주고 열쇠를 돌려받아 겨우 문을 열었다. 집으로 간 하도급자는 정말 지독한 사람이었다. 배려해 준 이장을 상대로 물품 대금을 요구하는 법원의 집행송달과 함께 마을의 통장을 압류해버렸다.

통장 압류에 따라 변호사를 선임하고 소송에 응하면서 총회가 열렸다. 이장은 책임지고 물러가라는 탄핵안이 상정되고 결국 탄핵이 되고 말았다. 내가 온갖 고초를 겪으면서 당선된 이장인데, 무능하다는 씻지 못할 불명예를 안고 물러나는 과정이 너무나 아팠다. 나의 조언을 무시한 이장이 원망스러웠다. 같이 집행한 사람들은 공동책임이라는 의식보다 각자 피하려는 모습이 꼴불견이라 더더욱 미웠다.

새로 선임된 이장이 목욕탕 건립에 따르는 과정과 문제점을 전문가 용역을 통해 책자를 내었다. 내용을 보면 탄핵당한 이장뿐 아니라 관련자들도 책임을 벗어날 수가 없다. 잘못하지 않았다고 주장하지만, 타당한 이유가 안 된다. 전문성과 자신이 없으면 맡지 말든지 모르면 물어보는 게 답이다. 두 가지 모두 행하지 않고 우물 안 개구리처럼 자신들의 지식이 전부인 양 소통과 보고를 게을리 한 결과였음이 드러났다. 총회에서 5년간 이정 참여를 막았다. 회의장에 당사자세 사람이 참석했지만, 회의 내내 아무런 이의도 제기하지 못했다.

얼굴이 참으로 두꺼운 사람이다. 회의현장에서 아무 말도 못 했는데 충분한 변명 기회를 주지 않았다는 이유로 이의를 제기한 것이다. 물론 참석한 당사자가 변명을 하지 않아도 변명할 기회를 주지 않은 회의 진행이 문제는 되지만, 가만히 앉아있던 당사자는 바보였는지 이해가 안 된다. 그 후 대의원을 찾아가 서명 날인을 받아 향약에 따라 임시총회가 소집되었다.

역시 동정에 약한 민족인데 일일이 찾아다니면서 설득한 보람이 있었다. 지난 총회 당시에는 아무 소리 않던 변호사들이 나타났다. 전 이장을 지낸 세 사람과 유지라 할 수 있는 두 사람이 가세했다. 어떻게 이장을 탄핵한 사건에 연루된 사람들의 선임을 맡게 되었는지 아리송하다. 도면 없이 계약한 사람을 욕하는데 응원을 못 할망정 되레 방해한다. 본인의 집이라면 도면 없이 계약할 사람이 아니다.

많은 사람은 직접적인 표현을 피했다. 지난 의결대로 하자는 원안과 관련자 중 대표인 자는 일 년, 나머지는 견책으로 하자는 개의 안으로 무기명 투표를 했다. 나의 주장이 열다섯 표 이상은 어렵다는 생각을 하고 있었다. 팔십팔 명 투표 결과 나의 주장이 삼십 팔 표의 성과는 의외였다. 기권 2표 빼고 사십팔 표 겨우 열 표 차이, 사람으로 따지면 다섯 사람 차이로 중죄는 피해갔지만, 두고두고 입에 오르내릴 것이다. 관련자 다섯 사람과 얽힌 사람이 훨씬 많았지만, 잘못에 대해서는 바른 판단을 하고 바른말 하는 사람을 응원하는 사람이 더 많다는 것을 알 수가 있었다.

아픈 경험을 통해서 도면과 내역서 없이 계약하는 사례는 영원히 추방되고, 시행자의 농간에 춤을 추는 사람은 마을 일에 참여하는 일이 없도록 경계를 했으면 좋겠다.

공인중개사

　볼펜 떨어지는 소리가 크게 들린다. 매의 눈을 한 감독관이 앞에 서 있고, 뒤편 감독관 시선은 내 뒷머리에 꽂혔다. 공인중개사 자격 시험을 치르는 교실이다. 입실해서 핸드폰뿐 아니라 부정 방지에 사용될지도 모르는 모든 소지품을 감독관에게 자진 제출했다. 시험지가 책상 위에 놓이지만, 시작 신호 없이는 손끝 하나 대거나 눈으로 내려다볼 수조차 없다. 시험 전부터 청심환을 먹는 여자를 많이 볼 수가 있었다.

　수능시험 볼 때보다 더 싸늘하다. 전국에서 동시에 시작하고 끝난다. 비행기 소음까지 배려하는 국가고시에는 대학생도 있고, 젊은 주부뿐 아니라 머리가 희끗거리는 나이 많은 분까지 계층도 다양하다. 나는 나이 많다 할 수 없지만, 그렇다고 젊은 측에 끼일 수도 없다. 어려운 시험문제를 받아 앉은 어르신들이 존경스럽다.

　1~2차로 구분해 실시하지만, 같은 날 같은 장소에서 행한다. 1차는 부동산학개론과 민법 그리고 민사특별법을 치른다. 전년에 1차 시험 합격한 수험생은 1회에 한하여 면제한다. 2차 시험과목인 중개 실무,

부동산공법, 공시법, 세법만 응시하면 된다. 처음 응시하거나 전년도 합격하지 못한 사람은 여섯 과목 모두 치러야 한다. 각 과목 60점 이상이면 합격인데 장난이 아니다. 나는 작년에 떨어지고 두 번째 응시하지만, 대여섯 번 떨어졌어도 포기 않고 응시하는 열정파들이 있어 감동이다.

매해 10월이면 시험을 치른다. 열심히 공부하고 먼 곳에 있는 학원을 찾아 강의도 열심히 들었다. 학원에 가 보면 각계각층 남녀노소 할 것 없이 대성황이다. 시험 때가 가까우면 줄어들기도 하지만 열심히 한다. 대부분 학교를 졸업하고 자기의 일을 찾으려는 젊은이와 은퇴하고 새롭게 일을 시작하려는 사람들이 대중을 이룬다.

시험을 치르고 세 시간도 채 지나기 전에 정답이 발표되었다. 부지런히 체크를 했는데 합격선에서 정답 두세 개가 모자랐다. 가슴속에서 뜨거운 무엇이 올라오는 것만 같아 참을 수가 없었다. 걸어서 십분 거리 동문통 시장을 찾았다. 막걸리와 소주를 번갈아 마셔 댔지만, 취기는 오르지 않고 탑동 파도 소리를 들으면서 난간을 방황하며 얼마나 오갔는지 모른다.

앞으로 두 번 다시 시험 보지 말자고 다짐하고 다짐하면서, 책도 보지 않고 학원 근처에도 가지 않았다. 삼 개월 후면 시험이라는 생각이 옥죄어든다. 이래서 사법시험에 미치는가 보다. 나도 몰래 전년도 필기했던 자료를 보게 되고, 벗들과 어울리는 일도 줄이고 좋아하는 소주도 멀리했다. 동네잔치 때면 차를 몰고 들로 나가 나무 그늘에서 책을 보고 저녁이면 일찍 식사하고 잠을 청했다.

삼라만상이 고요한 새벽 두 시 자리를 박차고 옥상으로 오른다. 움막을 지어놓고 책을 펼쳤다. 앉은 다리와 허리가 아플 때면 움막을 나와 시원한 새벽 공기를 힘껏 들이마셨다. 다행히 곁에 있는 가로등 덕분에, 공부하는 데 매진할 수가 있었다. 표시했던 부분을 거듭 보면서 고독한 싸움을 이어 갔다. 남들은 학원에서 하지만, 나는 낮에 밭에 나가 일을 해야 한다. 해녀인 마누라도 바다에 가랴, 밭에 가랴 바쁜데 내가 도와주지 않으면 안 된다.

드디어 합격이다. 대학 때 중간고사보다 어려웠다. 사람들이 축하할 때면 다른 사람들도 다하는데 뭐 별거냐고 하면서도, 기어이 해냈다는 생각이 들 때마다 하늘 높이 날고 싶었다.

처음에는 시내에 공인중개사 사무소를 내고 일 년간 일했지만, 별소득이 없고 겨우 생활하는 정도였다. 더 유지하려고 해도 점심시간이 괴로웠다. 혼자 식당에 앉아 생각하니 할 짓이 못 된다. 나 혼자 편해지자고 바쁜 아내를 나 몰라라 할 형편도 아니다. 마을에 와서 사무실을 열었다. 마을 사람들은 사고파는 게 소문날까 봐 가까운 마을 사무소를 피하고 시내로 비켜 간다.

자격 없는 사람이 간판도 없이 중개한다. 컨설팅이라는 간판으로 상담은 겉치레고 실제로는 중개업이다. 물론 적발되면 3년 이하 징역 2천만 원 이하 벌금이지만, 교묘히 빠져나간다. 수수료는 지자체마다 조금씩 다르지만, 통상 매매 교환인 경우 2억 미만은 1천분의 5 이내, 6억 미만은 1천분의 4 이내이고 임대차인 경우 1억 미만은 1천분의 4 이내, 주택매매가 6억 이상은 1천분의 9, 임대가 3억 이상은 1천분의 8 한도 내에서 상호 체결한다. 이는 공인중개업소에서는 지켜지지만, 일반 무자격 업자는 무시하기 십상이다.

중개 이전에는 거간居間이라고 했다. 객주주인이 생산자가 위탁한 상품을 판매하면서 취급하는 종류에 따라 우 거간, 포목 거간, 집 거간이라 하고 부동산의 토지나 가옥의 매매 임대를 중개하는 거간을 가쾌라 부르기도 했다. 사무소를 복덕방福德房이라 했는데 생기 복덕이란 말에서 유래된 것이고 거래당사자에게 큰 복덕을 일게 한다는 뜻이다. 점차 복잡 다양한 중개업을 규율하기 위해 1983년 부동산중개업법이 제정되었다.

퇴직금 투자할 곳을 찾다가 복덕방 말만 믿고 현장 확인 없이 계약하는 경우도 있다. 등기까지 마치고 가족과 현장을 찾을 때 복덕방은 연락이 안 되고, 어렵게 찾은 현장에 앉아 한숨 쉬는 사람을 본 적도 있다. 복덕방은 없어지면 찾기가 쉽지 않다. 공인중개사무소는 개업 전에 보증보험에 가입도 하고, 행정에서 관리·감독을 하므로 그런저런 불상사가 발생하지 않는다.

비싸게 팔아 드리겠습니다. 적정가보다 싸게 살 수 있도록 도와 드리겠습니다. 공인 중개도 사업이다. 헐한 물건 사뒀다가 비싸게 넘기는 일, 매매 후 등기를 미루다가 제삼자에게 전매하는 행위 등 위법의 손길이 유혹하는 사업인 것도 싫었다. 이 나이에 빌딩 살 것도 아니면서 편하게 살자. 아내 혼자 이리저리 뛰는 게 안쓰럽기도 하고, 나한테는 가격 정보만 얻고 실제는 다른 업소에 가는 꼴도 보기 싫었다.

가끔은 사무실 의자에 앉아 거드름 피는 꿈도 꾸지만, 어려운 시험 합격도 해 봤다는 자부심이면 족하다. 공인중개사보다는 작가로 살

아가는 게 훨씬 좋다. 악인은 작가가 될 수 없다. 많은 작가와 어울릴
수 있다는 것보다 더한 복이 또 어디에 있으랴.

제5부

백두산 심장 소리

"

연탄이 대대로 이어 온 생활풍습을 바꾸는 데는 오래 걸리지 않았다.
고된 풍습이 사라지고 편하게 된 일상을 누리게 된 것은
오직 연탄 덕분이다.

"

연탄

동이 트려면 아직 이른 시간이다. 이마에 나이테가 점점 늘더니 언제부터인가 깨우는 이 없어도 절로 일찍 일어나곤 한다. 겉창 밖으로 한풍이 지나고 있다. 파르르 떨리는 창 앞에 추위에 떨고 있는 실솔의 소리가 처량하다. 무술년 여름 더위가 100년 만에 최고 기록이라고 했는데, 겨울 추위도 기록을 경신하려는가? 12월 초순인데 연사흘 추워서 바깥출입을 망설이게 한다.

네 구석이 골고루 따뜻한 침대 위에 편안하게 누워 고등어 굽듯 이리저리 돌아눕는다. 참 좋은 시대다. 지게 위에 가마니를 얹어 조그만 어깨 위에 지고 들판으로 가던 때가 생각난다. 같은 또래들이 너나없이 굴묵 땔 재료를 구하러 다녀야 했다. 겨울은 예나 지금이나 춥지만, 옛날이 더 추웠다. 어깨 위 추위를 막아 줄 옷도 없었고, 발가락이 보이는 양말과 눈 위에서 맥을 못 추는 검은 고무신으로 겨울과 맞서야 했다.

눈은 지금보다 더 많이 왔던 것 같다. 고비샅샅 썰매를 타면서 해가 지는 줄 몰랐고 초가지붕 끝에는 고드름이 주렁주렁 달렸다. 눈

위에서 뒹굴고 썰매 타면서 고샅길에 왁자지껄하던 친구들! 엉덩이가 젖어도 즐겁기만 했던 시절에는 그래도 마음 놓고 먹을 수 있는 눈과 고드름이 있었다. 방과 후 들판으로 나가 우마분을(말과 소가 만들어 준 재료를) 줍고 와서 방을 따뜻하게 지피던 시절은 새카만 구멍 뚫린 연탄으로 대체되면서 사라져 갔다.

굴묵 땔 재료를 늦가을부터 부지런 떨지 않아도 대문 앞 연탄 배달차에서 100장 또는 200장을 보일러 있는 창고 벽에 쌓아 놓으면 월동 준비 끝이다. 연탄공장이 마을에 세워졌을 때는 신기해서 구경도 하고 너도나도 먼저 사려고 줄을 서기도 했지만, 대량 생산되면서 배달하게 된 것이다.

조상 대대로 이어 온 굴묵 생활이다. 저녁에는 방바닥이 너무 뜨거워 각자 뒹굴었다. 새벽이면 식어 가는 아랫목으로 자연스레 모여들던 가족들의 모습도 연탄보일러로 바뀌면서 많이 변했다. 편한 것으로 따지자면 비교할 수가 없지만, 연탄불이라도 꺼지는 날에는 대책이 없다. 굴묵이라면 다시 지피기라도 하겠지만, 방을 개조해 버린 상황이라 어쩔 수가 없다. 연탄불도 제일 추운 날만 골라서 꺼졌다. 하기야 연탄 한 장 아끼려고 구멍을 많이 닫아 놓은 게 죄지 연탄이 무슨 죄가 있겠는가.

연탄이 대대로 이어 온 생활풍습을 바꾸는 데는 오래 걸리지 않았다. 고된 풍습이 사라지고 편하게 된 일상을 누리게 된 것은 오직 연탄 덕분이다. 보일러 방에서 지내는 호사도 했지만, 땔감이 너무나 귀한 시절이라 남의 소나무밭에서 솔잎을 긁어 와야 했다. 산림녹화를 중요시하던 시절이라 산에서 마음 놓고 땔감을 구할 수가 없었다.

감시원에게 들키는 날에는 지게가 망가져야 하는 수모를 겪기도 했다. 농산물 수확 후 지푸라기도 모두 걷어왔다. 벌초 때는 지게를 지고 가서 온 가족이 풀 한 포기 버리지 않고 쉬엄쉬엄 지고 오기도 했다.

육지에는 일제강점기 때부터 연탄 보급이 시작되어 1950년대 본격적으로 사용했다. 1960년대 정부에서 규격을 정하는 등 관리가 시작되었고 1980년대 중반까지 전성기를 누렸다. 80년대 말 도시가스 보급 등으로 연료가 바뀌면서 급격히 감소했다. 하지만 탄광도 없고 수송도 어렵던 시절 섬에 사는 나는 구경도 못 했다. 비로소 전국적으로 감소하던 시기에 우리 집 보일러는 연탄이 책임을 지고 있었다. 도시가스 대신 석유풍로가 찌개를 끓였다.

언제부터인가? 마을에 있던 명물 연탄공장은 소리도 없이 사라지고 주유소가 자리를 잡았다. 보일러는 기름으로 바뀌었다. 집집마다 연기와 그을음이 낀 정겨운 부엌! 어머니가 초가지붕 묶고 남은 줄로 방석을 만들고 앉아 아궁이에 불을 지피던 곳이다. 온 가족의 생계가 시작되던 부엌도 연탄이 사라지고 나서 주방이라고 개명되어 곱게 단장되더니 가스레인지가 좌지우지한다.

며칠 전에 탄광촌을 돌아볼 기회가 있었다. 지금은 폐광되었고 광부들을 위한 허름한 판잣집은 잡초만 무성했다. 가난하고 위험했지만, 가족을 위해서 죽도록 일만 하던 광부들은 흩어졌다. 탄광 속에서 탄가루가 폐 속에 쌓여 기계로 호흡하는 광부는 병원에서 헐떡이면서 갸릉갸릉 거리는 소리로 하루하루를 보내고 있다. 그래도 한때는 문화의 혜택을 누릴 수 있도록 일조하던 광부를 생각하는 기회가 되었다.

폐광된 곳을 리모델링하여 박물관을 만들었다. 무연탄의 생성과정에서 채집과정, 광부들의 생활상까지 광부들이 죽음을 무릅쓰고 막장까지 파고 들어간 길을 따라 재현한 것을 보면서, 많은 것을 보고 느낄 수 있었다. 탄가루 때문에 도시락을 조금씩 열면서 식사하는 모습, 징과 망치로 시작되어 나중에는 현대식 장비로 채탄하는 과정도 보여주고 있다. 지금은 하향산업으로 몇 군데 남지 않은 탄광이지만, 일한 만큼 보람이 있었으면 좋겠다.

일제강점기에 노동 착취로 얻은 양질의 우리나라 석탄은 전쟁하는 일본 군함의 주 연료가 되었다. 군부 독재 시절에는 많은 광부가 굴 안에서 매몰되어 사고를 당해도 함부로 방송도 못 했다. 1979년 경북 문경 광산에서 광부 44명이 순직해도 국민들은 몰랐다. 해를 거르지 않고 위령비 앞에 두 손 모은 소복한 미망인과 가족들의 사진을 보면서 나도 모르게 두 손을 모아 본다.

발밑 시구에 눈이 간다. '연탄재 발로 차지 마라. 너는 누구에게 한 번이라도 뜨거운 사람이었느냐.' 가슴이 뜨끔 한다. 발끝을 보면서 그동안 무수히 차 버린 연탄재를 생각한다. 그래도 어렸을 때 철없이 행한 일이고 기간이 지났으니 벌은 면하지 않을까 싶다. 오히려 지금은 연탄재 쌓인 곳이 어디 없나 살피게 된다. 우리나라의 유일한 부존 에너지 자원으로 연료 공급뿐 아니라 경제발전에 크게 이바지한 석탄의 고마움과 함께 채굴하던 광부와 가족들의 노고에도 감사한 마음이 든다.

TV를 보다가 달동네 연탄을 나르고 있는 봉사대원들을 본다. 연탄은 몸을 따뜻하게 할 수는 있지만, 역시 마음을 따뜻하게 하는 것은 사람이라는 생각을 해본다. 올겨울 몹시 추울 것이라는데 주위에 어려운 이웃이 있나 살펴야겠다. 다음에 '누구에게 한 번이라도 뜨거운 사람이었느냐' 하는 시구를 만나면 떳떳하게 그렇다고 말할 수 있도록 준비를 해야겠다.

백두산의 심장 소리

우르릉 우르릉 콸콸, 68m 높이에서 장엄하게 쏟아지는 비룡폭포를 마주 보고 섰다. 국민의례 하듯이 엄숙한 자세가 되어 경건한 마음으로 바라보았다. 때마침 내리는 이슬비와 폭포에서 흩날리는 물보라가 안경을 흐리게 했지만, 결코 웅장한 폭포 소리는 눈과 귀를 막을 수 없다. 동으로 흘러간 폭포수는 두만강이 되었고, 서로 흐르는 폭포수는 압록강이 되었다. 중원으로는 송화강이 되어 드넓은 대지를 적셔 갖은 식생들을 자라게 한다.

2018년의 여름은 기상 관측 이래, 유례없는 무더위였다. 너나없이 폭염에 시달렸다. 낮뿐만 아니라 밤으로 이어지면서 열대야 속에 에어컨 신세를 졌다. 고인 물이 없어 모기들이 기를 못 썼으니 그나마 다행이었다. 밭의 농작물이 타들어 간다. 농업용수를 나르는 칙칙이도 지쳐 게을러 가는 시기, 몸도 마음도 지친 날 전화를 받았다.

공항에 시간 맞춰 도착하라는 통보다. 몇 개월 전부터 예약된 여행이다. 같이 모여 글도 쓰고 평도 하면서 모자란 부분은 교수님께 교육도 받는 모임이다. 꽤 연륜이 쌓였다. 교수님이 여행에도 일가견이 많은 분이라 문학에 도움이 되라고 백두산 여행을 주선했다. 평소에 마음속으로 가고 싶었던 곳이라 기쁘고 고마운 마음으로 동참했다.

단군개국 신화가 시작된 곳이고, 왕건의 탄생 설화뿐 아니라 중국 금나라 시대에는 영웅신이라 하여 제사를 지냈다고 한다. 더구나 청대 왕조의 발상지로 숭배하던 산이다. 근대사에는 김일성가의 성지로 백두혈통을 내세우는 산을 한 번은 보고 싶었다. 2,750m 주봉 주위에는 2,500m 이상 크고 작은 봉우리가 16개나 분포되고, 천지는 세계에서 제일 높은 곳에 있는 큰 호수라는데 어찌 보고 싶지 않겠는가? 민족의 영산! 온 국민이 보고 싶은 산인데 기회가 된 게 참으로 기쁘다.

장춘행 비행기는 오후 다섯 시 삼십 분 출발 예정인데, 항공기 연결 사정에 따라 연발이다. 미안하다고 나눠 주는 간식으로 마음을 달래면서, 결국 일곱 시 십 분에 출발할 수가 있었다. 시차는 한 시간이라 하지만 어둠은 차이가 없었다. 공항에는 현지 가이드가 팻말을 들고 있었고, 그도 기다림에 지쳐 있었다. 예약된 호텔까지는 멀어 못 가고 가까운 곳에서 쉬고 내일 일찍 출발하자고 한다. 호텔에 들었는데 후진 곳이라는 인상은 들었지만, 낮에 고생해서인지 쉽게 잠이 들었다.

호텔 조식도 준비하기 전에 버스에 올랐다. 노면이 고르지 않아 가끔 덜컹거리는 버스 창밖에는 멀리 나지막한 봉우리만 보이고 드넓은 대지에는 벼보다 많은 옥수수가 오와 열을 맞춘 장병처럼 끝없이 사열한다. 틈새에는 참깨밭도 보인다. 남방에는 농작물을 이모작 하여 많은 생산을 하지만, 질이 떨어지고 이쪽에는 한국과 같이 일모작

함으로써 질이 좋으며 중국산이라고 다 나쁜 게 아니라고 가이드가 침이 마르도록 설명한다.

덜컹대는 버스는 애기 구덕에서 자란 세대들에게는 잠을 자게 하는 요람이다. 달리는 여섯 시간 내내 중간에 향수를 떠올리게 하는 화장실에 잠깐 세울 때를 제외하고는 모두 눈을 감고 있다. 백두산 가는 길은 결코 쉬운 일이 아니다. 코를 골며 자서도 안 되고 떠들어도 안 되고 오직 명상하면서 정성을 다하는 마음으로 조용히 가야 하는 길이라는 걸 배웠다. 어쩌면 버스가 그런 분위기로 인도하는 것 같다.

옛날에도 산에 오르려면 목욕재계하고 경건한 마음으로 제사를 지냈다고 한다. 아침에 출발하면서 하늘을 보고 천지연을 볼 수 있겠다는 희망에 부풀어 있었다. 일행은 챙기고 간 옷을 입은 사람과 현장에 추위를 얕잡아 보고 나같이 덜 준비한 사람은 현장에서 빌려주는 옷을 입고 수많은 관광객 틈에 끼어 섰다.

천지까지는 버스를 운행할 수 없다고 한다. 전날 눈이 많이 내려 갈 수가 없다는 것이다. 사회주의 국가에서 결정은 곧 통제로 이어졌고, 다리는 힘이 빠진다. '한라산에서 백두산까지 얼마나 힘든 길을 왔는가.' 하고 생각해 보지만 어쩔 수가 없다. 꿩 대신 닭이라고 했다. 비룡폭포로 목표가 정해졌고 일부러 심어 놓은 듯한 자작나무 군락지를 보면서 섭섭한 마음을 위로했다.

백 번 와서 두 번 본다고 백두산이라고 했다는 농담을 들으면서 고개를 끄덕였다. 구월 하순부터 다음 해 오월까지 연중 아홉 달이 겨울이고 청명한 날은 사십여 일 정도라지만, 탈북민들은 삼십일 정도라고 증언한다. 어쩌면 못 본 게 당연하고, 볼 수 있었다면 땡잡은 것인데 아무튼 한쪽이 빈 것 같은 마음은 어쩔 수가 없다.

비룡폭포로 오르는 길이다. 잠재된 화산 열기가 길목의 흐르는 물을 데워 김을 내뿜는데, 여기서부터는 신이 거주하는 영역이라고 하는 것 같아 신비함을 더 해 준다. 계단을 오르는 게 작년 다르고 올해 다르다. 여행은 조금이라도 젊었을 때 하는 거라는 선배 이야기가 생각난다. 하산하면서 군데군데 작은 폭포에서 추억을 담으면서 버스를 탔다.

일송정과 해란강을 그대로 지나칠 수 없어 일행은 추억을 담았다. 버스 안에서 '선구자'를 불러주신 교수님도 추억에 담았다. 백두산정계비 표시대로라면 간도 연변 땅은 우리 국토가 분명하다고 조선의 조정은 고집했지만, 막강한 청의 세력에 밀리는 상황에서 이익을 얻으려는 일제강점기 철도를 얻는 대가로 일본은 묵인했다. 양보한 간도 땅에는 조선족이 200만 명이 거주하고 있다고 한다.

남한 관광객이 많아 조선족이 가이드로 덕을 본다는 이야기를 들을 수 있었다. 우리나라 대통령과 북한 대표가 천지에서 손을 맞잡은 장면을 보면서 중국 땅을 거쳐 힘들게 갈 것이 아니라 대통령이 밟은 코스대로 누구나 갈 수 있는 날이 오기를 기원해 본다. 그날이 올 때까지 백두산의 심장 비룡폭포는 힘찬 박동 소리를 내면서 쏟아져 내릴 것이다.

돗제

겨울비가 내린다. 비가 그치면 찬 바람이 몰아칠 것이다. 겨울은 늘 이렇게 깊어 간다. 끝내 사람들을 방안으로 몰아 놓고 하얀 눈으로 발자국의 동선까지 경계할 것이다. 건넛집에서 돗제를 지냈으니 오라는 연락이 왔다. 마침 술 한 잔 생각나던 참에 얼씨구나 하고 집을 나섰다.

김녕리에는 예부터 찬바람이 들기 시작하면 돗제를 지낸다. 가정마다 다르지만 3년 또는 5년 주기로 한다. 지금은 많이 뜸해져 간다. 좋은 날을 택해 3일 전부터 대문간에 왼새끼로 금줄을 친다. 돼지만 장만하는 게 아니라 일곱 개씩 쌓은 돌레떡 다섯 접시를 비롯해 삶은 계란 3개 술 석 잔, 과일도 올린다. 양푼에 쌀(나중에 심방이 운수 보기 위한 것)뿐 아니라 지전과 가족 이름이며 나이까지 하얀 면에 써서 올린다. 안칠성을 위한 차롱까지 준비한다. 누구나 음식을 만질 수도 없다. 모시는 가정은 온갖 지극 정성을 다 들인다. 제가 끝나면 동네 분들을 초청해서 제에 올렸던 돼지고기와 삶았던 물에 모자반을 넣고 끓인 죽과 함께 술을 대접한다. 참석하지 못하는 어르신께도 일일이

고기를 싸서 집을 방문하면서 갖다 드린다.

지금은 가정에서 돼지를 키우지 않아 정육점에 부탁해서 제물을 준비하지만, 예전에는 각 가정에서 정성으로 키운 검정돼지를 제물로 썼다. 사람도 먹고살기 힘든 시절에 일부러 돼지를 키운 게 아니라, 통시 문화 시절에는 온 섬이 뒷정리를 위해서 돼지를 키우지 않고는 별도리가 없었다. 세월이 지나 성장이 좋은 백색 돼지가 나오고 갈색도 나왔지만, 돗제를 계획했을 때부터는 성장이 더뎌도 까만 돼지를 장에 가서 만지고 보듬으면서 골라 사 왔다.

한 칭(60kg) 정도는 되어야 넉넉한 제물도 되고 끝나서 푸짐하게 대접할 수도 있는데 키우기가 여간 힘들지 않았다. 지금은 사료만 잘 주면 100kg도 수월하게 키워 내지만, 먹고살기 힘든 시절에는 남는 게 없었다. 사람도 힘들고 돼지도 힘들었지만, 온 가족이 시간 맞춰 정성으로 물주고 곡식(보리, 조) 정미한 후 생기는 영양가 없는 가루와 겨를 주면서 키웠다.

돗제를 하는 데 일정한 주기가 있는 것은 아니다. 집안에 잔치를 앞두거나 자식들이 잘되어 경축할 일이 있을 때, 또는 기원할 일(합격, 무사 안녕, 등)이 있을 때도 지내며 액을 막아 달라고도 한다. 남의 것을 얻어먹었으니, 나도 조상께 대접도 하고 주위에 대접도 할 겸 하는 경우도 있다. 경축할 기쁨은 배가 되고 어려움을 나누면 반이 되었다. 조상을 위하고, 이웃과 나누면서 심리적 위안과 함께 상부상조하는 마을로서, 타 마을에서 부러워하는 화합 단결된 모습을 유지해 왔다.

돗제를 시작한 연대는 알 수가 없다. 발굴 과정에서 나온 돼지 머리뼈와 제기들은 철기시대로 추정된다고 했다. 우리 마을에는 공동 묘지가 근접해 있다. 해안마을에서는 볼 수 없는 풍경이다. 마을을 지나는 차량이 묘지 곁을 달리고 있다. 묘지 근처 서쪽에 수백 년 자란 돗제 폭낭(팽나무)이 있고, 밑에 조그만 굴이 있다. 이곳이 돗제의 근원지인 괴네깃 굴이다. 굴 안에 다듬어진 큰 암반이 제물을 올렸던 자리였음을 알 수 있다. 접신하는 심방을 필두로 마을 어르신들이 제물을 올리고 마을의 무사 안녕을 기원하던 곳이다.

일설에 의하면, 신들의 고향 송당에는 한라산을 제집 드나들듯 사냥으로 살아가는 소천국이라는 걸출한 신이 살았다 한다. 소문을 들은 여신이 나타나는데 강남 천자국에서 왔다는 금백주였다. 둘 사이에 자식들이 늘어 사냥만으로는 살아가기 어렵게 되자 농사를 짓게 되었다. 소천국이 소를 몰아 쟁기로 밭을 가는데, 지나던 중이 배가 고파 그러니 밥을 얻어먹을 수 없냐고 물었다. 마음씨 좋은 소천국은 마누라가 싸 준 점심 그릇을 가리키며 먹고 가라고 손짓한다. 대식가인 소천국이 점심때가 되어 먹으려고 했더니 그 많은 음식이 하나도 없다.

배고픈 소천국은 밭 갈던 소를 잡아먹었지만, 허기가 채워지지 않았는데 마침 옆 밭에 풀 뜯는 소가 보여 마저 잡아먹고 만다. 밭을 얼마나 갈았나 보려고 아내인 금백주가 갔을 때는 소는 보이지 않고 남편이 배로 쟁기를 밀면서 밭을 가는지라 소가 왜 없느냐고 묻자 사실대로 이야기를 했다. 남의 소를 먹었다는 말에 소도둑놈 하고는 살수 없다 하여 헤어졌다. 헤어질 당시 여덟 번째 애를 배고 있었다. 나중 이 애가 자라 아버지를 찾게 되자 할 수 없이 알 송당 오백장군 딸과 살고 있는 소천국을 찾아갔다. 아버지 무릎에 앉아 처음 보는 수염을 신기한 듯 잡아당겼는데, 뱃속에서부터 갈라놓더니 괘씸한 불효라고 해서 직접 죽일 수 없어 궤짝에 넣고 바다로 띄워 보내고 만다.

용궁의 셋째 딸과 혼인했으나 대식가의 식량을 감당할 수 없어 셋째 딸과 함께 궤짝에 띄워 보냈는데, 어머니 나라인 강남 천자국에 닿았고 난리를 평정한 대장군 되었다. 제공하는 모든 것을 뿌리치고 고향을 찾았지만, 아버지는 제 발에 저려 죽고 아들만 걱정하던 어머니도 금의환향 소식을 듣고 절명하고 만다. 제를 지내고 홀로 한라산에 올라 거처할 곳을 찾다가 김녕에 터를 잡는데 인간에겐 조그만 굴(궤)로 보이지만 신이 보기에는 궁궐로 보이는 이곳에 정좌하게 된다.

모른 척하는 인간이 미워 각종 요화로 난리를 치른 후 주민들이 몰려와서 잘못했다고 빌어 용서하고 까만 돼지를 통째 올리도록 한 것이 돗제의 시원이 되었다. 이후 굴 근처로 상여가 지남에 피 냄새가 난다고 하여 각각 가정에서 하도록 했다. 인간이 존재하면서 한계를 느끼게 되었고, 사람 힘으로 할 수 없는 것을 누군가에게 또는 무엇인가에 의지하려고 했던 것임은 모두가 아는 사실이다. 눈에 보이지는 않지만, 틀림없이 있다고 하는 믿음은 신앙을 낳게 했다고 본다.

돗제 중에 심방이 주문하는 말 중에는 '조부감절'이라는 게 있다. 만사형통하고 조상님과 신이 돌보사 돈과 재물이 늘어나고 집안이 윤택하기를 비는 것이다. 돗제 신뿐만 아니라 조상과 이웃 모두에게 기원하고 싶은 주문인 것 같다. 영웅의 신을 모시고 의지하는 사람들

이다. 앞으로도 같이 모시고 의지하고 나누면서 화합단결의 원천이
되는 돗제는 영원했으면 좋겠다.

택일

 가랑비가 내리면서 잔뜩 약을 올린다. 우산을 계속 쓰도록 하든지, 아니면 손에 들지 않도록 하든지. 우산을 쓰면 그치고 접으면 내린다. 이틀 전, 설 명절에 아파트에 갇혀 층간소음 때문에 기를 펴지 못하고 살던 손자들이 모였다. 마음 놓고 별천지를 만난 듯 집 안 구석구석 휘저어 다니던 손자들 모두 떠나고, 마음이 울적한데 방정맞게 가랑비가 오락가락한다.

 입춘이 지났지만, 한풍에 손을 감추어야 한다. 더구나 내리는 가랑비마저 한기를 머금어 궂은 날씨인데, 누가 문을 두드린다. 같은 마을이지만 십오 분 이상을 족히 걸어왔을 팔순 노인네가 왔다. "날 좋으면 만날 수 없을까 해서 왔어." 하며 들어서는데 풀어져 가는 파마머리와 작은 어깨가 살포시 비에 젖어 있다. 얼른 난로 앞으로 안내를 했다. 얘기하지 않아도 왜 왔는지 안다.

 "할머니 언제까지 조왕제 택일 받앙 허쿠가?"

 "우리 어머니가 하던 일이고, 할머니도 하던 일인데 내 대까진 해야 주." 하는 할머니와 대화를 하면서 후대에도 끊이지 않았으면 하는 바람이 엿보인다. 전통을 고수하는 마을 대부분이 마을제를 한다. 마을의 번영과 액을 막아달라고 참석하는 제관들은 합숙하면서 정성으로 몸과 마음을 깨끗이 한다. 마을 사람들도 부정 타는 일 없도록 명심한다. 예전에는 마을 안에 윈노(보통은 오른쪽으로 줄을 꼬는데 마을 제 조왕 제 줄은 왼쪽으로 꼰다.)를 꼬아 여러 입구에 줄을 매었다. 거름도, 비료와 농약도 일시 중지다.

마을제가 끝나면 심방이 일 년 중 제일 바쁜 시기다. 시간에 구애 없이 바쁘게 개인 집을 찾아다닌다. 조왕제를 주관하는 것이다. 예전에는 부엌에서 행하던 조왕제다. 불씨를 지키기 위해 온갖 정성을 다했다. 시어머니에서 며느리로 이어지는 불씨 지키는 일은 결코 쉬운 일이 아니다. 잘못하면 쫓겨나기도 했다는 얘기가 전해질 정도다.

불이 지니는 상징성 때문에 신앙의 대상이 되었다. 부엌에 조왕신이 가정의 복을 얻도록 도와주고 액을 막아 준다고 믿는다. 아기가 태어나 처음으로 문밖을 나설 때는 솥 밑에 검댕을 얼굴에 묻히고 성냥 알 몇 개비 넣고 나갔다. 상가를 다녀왔을 때는 먼저 부엌에 들러 물을 마시고 안으로 들어왔다. 지금도 제사 명절에 문전 상과 본상 외에 안네 상을 차려서 차례가 끝나면 잡식하여 주방에 공손히 올린다.

부엌이 주방이 되고 발화는 쉬운 일이 되었다. 수도마저 코앞에 있다. 발화가 쉬워짐에 따라 불신에서 부엌 신, 부뚜막 신을 거쳐 지금은 현대화된 주방의 신이 되었다. 주방에 정성으로 차려진 제물 앞에 두 손 비비며 기원한다. 집안에 복을 빌고 가족의 건강과 번영을 기원하기 위해 조왕제를 하는 것이다. 해산, 육아, 출타 중인 가족, 군대

간 자식, 입학 취직까지 모두 잘되기를 두 손 모아 비는 어머니다.

민속신앙은 택일에서 출발한다. 출판 기술이 좋아진 시대다. 책방에서 해마다 발간되는 책력 구하기는 어렵지 않으며 고가도 아니다. 내용에 보면 길하고 흉한 날이 적혀 있다. 좋은 날이라고 모든 사람에게 똑같이 좋은 날이 아니다. 그래서 철학관을 찾게 되고 좋은 날 중 자신에게 맞는 날을 택일하게 된다.

음양오행의 원리와 육갑 신살 법 등에 따른다. 생년월일을 기준으로 하여 생기 복덕 좋은 날을 택하는 것은 좋은 날의 기운을 받는다는 기대감이 있기 때문이다. 삼국사기나 삼국유사의 기록으로 보아 오랜 역사를 함께 했다는 것을 알 수 있다. 요즘에는 택일에 의지하기보다 좋은 게 좋은 것이란 심산으로 택일을 하는 것 같다. 결혼인 경우 되도록 좋은 날 중 공휴일이 끼기를 원한다.

장 담그는 날은 마트에서 쉽게 구하게 되어 없어지고, 장례도 삼일장이 보편화 되어 택일이 중요치 않다. 이렇게 시대 흐름에 따라 택일 풍습이 많이 달라져 간다. 아직도 혼인, 이사, 개업, 건축, 집수리 등은 택일해서 하려고 한다. 예전에는 자연분만인데 요즘은 병원에서 분만하면서 택일을 한다. 사주팔자를 기록한 책은 자연분만을 중시했다. 억지로 시간까지 맞추면서 분만하는 시대가 올 줄은 차마 몰랐을 것이다. 좋은 날 좋은 시간을 택해 유능한 인재들이 많이 출생했으면 좋겠다.

택일 공부를 했지만, 꼭 택일해야 한다고 주장하고 싶지는 않다. 좋은 날을 골라 좋은 기운 얻겠다는 심리와 좋은 날 택일해서 제를 올리는 일이 나쁘지 않다는 걸 모르는 사람이 없다. 무조건 해놓고 결과가 나쁘면 혹시 흉한 날에 한 게 아닌가? 책력에는 좋은 날인데 나에게는 맞지 않은 날이 아닌가? 의심하게 되고 결국은 병이 되는 경우가 있지 않을까 경계할 따름이다.

낙인

골목 안이다. 한쪽에선 장작불이 벌겋게 타오르고 있다. 손잡이 밑으로 긴 철근 끝에 주먹보다 작은 원형의 철 도장이 장작불에 빨갛게 달궈진다. 아직은 잔설의 꼬리가 음지에 사려 있는 초봄이다. 동네 힘깨나 쓰는 장정들이 모여서 외양간에 있는 두 살배기 소를 끌어내 앞·뒷발을 묶고 옆으로 눕힌다. 머리를 누르는 사람, 다리와 몸통을 누르는 사람으로 꼼짝 못 하게 한 후 벌겋게 달궈진 철 도장을 엉덩이에 대고 누른다. 처음에는 뿌지직 연기를 내며 털이 타고 나중에 살타는 냄새가 나면 작업 끝이다.

특수작물이나 비닐하우스 재배가 없던 시절이다. 단조로운 작물만 재배하던 시절에는 농한기와 농번기 구분이 분명했다. 경제적으로는 어려웠지만, 농번기에는 서로 돕고 어우러져 작업을 했다. 우마로 밭을 갈고 짐을 실어 날랐다. 소가 없는 집에 밭갈이를 해 주면 대신 김매기를 하거나 수확하는 일을 거들면서 살았다. 웬만하면 남자 있는 집 외양간에는 소 한두 마리씩은 기르던 시절이다.

송아지가 젖을 먹을 때는 어미 곁에서 떨어지지 않고 바짝 붙어 다닌다. 밭갈이할 때는 성가시게 할 때도 많다. 겨우 떼어 놓으면 한창 밭갈이하는 어미젖으로 달려들어 할 수 없이 쟁기를 세워야 한다. 두 살이 되어 젖을 떼고 나면 천방지축이다. 어미 곁보다는 벗들과 어울려 다니느라 엉뚱한 먼 곳까지 가서 돌아오지 않으면 주인이 찾아 나서서 생고생을 한다. 이미 어미 뱃속에는 동생이 자라고 곁에 가려면 자꾸 밀어낸다. 관심밖에 난 두 살배기 소가 일탈을 하는 것과 사춘기 자녀가 일탈하려는 심사가 어쩌면 그렇게 닮았는지 모른다.

농번기가 시작되기 전 추위가 겨우 조금 비켜선 날 목장 방목에 앞서, 두 살배기 소의 엉덩이에 낙인을 찍는 것이다. 외양간 어미 곁에 함께 있을 때는 괜찮지만, 목장에 풀어 놓으면 찾기도 힘들고 때로는 비슷한 또래 중에서 고르기도 쉽지 않다. 이때 낙인은 무엇보다 정확한 근거가 된다. 낙인에 참여한 모든 사람이 증인이다. 우마를 키우는 사람들은 너나없이 낙인을 찍었다. 많은 가축을 키우는 사람은 자기만의 고유한 낙인을 사용한다. 그렇지 않은 사람들은 공유했다. 우마를 키우는 사람은 낙인을 보면 누구네 가축이라는 걸 다 안다.

녹음이 우거진 들판에서 자기의 가축을 못 찾는 경우도 많다. 목장을 누비는 다른 사람에게 물어본다. "우리 소 어디서 못 보셨나요? 엉덩이 낙인이 3입니다." "아, 그 소 저 너머 동산 아래 다른 소들과 같이 있어요." 하면 고맙다는 인사와 함께 쉽게 찾아 나서는 것이다. 이러한 편리함 때문에 많은 가축을 거느리는 사람들은 목장 한쪽에 낙인찍을 준비를 해놓고 많은 장정을 부르기도 했다. 표준어로는 낙인이지만, 어르신들은 '내긴'이라고 했다. 가축을 키우는 사람만 서로 도우면서 한 것이 아니라, 낙인찍는 날이면 동네 장정들이 모두

자기 일같이 거들었다.

낙인찍는 날 동네 젊은이들이 합심하여 서로 돕던 시절이 그립다. 요즘 농촌엔 외양간도 없고 소도 쟁기도 없다. 마을 안 오래된 팽나무는 그대로인데 그늘 밑 어르신들은 다 어디로 갔을까? 초등학교 운동장에 세종대왕과 이순신 장군 동상은 그대로인데 아이들은 어디에 깊이 숨기라도 한 건지 보이지 않는다. 예비군복 입은 장정과 젊은 여인들은 도시로 거의 떠나고 두 살배기 다간 송아지에 낙인찍던 자리에는 하늬바람에 까만 비닐봉지만 이리저리 날려 다닌다. 참 청승맞다.

철 도장이 짐승 엉덩이에만 찍히지는 않았다. 짐승만도 못한 인간에게 철 도장을 찍던 시대도 있었다. 이마에 철 도장을 찍어 정상적인 인간으로 살아갈 수 없도록 한 형벌이다. 인권을 중시하는 시대다. 그런 형벌은 생각도 할 수 없지만, 짐승만도 못한 인간이 거리를 활보한다. 발목에 전자발찌를 채워 위치를 추적하면서 관리를 해도 이미 인간을 포기한 자들이다. 끊고 도주하고 선량한 피해자는 또 늘어난다. 오래전에 버려진 짐승 엉덩이에 사용했던 낙인 철 도장을 찾아서 얼굴에 할 수 없다면, 손등에라도 도장을 찍었으면 좋겠다.

평생 장갑이라도 끼고 살도록 해야 많은 사람이 경계하면서 위험에 대비할 수가 있을 것이다. 전자발찌는 공시 효과가 없다. 흉악범이 코앞에 있어도 모르고 지내다 어느 날 갑자기 변을 당하는 소식을 각종 매스컴을 통해 들을 때마다 속상하다. 인권을 중시하고 부르짖는 선구자들을 존경한다. 이런 일에 대비한 설명서도 보이면서 했으면 좋겠다. 재판하는 사람, 인권 주장하는 사람, 피해자가 자기의 부모, 형제, 자식이라고 마음속에 먼저 새겨 놓고 했으면 좋겠다.

짐승 엉덩이 낙인을 보면 임자만 아는 게 아니라, 주인의 인간 됨 됨이까지 알 수 있다. 이 사회는 피할 수 없는 낙인 사회다. 그 사람의 얼굴을 보기 전에 이름만 들어도 어떤 사람인지 알 수가 있다. 본인뿐 아니라 처, 자식 얽힌 가족까지 알게 되고, 때로는 살아온 내력까지도 안다. 같이 술 한잔하고 싶은 사람도 있고, 만나면 피하고 싶은 사람도 있다. 상 받을 일에는 앞장서고 욕먹을 일에는 교묘히 빠지는 영리한 사람이 누군지 이름만 들어도 안다.

실은 자신의 얼굴과 이름이 곧 낙인이다. 훗날 좋은 사람으로 기억될 수 있는 낙인을 받기 위해 성실히 살아왔는지 돌아본다. 남을 돕거나 사회 어려운 일에 앞장선 일은 있는지. 남들이 하기 싫어하는 일이나 말을 나서서 한 적은 있는지 자신을 뒤돌아본다. 까치 하얀 배 마냥 바른말 한답시고 욕보인 일도 많았지만, 모두 입을 다물고 있을 때 공금 횡령한 자를 성토한 것을 보면 비뚤어지게 살지는 않은 것 같다.

한라문화제

준공된 지 칠 년, 젊은 운동장은 무척 넓었다. 무더운 여름에 시달리던 천연잔디가 하늘을 질러간 우리를 편하게 맞아준다. 전국 민속 경연을 펼치는 경기도 성남 종합운동장, 내로라하는 민속 팀들이 각양각색 향토의 진한 냄새를 풍기며 모여들었다. 여러 개의 긴 장대에 깃발을 꽂아 위용을 떨치며 요란한 악대의 풍물 뒤로 생뚱한 지역 사투리를 주고받으며 입장이다.

예쁘게 단장한 여인네도 있고 하얀 수염 길게 붙인 노인도 있다. 지게 지고 쟁기 진 사람과 소로 위장한 사람 둘이서 머리와 꼬리 부분이 되어 들어오는데 주인 말을 듣지 않아 애를 먹인다. 고장을 대표하는 깃발의 색이 다르고, 주고받는 말이 다르고 옷의 매무새며 빛깔도 갖가지다. 거의 하얀색 옷을 입었는데, 유독 우리만 하얀 광목에 감물을 들인 갈색이다.

경연으로는 농악, 걸궁, 민속 부문 등으로 나뉘는데, 지역의 명예를 거는 일이라 갈고닦은 실력을 아낌없이 펼쳐 놓아야 한다. 관람하는 사람은 흥이 나고 어깨춤도 추지만, 경연하는 사람들은 조금의 흘어

짐 없이 맡은 역할을 충실히 하느라 비지땀을 쏟는다. 결과가 좋으면 탓하지 않지만, 나쁘면 책망을 들어야 한다. 더구나 연출을 책임진 입장에서는 구석구석 살피면서 마음을 조아려야 한다.

전국 10대 향토문화제에 꼽히는 한라문화제는 매년 9월 중순에서 10월 초순경 일주일간 열린다. 불꽃놀이, 시가행진 등 전야제에 이어 음악과 무용, 국악과 사진 촬영 등이 경합을 하지만, 한라문화제의 꽃은 읍·면·동을 대표하는 걸궁과 민속경연이다. 우승팀은 전국 경연대회에 출전하는 영예를 안게 된다.

1990년 마을 책임자로서 한라문화제 경연에 참여를 위해 연출을 맡았다. 전문성이 없는 나로서는 너무나 버거운 일이다. 역대 참여했던 경험자와 관록 있는 지도자가 있어 그나마 다행이었다. 이분들이 민속보존회 깃발을 잘 간직하고 있었고 여러 차례 참여하면서 얻은 소중한 경험과 떨쳤던 명성도 있었다. 한라문화제 하면 자연히 우리 마을을 연상하게 되고, 읍 대표로 나가는 일도 당연시되었다. 따라서 연출하는 책임자의 어깨가 무거울 수밖에 없다.

바다와 밭에서 지새는 마을 사람을 저녁 식사하고 쉴 틈 없이 초등학교 운동장으로 모이게 하는 일은 어려운 일이다. 평안감사도 싫으면 그만인데 마을의 명예가 무엇인지 지친 몸 무릅쓰고 운동장에 모인다. 참여를 게을리하면 서로 책하기도 하고 독려도 하면서 열심히 했다. 서툰 연출 탓하지 않고 모두 일심으로 자기 일처럼 맡은 역할을 해나갔다. 중천을 향해 가는 밝은 달을 보면서 좋은 성과를 얻게 해달라고 성심으로 빌었다.

한마음 한뜻으로 애면글면 최선을 다하고, 시내에 도착 후 타 읍·면·동 대표들과 어울렸다. 많은 인파 속에는 도민뿐 아니라 관광객까지 시가행진을 함께 하면서 경연장으로 모여들었다. 경연에 직접 참여하지 않는 마을 사람도 응원하러 어려운 발걸음을 하고 목이 터져라, 응원해 주었다. 많은 인파 속에서도 기죽지 않고 차분히 맡은 바 역할을 다해 주는 일행들이 정말 고맙고 대견하여 조마조마 연출하면서도 마음이 짠했다. 진인사대천명 최우수상을 받고 참가자뿐 아니라 응원 나온 마을 사람들과 부둥켜안고 뛰었다.

도 대표로 뽑혀 출전하는 일행은 오십 명에 가깝다. 더구나 젊은 사람은 몇 안 되고 대부분 나이가 지긋하신 어르신들이다. 비행기를 처음 타는 이들도 많았다. 출발 전에 정성으로 제물을 차려 마을 수호신인 큰 당을 찾아 출발을 알리고 무사히 다녀올 수 있도록 해 주십사 빌었다. 소품 중 테우와 배를 미리 준비해야 하므로 목수 일행은 문화제의 살아있는 전설 김군천 할아버지 따라 선발대로 먼저 떠났다. 며칠 후, 많은 인원을 점검하면서 현장에 도착시키는 일은 결코 쉬운 일이 아니다.

숙소에서 일탈하지 못하도록 관리하는 일도 어려웠지만, 서로서로 감시자가 되어 주었다. 초저녁에 중년 한 분이 찾아와서 책임자를 찾는다기에 나섰다. 사연인즉 어려웠던 시절에 여동생과 이별하여 간간이 소식은 들었지만, 만날 기회가 없었다. 마침 이곳에 왔다는데 집에 데리고 가서 재우고 아침에 일찍 오게 해 달라는 부탁이다. 사연을 전부터 알고 있던 터라 승낙하고 불러서 대면을 시키는데 오누이 간에 그렇게 서먹할 수가 없다. 오빠는 손잡고 가자는데 도리질이다. 무겁게 돌아서는 중년의 어깨가 들먹이는데 내 마음도 서늘했다.

전국에서 일등들만 모여든 넓은 운동장, 제주도 깃발을 선두로 보존회 깃발까지 대여섯 높은 장대를 들고 젊은이들이 앞장을 섰다. 뒤이어 풍물패와 함께 무형문화재 제10호 어르신의 가락이 운동장을 메우고 소품들도 제자리를 찾는다. 불턱에서 해녀들이 나와 풍물과 해녀 노랫가락에 숨비소리를 섞는다. 배와 테우도 노를 젓고 바다로 변한 운동장을 누빈다. 작업 도중에 해녀 한 사람이 위기에 빠지면서 모든 일행이 비상에 돌입하는 장면이 펼쳐지고 해녀를 구출한 테우가 불턱을 향하여 노를 젓고 모든 해녀도 작업을 중단하고 그 뒤를 따른다.

술 취한 해녀 남편이 허둥대며 달려오고 심방이 따라온다. 서낭 굿판이 벌어지는데 정신이 혼미해 버린 해녀는 천방지축 뛰고 남편은 붙잡고 울며불며 뒹군다. 평상복으로 갈아입은 동료 해녀 모두 심방 뒤에 다소곳이 무릎 꿇고 앉아 두 손을 모으고 있다. 소식을 접한 촌장과 마을 사람들도 모여들어 가슴에 양손을 모으고 쾌차하기를 빌고 섰다. 드디어 해녀가 제정신을 차리게 되고 풍물 소리 높아 가는데 막걸리판이 벌어지고 기쁨의 춤사위로 운동장을 돌고 돈다.

주어진 20분이다. 입장, 해녀 작업, 해녀 사고, 굿, 마무리 순인데 꽹과리 담당자와 내가 손으로 소통하면서 장면을 바꾸어 간다. 참여자들은 꽹과리 소리가 달라지는 데 따라 행동을 달리하면서 온 정신을 집중하고 있다. 제주도 해녀의 삶을 운동장에 심고 문화예술원장 상장과 상금을 가슴에 안고 귀향한 날을 오래오래 잊지 못할 것이다. 같이 고생했던 출연진과 응원해 준 마을 분들도 한마음

한뜻이 되었던 날을 기억하면서 모두 오래오래 건강했으면 좋겠다.

단합대회

선크림을 바르고 집을 나섰다. 오전 10시까지 모이라는 메시지를 받고 나서 조금은 들뜬 마음으로 지냈다. 교외에서 모여 즐기는 단순한 야유회라기엔, 그래도 한마음 한뜻으로 우애를 다지려는 목적이 있는 행사이기에 이름하여 단합대회라는 생각을 한다. 올해로 두 번째 하는 행사다. 아직은 솜털이 가시지 않고 많은 시행착오가 기다리지만, 오래오래 지속되기를 희망하는 사람들의 모임이다.

재작년 장인·장모 제삿날이다. 전체는 아니지만, 언제부턴가 한 집 두 집 제사를 배우합제로 하는 집이 늘어났고 우리도 공감하게 되었다. 가족들 얼굴 보는 기회도 줄어든 셈이다. 특히 처가에는 참여하는 기회조차 뜸해 당형제 간에는 쉽게 포옹되지만, 그 밖에 딸린 식구들은 거북할 수밖에 없다. 처남과 처제의 손주도 어색하기만 하다. 귀여워 한번 안아 보려고 가슴 벌리며 손짓해도 낯가림해 오지 않고, 떡을 줘도 쉽게 받지 않는다.

여섯 형제 부부와 이에 딸린 식구가 삼십 명, 전체 사십이 명으로 대단위이다. 남들이 아니다. 좀 더 가까이 지내야 할 사이이고 그렇게 될 수 있도록 노력해야 할 사람들이다. 장인·장모가 생존해 계신다면 중심이 되어 주시겠지만, 돌아가셨으니 제일 나이 많은 내가 나섰다. "연중 하루만이라도 같이 모여 서로 얼굴 맞대고 우애를 돈독히 하는 계기를 마련해 보자." 막연히 꺼낸 제안인데 뜻밖에 호응이 좋았다.

지금은 게스트하우스로 운영되고 있는 처가에서 장인·장모를 생각하고, 추억도 더듬으면서 모이자고 했다. 뜨거운 태양을 피해 차광막을 친 마당 구석구석을 애들이 뛰어다니면서 가까워져 가는 모습에서 한층 보람을 느꼈다. 제사 때나 오랜만에 만나면 겨우 눈인사로 끝내던 사촌, 동서들이다. 허심탄회 털어놓고 얘기 한번 할 수 있는 기회가 없었다. 마당 가 화롯불에서 삼겹살을 굽는 젊은 녀석들은 무슨 할 말이 그리 많은지 좋은 안주와 술을 번갈아 주고받으며, 어른상 위에는 조금은 타 버린 고기가 그도 주문해서야 올라올 지경이다.

이웃집도 초청해서 같이 어울렸다. 가까이 지냈던 장인·장모 생전의 모습뿐 아니라 할머니 이야기까지 섞으면서 음식을 나눴다. 얘기를 듣는 동안 게슴츠레 취한 눈앞에 장인은 소의 등을 만지며 갈초(풀 사료)를 주고 있고 등 굽은 할머니는 굴묵에서 나오며 백발에 묻은 까끄라기를 털어내고 있다. 새벽에 밭일 나가서 어스름이 돼서야 올레에 들어서는 장모님 모습이 보이는 것만 같은 착각에 또 한잔 가득 술을 부었다.

저녁 만찬 후 행사 날을 위해서 손님을 받지 않은 게스트하우스 방마다 식구들끼리 자리를 잡았다. 꼬마들은 아파트에서 발소리 죽이며 기 펴지 못한 한을 한꺼번에 풀려는 듯, 이 방 저 방 가리지 않고 술래잡기에 정신이 없다. 이제 그만하고 자라는 할아버지 얼굴 쳐다보는 눈이 곱지 않다. 마당 화롯가에는 젊은이들이 무슨 할 말이 그리 많은지 종일 얘기하고 밤이 깊어 가는데도 끝이 없다. 내일을 위해서 쉬라고 해보지만, 코 막힌 대답과 흔들리는 행동이 멈추지를 않는다.

삼양해수욕장 그늘막 좋은 곳에 자리를 잡았다. 두 번째 모이는 장소다. 시간에 맞춰 용케도 속속 모여들었다. 물론 찾기 힘들어 겨우 찾았다는 불평도 있었지만, 한번 해보는 지나가는 푸념이다. 아이, 어른 할 것 없이 쉽게 어울리면서 주관한 동서와 사위를 위한 건배 후에는 준비한 음식을 식성대로 찾았다. 갓 태어나 100일도 안 된 처남의 손녀를 품에 안아 보면서 이게 가족이란 걸 새삼 느낀다.

검은 모래는 흔치 않다. 지금은 평범한 해수욕장이지만, 우리 할아버지 할머니는 여름내 보리 수확 마무리하고 땀띠 난 몸을 검은 모래 뜸으로 치유했다. 보리 미숫가루와 홑이불 지고 $10km$ 넘는 거리를 동트기 전에 부부가 걸어서 연례행사처럼 다녔다. 건강을 위해서 쓰여지던 모래 위에 지금은 찜질하는 사람 대신 시원한 차림에 시원한 바다를 향해 돌고래처럼 튀어 오르는 생기 넘치는 모습이 장관을 이룬다.

직장이나 모임에서 야유회든 단합대회든 흔한 일이다. 형제들 단합대회는 무슨 사연이 그리 많은지 흔치 않고, 더구나 부모님 장례 후에는 남보다 못한 경우도 볼 수가 있다. 부모님 제사에도 자리를 같이 못 하는 형제가 있다. 오지 않아 섭섭하기도 하지만, 오지 못하는 마음을 헤아릴 때면 더욱 가슴이 미어진다.

오늘 단합대회를 할 수 있는 처가 식구들은 복 받은 사람들이다. 길은 잃을지라도 사람은 잃지 말자는 생각을 검은 모래 위 물결이 쉼 없이 오갈 때마다 다짐하고 또 다짐해 본다.

사진

흘러간 시간을 가둬두는 방법으로 사진만 한 게 있을까? 상방 한쪽에 주름살 없는 내 나이 50대를 가둬놓은 가족사진이 부부와 아들 둘 딸 하나 조용한 미소와 함께 걸려 있다. 큰애가 20대를 갓 넘겼고 막내가 고등학생 시절이다. 힘든 모습은 여백 속에 묻고 무릎을 맞대고 화목한 모습으로 액자 안을 가득 채웠다. 아버지로서 책임감도 있었지만, 그런 확고한 인식이 자리했던 전성기였다.

젊은 시절에는 동네 안에 환갑잔치가 성대하게 치러졌다. 병풍 앞에 한복 입은 어르신이 정좌하고 어려웠던 시대였지만, 큰상에 귀한 음식 정성으로 가득 채워 올렸다. 자식들과 자자손손 직계 모두 만수무강을 기원하는 절을 하고 나면, 지인과 동네 사람들이 줄을 잇는다. 절을 올리면서 "축하합니다." 하면 조용한 미소로 답하는 모습이 병풍의 그림보다 좋았다. 길쭉한 삼각대를 세우고 촬영하는 사진사가 돋보였다.

내 나이 환갑일 때 잔치가 사라졌다. 환갑 지낸 어른이 얼마 없던 동네였는데, 아주 흔한 시대가 되었다. 그래도 무의미하게 보낼 수 없어 가족끼리 모여 외식하고 사진이나 남기자고 해서 소문난 사진관에서 기념사진을 찍었다. 50대에 찍은 가족사진 옆에 걸어 놨다. 큰아들은 장가들어 첫애를 앞세우고, 둘째를 임신한 마누라 옆에 섰다. 작은아들도 임신한 마누라와 나란히 앉았다. 두 부처와 미혼인 딸 그리고 임신한 모습이 확연히 드러났으니 배 속의 아기까지 가족으로 치면 자그마치 합이 아홉이다.

뭐하나 뚜렷하게 이룬 게 없는데 종심의 나이다. 연못가 봄풀이 채 꿈도 깨기 전에 계단 앞 오동나무 잎이 가을을 알린다는 말을 곱씹어 본다. 너무나 어렵게 임신하고 병원에서 조리하고 있는 딸을 방문해서 위안하고 오는 길에 가족사진을 그려 본다. 큰아들네 다섯 식구 작은 아들네 네 식구 딸네 세 식구에 우리 부부까지 하면 열넷으로 늘었으니, 어허 나도 이룬 게 전혀 없는 것은 아닌가 싶다.

어제 보고 오늘 보는 거울에서는 달라진 것을 찾을 수 없지만, 10년 간격으로 보는 가족사진에서는 많은 변화를 느낄 수 있다. 성장하는 손주들 모습이 대견하고 성숙하고 어른스러워진 자식의 모습도 믿음직스러워 세상을 얻은 듯 마음이 충만하다. 재잘대던 제비 둥지 떠나가듯, 뿔뿔이 흩어져 떠나간 자리에 늙은 내외만 남았다. 운동장 같던 집 안에 절간의 고요가 똬리를 튼 지도 꽤 되었다.

수저를 들다 말고 무심결에 사진을 보고 나서 마누라를 본다. 틀림없는 내 마누라인데 사진 속 고운 얼굴과는 너무 대조된다. 이십 년 전 가둬놓은 사진 속 마누라는 푸른빛이 비치고 싱그러웠는데, 염색하고 미장원에서 치장까지 했는데도 딴 사람처럼 변해 버린 모습이다. 마누라는 나를 보면서 어떤 생각을 할까 궁금해진다. 세월을 밀어넬 힘이 없으니 변해 가는 모습이야 어쩌랴마는 성격마저 변하는 것 같아 속상해진다. 인물이 고왔을 때는 마음씨도 곱고 사람이 고분고분했는데….

시간과 장소를 가리지 않고 사진을 찍을 수 있는 편한 세상이다. 많은 사람이 손안에 스마트폰을 갖고 다니면서 통화도 하고 사진도 찍는 정말 좋은 시대에 살고 있다. 할아버지 때는 "영정을 그려 드립니다." 하는 그림쟁이가 마을을 다녀갔다.

인간이 돈을 만든 후 돈의 노예가 되었다. 사람 사는 세상이 아니라 돈이 사는 세상에 사람이 더부살이 한다. 카메라를 만들고 카메라의 노예가 되어가고 있다. 매장 안에 모습을 드러내지 않은 사무실에 앉아서 동정을 살필 수 있고 녹화가 되고 있다. 길에 오가는 차의 모습과 행인의 모습도 행정사무실에서 시시각각 살피고 있다. 범인을 추적하는 데 형사의 발보다 카메라가 훨씬 빠른 세상이다.

응급실에서 빨리 오라는 연락이다. 속도와 신호를 몇 군데 위반해도 경찰은 사람이니까, 사정하면 봐 줄 수도 있는데 카메라는 인정머리라고는 없다. 주차 금지하라는 곁에 유독 볼일이 많고, 장애인 주차구역에 잠시 주차했을 뿐이다. 아무도 보는 이 없었는데, 과태료 고지서는 잘도 찾아온다. 모두의 안전을 위해서 일하는 카메라를 욕하는 게 아니라 과태료에 대고 해보는 푸념이다. 그래도 영상통화 하면서 재롱떠는 손주를 보면 과태료가 대수인가 카메라가 고맙기 그지없다.

즐거워하는 사진을 보면 덩달아 즐겁고 애통해하는 사진을 보면 같이 슬퍼진다. 이는 서로 간에 영혼이 교감할 때의 모습이다. 영혼이 떠나 버린 영정사진을 볼 때는 눈이 아니라 가슴으로 본다. 사진의 형상을 보는 게 아니라 넋이 함께했던 시간을 재생하면서 눈을 마주하기가 어려워 여백을 본다.

길에 널린 환갑인데 보지 못하고 너무 일찍 가 버린 동생이 야속하다. 방황하는 걸 알면서 아픈 마음 달래 주지 못했고, 시린 손 한번 잡아 주지 못했다. 가족사진 한 장 남기지 못했지만, 하늘의 도움인가 천륜으로 남긴 아들이 영정사진을 가슴에 품고 비행기에 몸을 실었다. 술버릇이 하나 생겼다. 마시기 전에 무언가 나에게 할 말이 있는 것처럼 쳐다보던, 동생의 영정사진을 떠올리며 먼저 동생의 잔을 따른다.

몇 번이나 망설였다. 영정사진을 저장할까 말까 하다가 끝내 접었다. 정말 잘한 일이다. 동생을 보면서 술을 마시다 보면 술병이 생길지도 모른다. 애별리고愛別離苦, 자꾸만 울컥해지려는 마음 들킬라 조심해진다. 제사 명절 때면 내 곁에서 제관을 했는데, 추석 며칠 앞두고 떠난 동생 때문에 혼자 음복하고 나면 취할 것 같다.

향나무는 자라는데

정월 명절 다음날은 동네회관에서 세배드리는 날이다. 예전에는 명절날을 시작으로 오일 이상 돌아다니면서 세배를 드렸었다. 장례를 치르고 소상 전까지는 방안에 상을 모셨다. 상을 모신 집부터 시작해서 동네 어르신 모두 빠짐없이 찾아다니면서 세배했다. 처가, 외가까지 다니는데 처남하고 어울려 축배를 들다 취하면, 교통도 불편하던 시절에 처가에서 1박 하는 경우가 허다했다.

지금은 배나 비행기를 타는 경우가 아니면 명절 당일 가족과 가까운 친척 세배를 끝으로 모두 마친다. 길거리에 나서면 형제들이 떼지어 다니는 모습도, 술에 취해 비틀거리는 모습도 볼 수가 없다. 자가용으로 오가기 때문에 우연히 길에서 만나 반갑게 손잡는 광경을 보는 것도 흔치 않다.

세배하는 날을 주동했다. 이웃 동네에서 하는 게 부러웠고 세배하는 풍습이 없어지는 것만 같아 시작했다. 우리 동네도 그럴듯한 회관이 있다. 어르신들 모시고 젊은 남녀 나란히 엎드려 "새해에도 건강하시고 오래오래 사세요." 하고 세배한다. 내의도 준비해서 드리고 메밀국수 또는 전복으로 죽을 쒀 대접하면서 소주에 고깃점까지 곁들이니 세배하는 맛이 난다. 오래도록 전통으로 남기를 희망해 본다.

얼큰해서 회관을 나섰다. 80세가 다된 어르신 두 분과 어울렸다. 두 분은 같은 올레이고 조석으로 만나는 다정한 친구 사이다. 한 분이 먼저 말을 한다. "이 사람은 처 이름으로 집을 이전해 줬는데 처가 집을 나갔다네." 하는 이야기로 시작되어 왜 해 줬느냐, 경솔하지 않았느냐, 앞으로 혼자 어떻게 지낼 것이냐, 죽을 때까지 같이할 것이란 믿음으로 줬으면 소송해서라도 돌려받아야 한다는 등 자기의 일인 양 흥분해서 격론하다가 취기의 반은 깨고 헤어졌다.

한 달이 조금 지나 창틀에 목을 매었다. 얼마나 한 맺힌 삶이었으면 그 연세에 목을 매었을까? 혼자 얼마나 원통하고 울면서 팔자를 한탄했으면 험한 모습으로 생을 마감했을까 하는 생각에 가슴을 쓸어내린다. 세배하던 날 주고받은 이야기가 머릿속을 떠나지 않는다. 그 후에 마누라를 찾아갔는데 맞이하는 딸이 나와서 이제는 우리 아버지가 아니라고 했다는 것이다. 어머니와 같이 살 때 아버지지 어떻게 아버지냐고 하는 딸은 물론 친딸이 아니다.

이웃에게 집에 든든한 못이 없어 고민이라는 말을 했지만, 귀담아 신경 쓰지는 않았다. 한쪽 팔이 없는 장애를 갖고 있었다. 결심할 신체가 아니라는 것과 경제적으로 어려운 형편도 아니기에 좀 불편하게 지낼 뿐 다른 일이 벌어질 줄은 가족도 이웃도 차마 생각을 못 했다.

남들보다 멋진 젊은 날이 있었다. 교통사고로 장애가 없었다면 남부럽지 않은 일가를 이루었을 것이다. 장애가 된 후 지금처럼 복지의 도움이 없던 시절에 빵 장사를 하면서, 의지할 곳 없는 소년을 데려다 아들같이 키웠다. 같이 리어카로 배달까지 다녔지만, 어렵지 않게 지냈다. 시내에서 이름 있는 빵 공장 사장이 사촌이라 구매하는 데 남보다 좋은 조건이었다. 과부를 맞이한 때도 이때쯤이다.

소년이 청년 되어 장가갈 때는 신랑 부모가 되어 정성으로 돌볼 때 많은 사람에게서 호감을 얻었다. 여름에 나이 많은 시어머니를 모시고 길가에서 보이는 그늘진 평상에 앉아 오순도순 이야기하는 모습은 좋은 그림 같았다. 시어머니 마지막까지 잘 봉양하고 사이좋게 지내는 부부가 동네에서는 부러움의 대상이었다. 오일장에 부부가 같이 오가고 병원도, 행사 때도 바늘과 실처럼 늘 함께 다녔다.

장남으로 태어나 일찍 홀로 된 어머니를 모시고 살았다. 누님이 한 동네 있어 오가며 의지가 됐지만, 밀항으로 일본에 간 동생이 건축 현장에서 사고를 당하고 막내는 행방불명이다. 그래도 집안의 제사, 명절, 벌초는 시내에 사는 바로 손아래 동생이 맡아서 한다. 세배하는 날 이야기 중에도 처에게 집을 이전할 때, 동생과 함께 의논했어야 하는 게 아니냐 하면서 걱정을 했다.

일본에서 동생이 사고를 당한 후 조그만 초가를 헐어내고 현대식 건물을 지었다. 대문가 담장 따라 향나무를 심고 잘 가꾸었는데 새들이 지나다 꼭 들르곤 한다. 불구의 몸이지만 늘 전정 가위 들고 다듬고 위는 전문가를 불러 멋을 내었다. 향나무 향도 좋고 마당이 깨끗해서 좋다고 하면서 들어서면, 김이 향과 함께 모락모락 나는 커피를 내오는 아주머니 웃음 띤 모습도 좋았다.

술도 좋아해서 찾아오는 술벗도 있고, 특히 아픔을 같이하는 장애인들이 많은 경험과 상식을 가진 어른을 찾아 의지하고 따랐다. 장애인 모임에 책임자로 지도하는 역할도 했다. 대문은 늘 열려 있는데 집안을 오가는 사람이 뜸해진 것은 치매 끼를 보이면서부터였다. 평상시 주위에서 느낄 정도는 아니고 가끔 술을 마시면 나타나는데 고목에는 새도 앉지 않고 지나가듯 들락거리는 사람이 뜸해갔다.

찰떡같이 지내던 마누라도 가고 오는 벗은 없고, 혼자 경로당에 가려니 몸 성한 늙은이들과 어울리는 것도 서먹하다. 집을 처에게 주고 나니 그렇지 않아도 평소 가깝지 않은 동생의 눈길은 더 싸늘해졌다. 동네 또래들은 모두 경로당으로 가고 없다.

한쪽 팔로 어렵게 끈을 맸다. 고령사회는 밥만 주지 말고 말할 수 있는 기회, 상대할 수 있는 사람이 필요하다. 특히 장애인도 고령사회에서 함께 어울릴 수 있는 날이 왔으면 얼마나 좋을까. 영정 앞에 엎드린 마누라와 동생, 보고 싶었던 친척까지 모두 보면서 외롭지 않게 영면했으면 좋겠다.

오늘도 마당 가 향나무는 수택 묻은 주인은 없어도 푸르게만 자라고 있다.

제6부

언제 벌써

"

연탄이 대대로 이어 온 생활풍습을 바꾸는 데는 오래 걸리지 않았다.
고된 풍습이 사라지고 편하게 된 일상을 누리게 된 것은
오직 연탄 덕분이다.

"

오늘은

정월 보름 전날 새벽 다섯 시다. 두 시간 후면 해가 솟을 텐데 오늘은 흐린 날씨에 오후부터 비가 내린다고 한다. 비가 오려면 온몸이 노곤하고 뿌드등한데 태양도 몸살을 하는지 동살 트는 게 늦다. 예전에도 기상청 예보보다 할아버지 무릎이 더 정확했다. 왜 일찍 일어나서 쓸데없는 생각부터 하는지 모르겠다. 잠자리에서 일찍 눈을 뜨고 꼼지락거리다가 식구가 깰까 봐 슬며시 자판 앞에 앉았다.

일주일 전에 초음파, 흉부 X-레이, 심전도, 혈액, 소변뿐 아니라 제자리 뛰면서 혈압 검사 외로 설명할 수 없는 갖가지 검사를 했다. 저녁 식사 후 물 한 모금 마시지 말고 공복에 와서 건강검사 받으라는 병원의 지시를 그대로 따랐다. 월요일 아침 시간, 예약된 사람들이 많았다. 틈 사이로 입원 환자도 끼어 있어 혈액검사 번호표를 뽑으니 앞에 삼십 명이나 밀렸다. 다른 과의 정해진 시간에 맞추지 못할까 봐 조바심이 났지만, 무난히 검사를 마쳤다. 어렵게 모든 과를 통과하고 오늘은 검사 결과를 들으러 가는 날이다.

삼 년 전에 혈압과 당뇨 검사를 위해 병원에 갔었다. 의사 선생님이 약을 먹어야 한다는 처방을 받은 후부터 주기적으로 검사를 받게 되었다. 병원에 오면 모든 사람이 환자인가 하는 생각이 들 만큼 밀린다. 마이카시대 주차하는데 짜증이 난다. 주차 요원이 만차라며 가까운 주차장을 막고 서서 멀리 가라고 가리킬 때면 투덜거리면서도 다른 도리가 없다. 다른 병원을 찾아도 환자로 밀리고 차로 밀리는 건 마찬가지다. 하지만 병원 나들이가 안방 드나들 듯 쉬워졌다. 예전에 병원 문턱이 하도 높아 쳐다보기만 하다 돌아가신 어르신 생각이 난다.

세상살이가 어렵다고 아우성이다. 어느 한구석 살맛 난다는 곳이 없다. 젊은 사람들은 돈이 없다 하고, 노인들은 인정이 없다고 한다. 노인들은 가난해도 인정이 넘치던 옛 시절을 그리워한다. 젊은이는 돈이면 인정도 살 수 있다고 생각하면서 티격태격하지만, 우리나라가 잘사는 나라라는 것을 실감할 수 있는 곳이 병원이다. 예전에는 능력자만 드나들던 병원이다. 웬만하면 참고 약이나 구해 먹으면서 생고생하다가 돌아가셨다. 돈이 없어 치료 한번 못 해 드린 자식의 눈물이 상복 자락을 적셨다. 지금은 그때 생각하면 천국이다.

나도 좋은 시절에 많은 혜택을 본다. 혈압, 당뇨를 주기적으로 검사해 주고 적은 부담으로 약을 처방받아 오래 살겠다고 복용하고 있다. 병원 안이 인산인해다. 편리한 휠체어에 몸을 맡기고 있는 어르신들도 많이 눈에 띈다. 시설이 좋고 의료행위가 선진국이니 고령사회 되는 것은 당연한 것이 아닌가. 부디 우리나라 경제가 더 나아져서 고령 노인들이 복지를 누리면서 천수를 누렸으면 좋겠다.

어릴 적 동네 늙은 팽나무 아래에는 많은 노인이 모여 장기도 두고 막걸리도 한 사발 들이켜면서 지냈다. 지나면서 고개 숙여 인사하고 때로는 막걸리 심부름도 해 드렸다. 인사를 거르거나 담배라도 피면서 지나가면, 다음날 밥상머리에서 숟가락 교육을 받아야 했다. 곧바로 부모님께 교육하라는 동네 어르신의 통지가 되는 것이다. 그 어르신들이 당시에는 지금 나이로 칠·팔십은 된 줄로 여겼는데 나중에 알았지만, 환갑 전인데 수염 더부룩하고 깊은 주름살 때문에 그렇게 보였다는 걸 생각하면 가슴 아프다. 의료 혜택 없고 힘든 노동에 찌든 육신, 환갑잔치를 크게 할 수밖에 없던 시절이었으니 이해가 된다.

내 나이도 고희를 넘어간다. 모든 부속을 쓸 만큼 썼다. 이제 기름칠 잘하고 닦아서 사용 기간을 조금이라도 연장할 수 있도록 노력하는 일만 남았다. 전에는 의사로부터 혈압, 당뇨약만 주기적으로 확인하고 흉부에 청진기로 눌러 보고는 별일 없다는 소리를 들으면서 지냈다. 설 이전에 검사 받으러 갔는데 신체 이곳저곳 검사받아 볼 것을 권했다. 의사의 소견을 순순히 따랐다. 일주일 지나 오늘 병원으로 가야 하는데 만감이 교차한다. 엊저녁에도 마음이 뒤숭숭하여 소주 몇 잔으로 달래고 누웠는데 새벽에 눈이 뜨이고 잠념에 눈망울은 천장을 몇 바퀴 돌았는지 모른다.

별일 없겠지 하며 손가락 깍지를 끼면서 비벼 본다. 할아버지도 그험한 시대에 팔십을 넘기셨고, 아버지도 장수한 가계 내력만 생각하기로 했다. 오늘과 같은 날은 없었으면 좋겠다. 가만히 생각해 보니 똑같은 날은 한 번도 없었던 것 같다. 시계는 똑같은 거리를 돌고 조금도 흐트러지지 않고 정해진 시간에 분침과 시침을 만나면서 살아가지만, 나는 한 번도 똑같은 날이 없었다. 같은 것 같지만, 조금씩은 다른 생각과 행동으로 고희를 넘어온 게 아닌가.

동창이 밝아 온다. 내가 무슨 큰 죄를 짓고 재판장의 선고를 기다리는 것도 아닌데, 마음이 안정되지 못해 자꾸 허공만 쳐다보게 되는지 모르겠다. 어딘가 치료할 구석이 있으면 의사 선생님께 고맙다 하겠지만, 없다면 천지신명께 벌을 내려달라고 부탁하고 싶다.

속을 끓다 혼자 중얼거리노니, "오늘은 좋은 일만. 그래, 오늘은 좋은 일만 있을 거야."

고사리 꺾으러 가자

부슬부슬 비가 내린다. 우수·경칩 지났는데도 찬 기운이 돈다. 머지않아 동남풍 따라 춘분이 오면, 봄의 향기가 주위를 채우고 두꺼운 겉옷도 벗길 것이다. 봄 내음이 짙어 갈 때면 옅은 안개와 가랑비가 늦잠 자는 초목의 싹을 깨우느라 사나흘이 멀다고 연이어 내리는 때를 고사리 장마라고 한다.

산과 들에 촉촉한 대지를 뚫고 여린 고사리가 고개를 내민다. 산천의 봄은 나날이 연둣빛으로 변하고 밭에 청보리가 남풍에 온몸을 맡기고 너울대며 춤출 때면, 숨어 있던 꿩이 놀라 날아오른다. 온 누리가 평온하고 활기가 넘칠 때면 배가 고프다. 지난가을에 채워놓은 항아리 굽이 보이고 밑굽을 긁는 소리에 어머니 손등에는 주름이 진다.

너나없이 고사리를 캐던 시절이다. 갓 올라온 고사리는 꺾을 수가 없다. 낫으로 뿌리 가까이 도려냈다. 고사리가 채 올라오기 전부터 해변을 시작으로 들로 산으로 돌아다니며 부지런히 고사리를 꺾었다. 돈 나올 곳이 없었다. 보리, 조, 콩, 고구마, 유채 여름작물과 겨울작물로 구분되고 따라서 농번기와 농한기가 확연히 존재하던 시절의 봄은 배고픈 계절이었다. 오직 고사리가 효자 노릇을 했다.

일요일 동이 터 오면, 이슬이 풀잎 위에 방울방울 맺힌 시간 집을 나선다. 남들보다 한 발이라도 앞서가려는 어머님 따라 구덕과 마대를 메고 부지런히 쫓아야 한다. 이슬을 밟는 검정 고무신이 흠뻑 젖어 자주 미끄러지는 발에 구시렁대면서도 떨어지지 않으려고 나름대로 무진 애를 쓴다. 고사리를 꺾어 팔아야 공책과 연필도 사고 어머니는 오일장에 다녀올 수가 있어서, 게으름을 피울 수가 없다.

일찍 서둘지만, 한발 앞서 지나간 손들이 있다. 어머니와 거리를 유지하면서 부지런히 꺾었다. 평지보다는 가시나무 덤불 속에 있는 고사리가 튼실했다. 허리에는 크지 않은 구덕을 차고 덤불 속을 드나들었다. 손발이 가시에 찔리기도 하고 옷도 찢어졌지만, 구덕에 채워지는 고사리를 보면 힘이 솟았다.

고사리를 꺾는 것보다 보이지 않는 어머니를 자주 부르다 보면 배가 고프다. 어머니도 쉴 겸 아들의 허기도 달랠 겸 양지바른 곳을 찾아 마주 앉는다. 구덕에 있는 고사리를 마대로 옮겨 담아 놓고, 보자기에 싸고 온 강냉이떡을 꺼내 놓는다. 학교에서 배급받은 강냉이 가루에 사카린이나 당원을 넣어 동그랗게 만든 노랗고 예쁜 떡을 먹을 때 맛은 그 무엇에도 비할 수가 없다.

해가 중천이면 허리도 아프고 고사리도 잘 보이지 않는다. 어머니와 나누어 짊어지고 내려오는 길은 멀고 아득한데, 더구나 허기진 배는 짐도 발걸음도 버거워한다. 마을 가까이 삼거리 혹은 사거리마다 상인들이 저울을 앞에 놓고 기다리고 있다. 옆에는 가마솥을 걸어 삶고, 꺼내고 말리는 작업도 같이한다. 어머니는 아무 상인한테나 파는 게 아니라, 조금은 멀어도 단골 상인을 찾는다.

고사리는 해마다 봄비에 고개를 내미는데, 고사리 꺾으러 가자던 어머니도 없고 저울 잡던 상인도 보이지 않는다. 고사리를 꺾지 않아도 맛있는 음식도 흔하고 멋진 옷도 입을 수 있는 좋은 세상은 왔는데, 이른 봄 겨우 고개 내민 고사리를 낫으로 캐기 시작해서 잎이 거의 퍼질 때까지 고생하던 동네 어르신, 모두 어디에 갔을까? 목장에 방목한 우마는 고사리를 뜯지 않는다. 목장에서 고사리 꺾으면서 동서로 다니다 길을 잃었을 때, 풀을 뜯고 있는 큰 소를 뒤에서 몰면 목장 입구까지 안내해 주곤 했는데 소마저 보이지 않는다.

봄비 그치고 고사리가 고개 내민 지 며칠 지날 때쯤, 아내가 저녁상에 반찬 가짓수 몇 개 늘려놓고 반주 한잔 따라주는 날이면 경계를 한다. 아침 일찍 고사리 꺾으러 가자는 신호다. 마다할 수가 없다. 조상님 제사, 명절 때 상 위에 올릴 고사리를 마련하자는데 앞장서지는 못할망정 피할 수는 없는 게 아닌가. 연례행사로 하루 또는 이틀 아내와 동행한다. 이른 아침에 출발하지만, 길가에는 많은 화물차와 승용차가 듬성듬성 세워져 있다.

예전에는 우마가 풀도 뜯고 겨울철 산불도 가끔 나서 덜 우거졌지만, 지금은 덤불이 우거지고 나무들이 많이 자라서 앞을 헤쳐나가는데 여간 어려움이 따르지 않는다. 자칫 방향을 놓치기에 십상이다. 어렸을 때부터 다니던 사람도 헤매는데 초행이면 더 위험하다. 간간이 고사리 꺾으러 간 노인네 찾는다고 동원하는 사례도 있다. 마대를 채워놓고 나름대로 표시도 하지만, 한참 꺾고 나서 올 때쯤에는 고생하면서 채워놓은 마대를 찾지 못하는 안타까운 일도 간간이 벌어지곤 한다.

젊은 남자들도 많이 보인다. 여자끼리 벗하고 가서 꺾다가 남자가 보이면 큰 소리로 "개똥이 아버지" 하고 부르면서 빠르게 지나기도 한다는데, "당신은 내가 있어 든든하지?" 물으면 답이 없다. 피식 웃는 게 긍정의 뜻이란 걸 안다. 정신없이 고사리를 꺾는데 스르륵 하는 기분 나쁜 소리, 뱀이 손 앞을 급히 내닫는다. 고사리만 보고 뱀이 있는 것을 보지 못한 것이다. 뒤로 흠칫 물러서고는 한참을 망설인다.

조상님 제상에 올리는 고사리는 묘역에서 꺾은 것과 섞이지 않도록 한다. 줄기가 뻣뻣한 것도 쓰지 않고, 튼실하면서 잘 꺾이는 좋은 것만 골라 꺾는다. 한 줌 꺾어 쥐면 다른 손으로 꼭지를 비비면서 털어낸다. 정성으로 꺾는다. 예전에 고사리 꺾을 철이면 산과 들에 아이들도 많았는데, 요즘은 보이지 않는다. 이러다 우리 자식들도 제사상에 중국산 고사리만 올리게 될지도 모른다.

아내 무릎이 성치 않다. 앞으로 오 년은 내 손으로 조상님 제사, 명절 하다가 자식에게 넘길 참이다. 남의 손을 거친 고사리가 아니라, 내 손으로 정성껏 꺾은 고사리라야 하는데 걱정이 된다. 아내의 무릎이 더는 아프지 않도록 돌보고 도와줘야 한다는 생각이다. 뱀에 놀란 아내, 얼마 지나지 않아 나뭇가지를 뒤로 던지며 '어이쿠' 하는 소리만 해도 눈을 크게 뜨고, 소스라쳐 놀라는 모습에 둘은 한참 웃는다.

"고사리 꺾으러 가자." 어머님의 다정스러운 목소리가 들린다.

"고사리 꺾으러 가자." 오랜만에 들어보는 아내의 조용한 목소리가 대를 잇는다.

저 높은 곳에

창밖에는 장마에 미처 내리지 못한 비가 처서를 지나 사나흘 내리고 있다. 흐리고 어둑한 날씨가 멍하니 천장을 보는 내 마음과 너무나 닮았다. 밤새 아시잠도 없이 병간호하다 와서 침대에 누웠지만, 자꾸만 환자가 눈앞에 어른거려 안절부절못한다.

호사다마라 했던가. 어둡고 힘든 운명의 터널을 겨우 기어 나와 햇빛을 보는가 했는데 가벼이 찾은 병원에서 청천벽력 같은 진단결과를 들어야 했다. 처음에는 오진이라는 생각에 서울에 내로라하는 병원 여러 곳을 확인차 다니면서 혹시나 했는데, 결과는 마찬가지였다.

노란 하늘을 보면서 울부짖었다. "고생고생하다 이제 겨우 살길을 찾았다고 기뻐했는데, 이 무슨 청천벽력입니까? 많고 많은 사람 중에 왜 하필이면 불쌍한 저에게 이러한 심판을 내리느냐?."고 가슴에서 장작을 태워 눈으로 불을 내뿜어 보았지만, 달라지는 것은 아무것도 없었다. 동양에서 최신 의료기기를 보유한 외국까지 갔지만, 수술 후 귀국을 장담할 수 없다는 냉혹한 답을 뒤로하고 돌아서야 했다.

귀국 후에도 혹시나 하는 마음을 놓을 수 없어 가느다란 인맥이나

마 닿는 곳이면 부탁하면서 좋은 병원 최고 전문의에게 의탁해 봤지만, 운명의 판결을 돌리기에는 역부족이었다. 복수가 가슴 쪽으로 차오르면 고통과 함께 금방 숨이 멎을 것만 같다. 복수를 뺄 때마다 온몸의 기운도 같이 빠져나갔다. 한 달이 다르더니 보름이 다르고 일주일마다 달라져 갔다. 처음 입원할 때는 혼자서 운동도 하고 화장실 없는 병실에서 지내기도 했지만, 혼자 침대에서 일어나지 못하는 데는 많은 날이 필요하지 않았다.

"형님! 이제 모든 걸 접었습니다."

나날이 드러나는 광대뼈와 사슴의 눈 마냥 여린 눈망울을 마주 볼 수가 없다. 부기 오른 발목만 잡고 쓰다듬고 앉았다. 나보다 열네 살 아래로 막내다. 흔한 환갑조차 구경 못하고 가는 동생이 너무나 안쓰럽다. 보릿고개 힘든 시절에 나는 어머니와 보리 수확에 땀 흘릴 때, 막내는 보릿짚 피리를 부는 천진난만한 꼬마였다. 아버지 자리가 비어 있어 나를 아버지 같은 형님이라고 노상 잘 따르던 동생을 먼저 보내야 한다.

외지에서 조카가 왔다. 천륜이란 이런 것인가 보다. 돌보지 못하고 들판에 잡초처럼 성장한 조카다. 남들처럼 축복받는 결혼식도 없이 야생동물처럼 운명적으로 만났지만, 일가들과 익숙해지기 전에 헤어졌다. 어린 아들 손을 잡고 떠난 후 모자와는 왕래 없이 이십 년도 훨씬 지났다. 성인이 된 조카는 가까워지려는 아버지를 살갑게 대하지 않았다. 회생이 어려운 아버지를 찾은 조카의 등을 쓰다듬으며 착하다고 했더니 "불쌍하잖아요." 하면서 애정을 보인다.

이틀 동안 아버지 병실을 지킨 조카는 직장 관계로 부득이 상경해야 하는 처지라 교대차 병원에 갔다. 삼 일 전과 너무나 달라진 모습을 보면서 오래 못 갈 것 같은 직감이 들었다. 담당 교수에게 다인실이 불편하니 호스피스 병동이 어려우면 일인실로 옮기자고 했더니 당장은 빈자리가 없다고 한다. 직장 책임자에게 사정을 알리고 빨리 오도록 하라고 하면서 조카를 보냈다. 나는 밤새울 준비 하려고 집에 오면서 그동안 누구보다 잘 보살펴 주고 있는 사촌 동생의 협조를 얻을 수가 있었다.

산송장 같은 동생 생각하며 급히 밤샘할 준비를 하는데 벨이 울린다. 사촌 동생으로부터 임종을 들어야 했다. 길고 험한 고통의 시간은 그리도 길더니, 혼령이 육체를 버리는 시간은 짧고 매정했다. 조카는 도착한 공항에서 되돌아서야 했고 우리 부부도 장남의 도움으로 급히 당도했지만, 별실에서 식어 가는 동생의 굽은 팔다리 펴는 일 외에는 거들게 없다.

장의사에게 부탁해 뒀었는데 상황을 알렸더니 일사천리다. 향을 피우고도 영정사진은 보지 않았다. 입관 준비하면서 마신 맥주가 나를 못 견디게 괴롭혔다. 입관하면서 보는 눈이 많은데 제일 윗사람으로서 처신을 지켜야 한다는 생각뿐이다. 너무나 평안한 모습의 동생 시신을 관속에 넣는 순간 어머니 역할을 했던 누이의 울음은 제지하면서도 자신의 흐르는 눈물을 감추는 것은 여간 힘든 게 아니었다.

여동생의 것은 눈물이고 나의 것은 마신 맥주 눈으로 나오는 것이라고 억지 생각을 하며 일행을 퇴실토록 했지만, 발을 뗄 수가 없다. 돌아서면 모두에게 보일 눈물이 싫었다. 뒤돌아보지 않고 관을 주시하는 척했지만, 장의사 실수가 있을까 보는 게 아니었다. 나이

들어 이렇게 많은 눈물 흘린 적이 있던가? 내 갈 길이 바쁘다고 동생 살펴주지 못한 죄책감에 쉽게 멈출 수가 없다. 자식들 안위에 진력하느라 동생은 보이지 않았다. 때늦은 단장의 눈물을 착한 동생은 이해해 줄 것이다.

개관사방정蓋棺事方定이라고 했던가. 많은 조문객 방문에 당황했다. 천방지축 생활하는 줄만 알았는데 많은 친구도 있었고, 내로라하는 인사까지 조문한다. 비록 화목한 일가를 이루지는 못했어도 짧은 생이 문제일 뿐 흐트러지게 살지 않았다는 데 고마움을 느낀다. 발인 날 아침, 아무도 보는 이 없는 틈을 타서 맥주 한 병 들고 잔을 올린 다음 화환에 묻혀 말없이 나를 보는 동생과 마주 앉았다. 첫 잔에는 미안하다 지켜주지 못해서 하면서 따랐고, 둘째 잔에는 고통 없는 세상으로 편히 잘 가라고 따랐다. 마지막 잔을 마셨을 뿐인데 무정한 눈은 참지 못하고 뜨거운 눈물을 쏟아 냈다.

화장 후 단지 넣을 자리를 정성으로 골라 조심히 넣고 돌아섰다. 마지막 제를 마칠 때까지 같이해준 친지와 친구들이 너무나 고마웠다. 손을 들어 헤어진 후 돌아서는 발길, 희부옇던 하늘에서 비가 내린다. 저 높은 곳에 잘 도착했다는 신호인 양….

한려수도

칠월의 첫 주말이다. 통영의 미륵 산정에서 한려수도를 굽어본다. 소문으로, 그림으로 많이 듣고 보았지만 역시 백문이 불여일견이다. 꼭 있어야 할 곳에 빠짐없이 배열된 크고 작은 섬들이 시선을 잡고 놓아 주질 않는다. 한산도에서 여수까지 300리 한려해상 국립공원을 둘러볼 수 있다. 대마도까지 볼 수 있도록 망원경도 설치됐다.

화급한 상황을 알리기 위한 봉수대 흔적 위에는 관광객들이 멋진 풍광과 함께 추억을 만드느라 셔터를 연신 눌러댄다. 우리 일행도 누구 한 사람 빠질세라 각자 자세를 잡고 추억거리를 담았다. 전국 제일의 풍광 탓인지 평소 동네에서 볼 때보다 훨씬 세련된 모습이 한 인물 더하는 것 같다.

우리나라 100대 명산이라는 해발 461m 미륵산이다. 8부 능선에 위치한 상부 정류장까지는 한려수도 조망 케이블카를 타고 올랐다. 국내에서 가장 긴 1,975m이다. 8인승 47대의 자동 순환식 곤돌라가 쉴 새 없이 운행되고 있다. 탑승 전에는 대전 엑스포에서 모노레일이 고장 나는 바람에 공중에서 어린 자녀들과 공포에 떨었던 생각에 잠시 멈칫했지만, 일행 중 네 사람과 함께 타고 나니 생각보다 평안하다. 내려올 때는 여유까지 생겨 비경이 펼쳐진 주위를 거침없이 눈에 담을 수 있었다.

착한 감성으로 채워진 사람들! 삶을 글로 토해내고 싶은 좋은 사람들과 어울린 것은 나에게는 행운이었다. 3박 4일 중국 상해를 돌아보고, 도착 다음 날 가방을 바꿔 들쳐 메어 통영 문학기행에 기꺼이 참여했다. 조직의 연륜이 쌓이면서 좁은 지역 늘 대하는 환경에서 글의 소재를 찾는 것보다, 넓은 다른 지역을 돌아보면서 안목도 넓히고, 새로운 소재를 찾으려는 자연스러움이 역마살을 충동하는가 보다.

본격적인 더위가 시작되는 유월 절기인데 오르락내리락하는 장마 전선으로 후텁지근하지만, 다니는 데 별 어려움이 없다. 터미널을 빠져나와 소개소에서 추천해 준 봉고를 타고 많은 사람이 선호하는 곳을 두루 다녔다. 항구 안이라는 명칭이 더 어울릴 것 같은 강구 안 도로 건너 중앙 전통시장을 옆에 끼고, 동 피랑 벽화마을을 등에 업고 있는 숙소에 배낭을 풀었다.

개발도 중요하지만, 보존을 고집했던 사람들이 비좁고 구불구불한 까꾸막(고개) 슬레이트 지붕, 초라한 동 피랑 골목의 벽면을 온갖 그림으로 장식해 놓았다. 벽화를 보려는 사람들의 발길이 끊이질 않는다. 오르막길 끝에는 꽤 넓은 분지에 정자가 시원한 바람과 함께 사람을 반긴다. 내려오는 곳곳 길손을 멈추게 하는 벽화들도 정해진 일정이 지나면 모두 지워지고 새롭게 그려진다고 한다. 퀴퀴한 분위기는 마음에 들지 않지만, 벽마다 색다른 그림으로 장식해 놓아 관광지로 바꿔놓은 사람들의 선견지명이 놀랍다.

통영 운하 밑으로 1932년 동양 최초 16개월에 걸쳐 만들어진 해저 터널을 걸었다. 장비도 허술한 시대에 물길을 막아 복개하면서 일제 강점기 시대 공사에 동원된 사람들의 힘든 모습이 어른거린다. 터널 위로는 배가 다니고 도천동과 미수동이 연결된 충무교 위로는 차가 오간다.

경상도, 전라도, 충청도의 수군을 통괄하는 삼도수군통제사 영을 줄여 통영이라지만, 1995년 충무시와 통영군이 통합되기 전에는 통영보다 충무라는 이름이 더 친숙했던 곳이다. 남해와 서해 길목인 한산섬에서 임진왜란 당시 충무공 이순신 장군의 한산대첩이 연상되기 때문이리라.

힘 있는 국회의원이 목포시에 허름한 대지를 닥치는 대로 사들였다. 나전칠기 박물관을 짓는다는 것이다. 이 뉴스를 보고 많은 국민이 의아해했는데, 나전칠기 본고장이 통영인데 이런 엉터리가 있냐고 봉고 운전자가 목에 핏대를 세우며 공방으로 안내를 한다. 공방에서 관급 기능공을 양성하여 진상품, 군수품, 생필품 보급을 목적으로 세웠다는 것을 알게 되었고 많은 유물도 볼 수 있었다.

충무공의 얼이 서린 이곳에는 동상뿐 아니라 전사 후 지방 주민들이 착량묘라는 사당을 건립해 기념물로 보호한다. 관련 유적이 많고 상호로 쓰이는 곳도 쉽게 볼 수가 있다. 강구 안에는 관광객을 위해 거북선과 전함이 운항되지만, 언제라도 적이 나타나면 이순신 동상이 승선을 하고 불을 내뿜으며 몰아낼 듯, 거북선의 입은 늘 벌려 있고 눈은 붉게 충혈되어 있다.

문학기행은 관광을 목적으로 하지 않고 문화와 예술을 위해 살다 간 분들의 발자취를 찾아보는 것을 목적으로 한다. 작품의 공감대를 얻기 위해 전시 공간을 돌아보면서 각자 나름대로 영감을 얻는 데 도취해 있다. 통영을 택하게 된 것도 시인 청마 유치환, 김춘수, 소설가 박경리, 음악 윤이상, 미술 전혁림 화백 등 한 시대를 풍미했던 쟁쟁한 분들의 고향이라는 게 우리의 발길을 유혹하게 한 것이다.

한려수도의 비경과 궁핍, 절제된 정신적 사랑이 작품 속에 녹아 있음을 알 수 있었다. '너는 나에게 나는 너에게 잊히지 않는 하나의 눈짓이 되고 싶다'라고 꽃을 노래한 김춘수 시인의 시 〈꽃〉을 현장에서 볼 수 있었다. "사랑은 가장 순수하고 밀도 짙은 연민이에요. 사랑이 우리에게 있다면 길러 주는 사랑을 하라"는 박경리. '이것은 소리 없는 아우성 저 푸른 해원을 향하여 흔드는 영원한 노스탈쟈의 손수건' 깃발을 노래한 청마의 숨결도 느낄 수가 있었다.

그 파도 소리는 내게 음악으로 들렸다는 세계적인 음악가 윤이상 선생은 성장 마디마다 통영의 환경과 부단한 영감이 만들어 냈다고 생각해 본다. 시대를 앞서간 반추상적 표현으로 민화와 두루미, 항구의 풍경 등을 구사한 전혁림 화백의 미술관을 볼 수 있었던 것도 행운이었다.

책자에서 쉽게 넘기며 보아 온 분들의 기념관을 돌아보면서 감회가 새로웠다. 천혜의 비경 속에서 건져 올린 넘볼 수 없는 작품세계를 얕은 안목으로 어찌 헤아리랴. 주옥같은 작품을 전대 예술인들이 통영 각처를 누비면서 읊고 쓰고 노래했으니 내가 캐고 가져갈 것은 없다. 수산시장에서 싱싱한 횟감에 소주 마신 것과 숙소에서 노래한 것, 시끄럽다고 옆방에서 나와 눈치 주던 추억만 배낭에 넣어 챙긴다.

가짜 해녀

"주린 배 잡고 물 한 바가지 배 채우시던 그 세월을 어찌 사셨소." 트로트 '보릿고개'를 들을 때면 아직도 가슴 한쪽이 저려 온다. 나무와 풀이 자라는 웃뜨르는 초근목피로 생명을 이어 갔고, 알드르 해변 마을에서는 생명 연장을 위해 죽음을 무릅쓰고 바닷속에서 식량을 구했다. 자신뿐 아니라 온 가족을 위한 몸부림이었다.

단 하루도 바다를 보지 않으면 마음이 개운치가 않다. 밀물과 썰물은 달의 영향이 크다. 보름달은 수평선 너머 있는 바닷물까지 동원하여 뭍으로 밀고 왔다가 얕은 바닥이 훤히 드러나도록 저 멀리 데리고 간다. 드러난 바닥에서 꾸물대는 문어를 덥석 잡으면 여덟 개 다리의 빨판이 팔목을 휘감는다. 겨우 떼어내 바닥에 내팽개치며 문어 잡았다고 기뻐 날뛰던 어린 날이 엊그제 같다.

어릴 적에 남보다 코피가 자주 났는데 문어 머릿속에 있는 먹을 먹으면 치유가 된다고 하므로 그동안 여러 마리 먹을 삼켰고 나름대로 효능이 있는 것도 같았다. 그날도 평소처럼 의심 없이 입에 넣고 삼

컸다. 좀 크다 싶었는데 아니나 다를까 목에 걸리고 말았다. 호흡은 멎었고 하늘이 노랬다. 주위에 사람은 없고 "아, 이대로 죽는구나." 하는 순간인데 가슴 저 밑에서 욱하고 주먹 같은 게 쳐 올라왔다. 헉 하고 목에 걸린 문어 먹이 튀어나오고 다리에 힘이 빠지면서 주저앉았던 기억이 새롭다.

남자 두셋이 모이면 화두가 군대 이야기지만, 나에겐 그보다 바다 이야기가 더 많은 것 같다. 바닷가에서 나고 자라고 늙었으니 그럴 수밖에 없다. 그중에 으뜸은 해녀 이야기이다. 할머니, 고모, 어머니, 아내 모두가 해녀. 내 어릴 적에 바다에 갔는데 아직 나오지 않은 해녀도 있고 다른 사람 손에 의지해 겨우 나온 해녀도 있지만, 내 주위에는 그런 불행이 없다는 게 다행한 일이다.

젖먹이 동생을 등에 업고 불 턱(해녀가 입어했다가 나와서 돌담으로 둘러쌓은 작은 성에서 불을 쬐면서 몸을 추스르는 곳)에 가면 물기에 젖은 하얀 광목 저고리와 까만 소중이(어깨띠가 달린 까만 수영팬티)에서 김이 피어오르고 피부는 불그죽죽한 채 덜 녹인 몸으로 아기 젖을 물리던 어머니 모습을 잊을 수가 없다. 동생 잘 돌본다고 칭찬하면서 불꽃보다 연기가 더 많은 잉걸에 눈 비비며 구워 주던 미역귀 맛이 늙어 갈수록 새롭다.

당시에는 미역이 최고 경제 상품이었다. 아무 때고 함부로 채취할 수도 없다. 금채기를 거쳐서 날짜를 정하고 구역을 순회하면서 채취한다. 지게에 물받이를 하고 마중하여 집에 오면 마당과 길가에 짚을 깔아 그 위에 널어 말리는데 웬만한 일이 아니다. 미역귀를 위로하여 기준을 잡고 다른 미역 날개를 접착이 되도록 붙여나간다. 뒤집어야 하고 곱게 거두어 나란히 펴지도록 하여 좋은 상품이 되어야 제값을 받을 수가 있다.

해녀의 아들이 선량이 되었다. 해녀의 어려움을 누구보다 잘 알기에 해녀 복지정책을 실행했다. 해녀증이 발급되었고 특히 의료 혜택의 실행으로 많은 도움을 주었다. 아프지 않은 해녀도 없고 약을 먹지 않는 해녀도 없다. 해마다 약 방울 수가 늘어 가고 점점 약 성분도 높아만 간다. 근래 병·의원, 한약방 모두 해녀 덕을 톡톡히 보는 게 아닌가 싶다.

잔잔한 바다에 동그마니 떠 있는 테왁과 간간이 들리는 숨비소리, 관광객 카메라 셔터가 눌리고 신기한 듯 구경하는 사람들 정말 평화만이 있는 듯하다. 출렁대는 파도에 간혹 테왁이 묻혀 보이지 않고 숨비소리마저 끊길 때면 겁먹은 눈으로 바다를 보는 가족이 있다는 걸 그네들이 알 턱이 없다. 더구나 밤새 콜록대다가 '물에 가게.' 하는 동료 해녀의 소리를 듣고 약을 먹기 위해 밥 몇 술 물 말아 먹고 무조건 뛰쳐나간 아내의 테왁을 눈어림으로 찾고 있는 남편도 있다.

물에 사는 해녀와 근심하는 가족이 있는가 하면, 그 시간에 직장에 있거나 장사하는 해녀도 있다. 똑같은 해녀증도 소지하고 있다. 물에 사는 해녀 중에는 중학교 마당을 밟은 사람이 별로 없고 심지어 한글도 깨치지 못한 사람도 많다. 초등학교 졸업이면 다행한 측에 든다. 땅에서 바닷물 한 모금 마시지 않는 해녀 중에는 고등교육 받은 자가 대다수이다. 같은 해녀증 소지자인데 너무나 다른 해녀다.

도내에서 제일 젊은 해녀가 있다는 정보를 찾아 방송국에서 인터뷰하러 갔는데, 바다가 아니라 어촌계 사무실이었다. 숨비소리 한번 해보지도 않았고 깊은 바다 구경한 적도 없는 어촌계 직원이 간사라는 직책으로 해녀가 되었고, 해녀증으로 혜택을 누렸다. 바다에서 죽을 둥 살 둥 고생하는 해녀를 위한 복지기금을 축내고 있다. 과연 가짜 해녀는 얼마나 있는 것인가.

웃지 못할 코미디가 있다. 행정에서 가짜 해녀 조사를 할 때면 현장 조사가 아니라 서면으로 이뤄진다. 어촌계 공문이 오면 계장은 계원의 표를 먹고 사는 사람인데 어떻게 사실대로 할 수가 있겠는가. 실제 계통 출하한 내용을 보면 쉽게 십여 년 전까지 실체를 파악할 수 있음에도 몸을 사린다. 궁여지책으로 책임을 면피하기 위해 현직 해녀 10명 이상 도장을 받아 오면 해녀가 아니라도 해녀로 인정하는 기상천외한 책임회피 전략을 쓰는데, 과연 집에 찾아온 이웃에 사는 가짜 해녀에게 도장 못 찍어주겠다는 해녀 있을까. 이 사실을 행정당국에서는 정녕 모르는 일인지 웃기지도 않는다. 언어도단이다.

적폐 청산이란 용어가 흔하게 돌아다닌다. 부당한 혜택을 돌려놓도록 하고 앞으로는 가짜 해녀를 등재시킨 관련자에 대한 처벌도 따라야 한다. 가짜 해녀는 해녀증 소지한 것을 능력이라 자만하지 말고 내려놓아야 한다. 관리자도 양심껏 진짜 어렵고 불쌍한 해녀를 위해서 진짜와 가짜를 가려 주어야만 한다. 평상시 영양가 없는 짠물만 들이마셔 온 힘없는 진짜 해녀는 능력 있는 가짜 해녀를 뻘쭉하게 객쩍은 눈으로 보면서 부러워할 뿐 무서워서 바른 소리 한번 하지도 못한다.

나도 부모 잘 만나 공부했으면 진짜 해녀인 어머니 이름 뒤에 숨어 양도 양수하고 가짜 해녀가 될 수 있었을 텐데…. 해녀증도 소지하고 짠물 한 모금 마시지 않아도 혜택을 누리다가 나이가 되면 해녀 퇴직금까지 받고 영리하게 살아온 자랑도 할 텐데, 꿈꾸는 눈에 서리가 낀다.

어랭이

어랭이와 소통한 지도 어언 육십 년이다. 오늘은 음력 그믐 일곱 물 때이다. 간만의 차이가 큰 사리다. 때마침 물결은 좀 거친 편이나 가랑비가 오락가락 낚싯대 들고 나가기에는 안성맞춤이다. 만조가 오전 10시이고 밀물이 시작되는 시간은 16시 30분이다. 만조시간에서 서너 시간 지나 바닷가에 가면 갯지렁이가 사는 모래나 펄이 드러난다. 미끼로 쓸 갯지렁이를 돌을 들어내고 호미로 파면서 한 마리 한 마리 잡아 정성껏 소금 넣은 미끼통에 담아 넣어야 한다.

열 살 소년은 이웃에 놀러 갔다가 어랭이 반찬에 밥 먹는 모습을 보고 참 부러웠다. 반찬 타령하던 시대는 아니고 삼시 세끼 밥만 먹을 수 있어도 족하던 시절이었지만, 바닷가에서 고기를 낚아 반찬 하는 것을 보고 나도 한번 해 봐야지 하는 마음에 낚싯대를 장만했다.

낚싯바늘 구경도 쉽지 않았다. 이웃에 시력이 약해서 잘 보이지 않는 할아버지가 일본에서 보내온 낚싯바늘을 팔았다. 손바닥에 올려놓고 단 하나도 덤으로 줄 줄 모르는 야속한 할아버지다. 어느 날 중학교 다니는 형이 손안에 자석을 몰래 쥐고 바늘을 골라 할아버지 손

에 넣고 셈을 했다. 얼마나 낚싯바늘이 갖고 싶었으면 그런 장난을
다 했을까.

낚싯줄도 어려워 낚싯대에서 봉돌까지 원줄은 가는 나일론 줄이고
그래도 두 눈이 멀쩡한 고기를 속이려면 봉돌 밑 낚시 매듭 줄은 정
슬(PE:고분자량 폴리에틸렌)로 했다. 당시 풍선으로 주낙 하는 분은 줄에 감
물이나 돼지 피로 물을 들여 썼다. 정슬이 보편화한 것은 그리 오래
된 일이 아니다. 이웃 아저씨 도움으로 낚싯대를 어깨에 메고 서툴게
바늘에 미끼를 꿰어 물속에 던졌던 그때의 감격이 새롭다.

어랭이라 말하면 제주 사람인 걸 안다. 타지에서는 황놀래기라 하
는데 같은 제주인데도 우리 마을에서는 독대기라고 한다. 타지에서
용치놀래기라고 하는데 우리는 어랭이 수컷을 슬맹이, 암컷은 실어
랭이라고 부른다. 같은 종류인 코생이가 어렸을 적 가장 친한 고기였
다. 봉돌도 귀해서 작은 돌멩이를 매달아도 단박 달려들었다.

붉바리는 여러 번 쪼아 물지 않고 마음씨 좋은 아저씨처럼 순진하
게 덥석 문다. 코생이 낚시에 붉바리가 물리면 어깨에 걸치고 집으로
자랑부터 하러 갔다. 그만큼 많았는데 이젠 씨도 없다. 약지 못한 놈
들이라 일찌감치 씨가 말랐나 보다. 모래가 보이는 얕은 바다에 낚싯
대를 던지자마자 코생이 떼가 몰리는데 얼마나 약은지 덥석 무는 일
이 없다. 썰물에 드러난 바위 위에서 코생이와 머리싸움 하는 것만큼
신나는 일은 없었다. 몇 번째 톡 하면 올릴까, 바로 올릴까, 아니면
비켜 올릴까 궁리하다 보면 미끼는 다 털리고 빈 바늘만 올리는 경우
가 많았다.

동네에 와글와글하던 그 많은 사람이 시내로 떠나갔다. 학교 운동

장에 더 좋은 잔디는 깔아 놓았는데 아이들은 시내 큰 학교로 떠나가고 세종대왕, 이순신 장군 동상 앞에서 볼을 차는데 받아서 차주는 아이들이 드문드문하다. 코생이도, 어랭이도 갯바위 곁에 몇 남지 않고 제법 깊은 곳으로 이사를 했다. 이십 년 전에 한쪽 그물은 돌에 붙이고 한쪽으로 몰아 코생이 한 말은 잡았는데, 이제는 꿈같은 일이다.

밀물이 시작되는 시간부터 입질이 활발해진다. 낚싯대를 던지면 처음에 달려드는 게 코생이인데 깊은 바다에서 많은 경험을 했는지 약아졌다. 신호가 없어 무심코 올리면 우럭이고 코생이보다 힘이 세다는 느낌이면 슬맹이 또는 실어랭이다. 낚싯대를 힘차게 주룩하고 당기면 보지 않아도 독대기인 것을 알 수가 있다.

씨가 말라 간다. 잡는 그물도 낚시도 미끼도 좋아졌고, 빠른 이동 속도와 함께 바다 밑까지 훤히 보면서 잡는다. 기술은 나날이 느는데 산란능력은 변하지 않았다. 몇 해 전부터 어랭이 물회가 식당에서 인기 있는 메뉴로 등장했다. 바다낚시 단골이 된 어랭이도 식구들이 줄었다. 도 해양연구원에서 종묘 생산 기술을 개발한다고 한다. 이제는 어랭이도 양식 어종 대열에 동참하게 될 것 같다.

바다에 낚시를 드리우면 근심·걱정이 삽시에 사라진다. 주위에 맴돌던 이런저런 불편함에서 해방되어 있다. 오직 낚싯대 끝을 응시하면서 톡톡 주르륵 미끼에 달려드는 고기와 소통 하노라면 세상만사가 태평이다. 팔딱거리는 어랭이를 손안에 미끄러워 놓칠세라 잡고 낚싯바늘 빼내는데 다른 생각이 끼어들 틈새가 있으랴. 실적이 부진해도 몇 마리면 안주는 넉넉하다. 냄비에 돌을 삶아 안주가 되랴. 몇 마리 끓여 소주잔 기울이면 멋진 하루를 보낸 셈이다.

어랭이와 코생이가 자꾸 갯가를 멀리하는 이유로 환경오염을 빼놓을 수가 없다. 오염이 덜된 먼 곳으로 옮아가는 게 당연한지도 모르겠다. 화학비료와 농약 없이는 농사를 지울 수가 없다. 골프장 잔디를 유지할 수도 없다. 이 모든 게 바다로 흘러내린다. 바닷가에는 온갖 쓰레기가 무단으로 버려지고 농산부산물이나 종이가 아니라 비닐이나 플라스틱을 태우거나 버려지고 있다. 미끼로 쓰이는 갯지렁이는 모래나 펄을 정화하는 일등 공신인데 점점 사라져 간다.

한 발 길이도 되지 않는 대나무 낚싯대 추억을 잊을 수가 없다. 지금도 어랭이와 내가 소통하는 방식은 변한 게 없는데, 주위가 삭막해져만 간다.

탄생

아기의 울음소리가 들린다. 얼마
만에 들어보는 소리인가. 기저귀를 차
고 울던 손녀가 예쁘게 자라서 내년에
초등학교 입학이니 8년이 다 되었다. 그
토록 고대하던 울음소리에 감격하는 할
애비 마음이 이럴진대, 애타게 기다린 어
미·아비의 기쁨이야 오죽할까.

딸네가 혼인한 지 어언 10년이 다 되어 간
다. 한 참   늦게 가정을 이룬 부부 중에도 학부모가 있
는데, 자녀를 점지받는 일이 참으로 어려웠다. 차라리 불임이라면 그
러려니 하련만, 유산을 두 번이나 겪으면서 단장의 눈물을 곱씹어야
했다. 처음은 몇 개월 되지 않아 병원에서 처리할 수가 있었지만, 두
번째는 6개월 가까이 되어 규정상 성인과 마찬가지로 화장을 해야만
했다. 딸은 자기 탓인 것 같은 죄책감에 병상에서 기운을 못 차리고
누워있는 동안 사위와 둘이서 마무리를 했다.

먼저 돌아서서 나오는 장인 뒤에서 마무리한 흔적 앞에 서서 가슴으로 우는 사위의 소리 없는 통곡을 들어야 했다. 천천히 걷는 동안 가까이 온 사위의 손을 잡았다. "실망하지 마라. 기회는 또 온다. 병상에서 우는 산모를 달래 줄 사람은 자네밖에 없는데, 기운을 차리고 서로 위안하면서 슬기롭게 넘겨야 한다." 타지에서 건너와 직장생활 중에 만난 사이라 주위에 가깝게 지내는 사람도 그리 많지 않은 사위가 몹시 안쓰러웠다.

좀체 집에 들르지 않는 딸네다. 전화도 자주 하지 않는다고 아내는 투정 부리기 일쑤다. 산남에 살다 보니 거리도 멀고 직장에 얽매인 몸인데, 자유로울 수는 없다는 것으로 대충 마무리를 한다. 물론 핑계다. 올 때마다 병원에는 잘 다니느냐 캐묻는다. 병원도 여러 군데 다녀보고 한방도 찾아보라고 하면서 다그친다.

애가 타는 쪽은 당사자들이고 모름지기 알아서 잘하고 있을 터인데 어머니가 더 안달이다. 며느리더러 같이 다녀보라고 재촉도 해보다가 제풀에 힘을 놓기도 한다. 이 모든 게 자신이 겪은 경험에서 얻은 것들이다.

삼 개월까지가 첫 고비이고, 두 번째 고비는 오 개월 지났을 때 오기 쉽다. 마지막 고비인 칠 개월째를 넘기면 그나마 안심이다. 산모가 아니라도 아내 곁에서 얻은 경험이다. 우리 부부도 두 번의 아픔을 겪었다. 실은 장남이 세 번째 자식이다. 첫 번째 애는 순산해서 일주일이 갓 지났을 무렵 파상풍으로 잃었다. 위생 관념이 없던 시절, 동네 용하다는 산파가 무심코 탯줄을 소독하지 않은 가위로 자른 게 화근이었다. 둘째는 칠 개월이 접어들 무렵 동네 병원에서 유산했다.

당시에도 시내 병원이었으면 방법이 없는 것도 아니지만, 어쩔 수 없었다.

시내 산부인과와 소문난 한약방을 두루두루 찾아다녔다. 그냥 쭈그리고 앉지 말라는 충고를 귀에 달고 살았다. 솥 앞에 앉아 불을 때야 하고 빨래판 앞에 놓고 앉아 손빨래도 해야 한다. 쭈그리고 앉아야 하는 생활 여건에서 아내 대신하는 일이 많아졌고, 그러다 보니 지켜보는 어머니 눈에는 한참 멀리 떨어진 며느리였다.

병원에 가면 진찰에 앞서 가족력을 묻는다. DNA가 비슷하고 여건이 같은 가족이 앓고 있는 병이 있다면 먼저 의심해 볼 수 있다는 의중일 것이다. 하지만 딸이 자식을 탄생하는 과정에서 어머니를 닮는다는 것은 있을 수 없는 일이 분명하고, 우연치고는 정말 반갑지 않은 우연이라는 생각을 해본다.

배가 불러오기 전까지 임신 사실을 알리지 않았다. 고대하는 줄 알면서도 실망하는 일이 또 있을까 봐 부부만 알고 정성을 다해 몸조심하면서 애를 썼다. 아내가 태몽 하는 꿈을 꾸기는 했지만, 대놓고 물어보지도 못했다. 그러나 주머니 속에 송곳을 오래 숨길 수 없듯이 불러오는 배를 숨길 수는 없었다.

6개월이 지날 무렵인데, 이상을 느껴 대학병원에 입원했다는 소식이다. 철렁하고 가슴이 내려앉았다. 일찍 조치해서 이상이 없다는 것을 알고 나서야 가슴을 쓸어내릴 수가 있었다. 아내는 그동안 입으로 대놓고 딸의 임신을 걱정했다. 나도 아들 둘 다 귀여운 손주를 보게 해 줘서 고맙지만, 딸 하나 있는 거 자식 보게 해달라고 마음으로 많이 빌었다. 효험이 있다는 절 입구 부처의 코도 여러 번 쓸었고, 나뭇가지에 염원을 적어 걸어놓기도 했다.

병상의 딸을 보며 말했다. "너는 큰 효자를 얻은 거야, 뱃속에서부터 어머니 고생한다는 걸 알고, 가만히 누워 지내도록 이리로 오게 한 거야." 하면서 위로해 줬다. "이왕 왔으니 모든 걸 잊고 지금부터가 제일 조심해야 하는 시기이니 일정에 구애받지 말고 느긋하게 몸조리나 잘하자."라고 토닥거렸다.

커서도 효자가 될 것은 틀림없다. 엄마가 힘들어할까 봐 예정일보다 20일이나 앞서 나왔다. 2.5㎏이 채 안 되었지만, 인큐베이터 신세는 가까스로 면했다. 부모와 조부모만 하루 2회 면회를 할 수 있고, 1회 두 사람으로 제한하는 무균실에서 보호를 받아야 했다. 딸네가 걱정으로 안절부절못하는 모습을 보면서 "좋은 시대 좋은 병원인데 무슨 걱정을 하느냐." 아무런 일 없이 무사히 같이 퇴원할 수 있다고 안심을 시켰다.

아기와 엄마는 같이 조리를 마치고 나왔다. 병원에서 혈액검사 하면서 이상 없다는 말에 아기 몸에서 피를 빼낼 때 아기를 보며 굵은 눈물 흘리던 모습은 언제 사라졌는지, 내 딸이어서가 아니라 웃는 모습이 참 곱다. 앞으로 아기 일로 해서 싸울 일도 많고, 웃는 일도 많을 것이다. 아기를 키워 봐야 부모의 고마움을 안다고 했다. 그만큼 성숙한다는 말일 게다. 탄생을 시작으로 주위를 돌아보고 좋은 일 하면서, 모든 이에게 축복받는 가정을 꾸려나가리라 굳게 믿고 싶다.

한가위

와글와글하던 마당에 적막이 드리워진 한가윗날 저녁이다. 두 늙은이 마주한 식탁에도 얘기는 없었다. 수염 난 얼굴에 뽀뽀하고 빠이빠이 하며 손 흔들고 가던 어린 손녀 생각에 소주잔 기울이면서 앞에 받아 앉은 안주도 잊었다. 든 자리는 모르는데 난 자리는 크게 보이는 법, 나이 들어갈수록 휑하니 크게 보인다.

올망졸망 책가방 든 손주가 다섯이다. 예전에는 드물게라도 집에 와서 놀기도 하고 때로는 급한 일이 있다고 하면서 맡기기도 했는데, 책가방 든 후에는 나보다 더 바쁘다. 방과 후가 더한 모양이다. 쉬는 날 아빠 졸라서 할아버지네 가자고 하라며 올 때마다 손에 쥐여 주기도 해보지만, 별 효력이 없다.

한가위 전날 떡 하는 날이다. 아비 사랑 없이 성장하면서 인덕이 없더니, 집사람도 인덕이 없다. 며느리가 둘인데 "어머니는 쉬십시오." 하는 며느리는 없다. "아이들 챙기고 미진한 일 마무리하려면 좀 늦을 것 같아요." 항시 드문 전화지만, 그래도 반가운지, "그래, 서둘지 말고 천천히 차 조심하고 오도록 해라." 전화를 끊고 나서야 "내가 무슨 복이 있어, 동서도 있고 며느리도 있지만, 내 손이 아니면 누가 도와주나." 투덜대는 마누라 곁을 슬쩍 비켜나 본다.

점심때가 다 되어서야 대문 밖에서 기다리던 손주 목소리가 들린다. 일찍 올 수 있었는데 아이들 때문에 할 수 없이 늦었다는 표정으로 며느리도 들어선다. 주방에서 부지런 떠는 마누라 생각에 늦게 온 며느리 반갑게 볼 기분은 아니지만, 가슴에 안기는 손주를 오랜만에 번갈아 안으면서 크게 웃어 본다. 이놈들이 아니면 종일 웃을 일이 없을 것 아닌가.

뒤이어 도착하는 작은 아들네도 손녀의 뽀뽀로 얼렁뚱땅 넘긴다. 사촌끼리 얼싸안고 반기는 모습을 보면서 온갖 매듭이 풀어지는 뿌듯함을 느낀다. 점심상부터 차리라 재촉하며 자리에 앉혔다. 살이 오르지 않은 손주 앞에 반찬을 챙기면서, "집에서 관심을 더 가지라."고 며느리를 책하면 "알았습니다." 하지 않고 "할 만큼 하는데도 그 모양입니다." 변명하느라 급급이다.

할아버지 침대 위에는 늘 장손과 함께 잔다. 언제부터인가 당연히 자기 자리로 자리매김했다. 몇 해 전인가 "할아버지하고 같이 잘 사람?" 하고 손주들을 둘러봤는데, 희망자가 없었다. 실망하려는데 안쓰러웠던지 장손이 손을 든 게 계기가 되었지만, 속으로는 벌써 희망하고 있었던 건지도 모른다. 곁에 재우고 자는 척했더니 조용히 일어나 할머니와 어머니가 있는 방으로 가서 할아버지 겨우 재우고 나왔다고 해서 한바탕 웃었던 일이 생각난다.

침대 밑에는 둘째·셋째 사촌끼리 게임기 하다 잠이 들었다. 걷어찬 이불 덮어 주고 침대 위아래 잠든 손주들의 고른 숨소리를 듣고 있다. 나날이 쑥쑥 성장해 가는 숨결이다. 조용하고 고운 소리, 들어도 또 들어도 싫증 나지 않는 천사들의 숨소리다. 드르렁거리며 목에 무언가 걸린 듯 고르지 못한 노인의 숨소리와는 전연 딴판이다. 새벽 재채기에도 뼈에 구멍이 생기는 노인이 아니라 아침에 일어나 두 팔 벌려 하늘을 보면 키가 쑥쑥 자라는 손주들을 생각하면 희망이 보이고 나도 모르게 힘이 솟는다.

한가윗날 지붕 위로 휘영청 밝은 보름달이 떠 있다. 매번 볼 수 있는 달이 아닌데 올해는 하늘이 좋은 선물을 내린 것 같다. 역시 분위기를 알아차리는 하늘이다. 며칠 전에 태풍으로 엄청난 피해와 고통을 안기더니, 미안하다는 듯 구름 한 점 없이 밝은 달을 내보인다. 하긴 처음 있는 풍경이 아니다. 전에는 "야, 달도 참 밝다." 하면서 기쁜 마음으로 숨 한번 크게 들이쉬고 나면 그만인데, 오늘따라 경건하게 두 손을 가슴 앞에 모으게 한다.

내 손을 잡으라는 말 한마디 못하고 보낸 동생! 험한 저승길에서 돌에 채는 일 없도록 훤하게 비춰 달라고 기원한다. 새벽에 잠들었을 누이에게 메시지를 보냈다. 의지할 곳 없는 동생이 어머니라고 생각하고 어려울 때마다 매달렸던 누이의 마음은 나보다 몇 배 아플 것이란 걸 안다. "누이야, 잊어 줘야 한다. 병고에 시달리다 간 동생을 잊어 주는 게 도와주는 일이다." 선뜻 메시지를 보내놓고 왜, 달님에게 빌면서 가슴으로부터 놓아주지 못하는지 나도 모르겠다.

술 한잔하고 달님과 얘기하다가 또 한잔하고 얘기하다가 잠이 들었는데, 자정 넘어 새벽으로 가는 시간에 눈을 떴다. 술 취해 자는 내가 걱정스러웠는지 동창에서 만난 보름달이 서창 가에서 나를 내려다보고 있었다. 옆에 곤히 잠든 아내를 본다. 조상님께 절을 할 수 있도록 온갖 음식 마련하느라 고생한 고마운 아내다. 달님도 아내를 곱게 비추면서 내 눈을 하얗게 새어 가는 머리로 이끈다. 기름기 흐르던 까만색 머리에 어느새 하얀 서리가 잔뜩 내렸다. 꼬옥 안아주면서 사랑한다, 고생했다는 말을 해 주고 싶은 데 고단한 잠 깰라 조심스럽기도 하거니와 내 마음 들킬라 돌아누워 버린다.

실솔의 처량한 소리 멎지 않고 철썩이는 물결 소리까지 들려오는 달 밝은 밤, 달님에게 마음으로 편지를 쓴다. 한가위 보름달같이 늘 주위를 환하게 비춰주면서, 환한 모습으로 살 수 있도록 해달라고….

언제 벌써

십이지의 으뜸이고 상서롭다는 하얀 쥐의 해를 맞아 희망을 노래한 게 엊그제 같은데, 언제 벌써 열흘이 후다닥 지났다. 환갑까지는 그래도 세월이 가는 리듬을 느꼈는데, 이후부터는 점점 빨라지는 세월의 속도를 쫓아가지 못하고 박자를 놓치는 것만 같다.

하얀 쥐의 해, 하얀 눈이 수북이 내려 삼라만상이 하얀색으로 덮이고 그 속에 모든 슬픈 일과 아픈 사연들도 함께 묻어 주었으면 하는 바람이 있었다. 기쁘고 즐거운 일보다 분하고 괴로운 일이 더 많은 삶의 연속이었기에, 하얀 눈 위에 희망의 발자국을 새기면서 시작하고픈 마음이 간절했는데 자국눈마저 구경할 수가 없다.

아련히 잊혀 가는 보릿고개가 노래가 되어 막은 귀가 되어 가는 노인들 감성을 자극하고 있다. 가난하던 시절에 눈은 풍년이었다. 초가지붕 처마 끝에 고드름이 주렁주렁 달리면 까치발을 하고 따서는 입에 넣기도 했다. 손발을 가리는 게 힘들어 동상에 걸려 고생하는 안쓰러운 모습도 흔했다. 살 만한 세상은 왔는데 눈이 흉년이다. 눈뿐만 아니라 인정도 체면도 수눌음 하던 이웃까지도 옛날과 달라 흉년이다.

　겨우 종심의 나이지만, 소한 지나 대한이 코앞인데 눈 구경 못 한 해가 있었던 가 되돌아본다. 봄철에나 부는 마파람이 불고 높은 온도에 계절을 망각한 꽃나무가 꽃을 피웠다. 땅속에 있는 뿌리가 계절을 인지하는 방법은 오직 흙만 할 수 있는데, 온도가 높으니 봄인 줄 알고 꽃잎을 내밀었다가 한풍에 뺨을 얻어맞고는 비로소 제철이 아닌 걸 눈치채고 움츠리는 모습이 안쓰러운 한 해의 시작이다.

　한겨울에 눈이 없어도 달력의 숫자는 어김없이 지나간다. 제멋대로 오가는 세월을 막을 수도 잡을 수도 없다. 내 나이 황혼이 되어 가는 것은 크게 관심도 없이 지내지만, 손주의 성장을 지켜보면서 언제 벌써 하면서 목울대를 채운다. 기저귀를 갈아 주던 손녀가 올해에 초등학교에 입학한다는 소식도 그랬고, 장손이 중학교에 진학하는 사실의 엄연함에서도 그랬다.

　딸이 어렵게 얻은 자식을 안고 세상을 다 얻은 듯 기쁨의 눈물을 흘리던 게 엊그제인데 달포가 다 되었다. 산정일보다 조금 일찍 출산하는 바람에 좀 작았는데, 핸드폰 영상으로 건강하게 움직이면서 꼼지락거리던 그때의 모습을 떠올리면서 세월의 흐름을 실감한다.

　잠재의식은 떠나지 않고 늘 함께하는가 보다. 설날이 열흘 앞으로 다가왔는데, 있을 때는 당연시하던 막냇동생 참석인데, 애별리고 손을 놓아버린 후 첫 설날이라 생각하니 슬픔이 새롭다. 오 개월째라는 사실 앞에 '언제 벌써'라는 생각과 함께 그날의 모습이 어른거린다. 덕지덕지 기워 입어 가며 험한 삶을 함께 의지하면서 살았는데, 먼저 어머니 찾아간 동생이 야속하고 도와주지 못한 자신이 이렇게 미울 수가 없다.

지나간 세월을 얘기하면서 언제 벌써 그렇게 되었냐 하는 수식어가 자연스레 딸려 나온다. 한동네에서 숨바꼭질하던 여자 친구가 시집간 후 수십 년 만에 부모 상중에 만났는데, 알 듯 말 듯 하여 인사를 선뜻 못하다 혹시나 하고 말을 걸어 보고는 반가워하며 손을 잡으면서 "우리 언제 벌써 이렇게 나이가 들어 버렸냐." 하며 세월을 탓하기도 했다.

살기 바빠 가는 세월 모르고 살아왔는데, 내 나이 언제 벌써 여기까지 왔는지 하는 노래를 읊조려 본다. 언제부터인가 혼자 술 마시는데도 익숙해졌다. 배가 고프면 아내가 없어도 스스로 끼니를 찾아 해결하는 데 불편이 없다. 한겨울이라 주위에 있는 낙목한천과 닮아 있는 자신을 보면서 주위에 사람들이 많았던 시절을 회상해 본다. 고목에 잎이 지고 가지가 꺾이면 날아가던 지친 새마저도 쉬어가지 않고 지나친다고 했는데, 사람도 매한가지인가.

'우리는 늙어 가는 것이 아니라 익어 가는 겁니다.'라는 노래를 들으면서 언제 벌써 내 나이가 여기까지 왔는지 하고 돌아본다. 매끄럽지 못한 삶이었지만, 체면을 지키면서 열심히 살았다고 스스로 작아지려는 마음을 다독거린다. 느슨하게 생각하고, 쉽게 포기하려는 마음을 다시 죄면서 100세 시대를 위한 계획을 준비해야 한다. 마음을 굳게 다지는 순간에도 백발에 점점 점령당하는 머리는 그만 쉬자고 보채는 양다.

수령 100년이 넘는 노거수도 싱싱한 잎을 피워내면 신목으로 오가는 길손으로부터 경배를 받는다. 허투루 보낸 날들을 되돌아보며 자기 생각과 고집을 내세우고, 자기 기준에 맞추려는 노인이 되지는 말자. 아량을 베풀고 좋은 덕담과 긍정적인 사고를 지닌 어르신이 되어 좋은 포도주처럼 세월과 함께 익어 가는 노인이 되자는 다짐을 해본다.

평설

일인칭 회상의 창에 비친 삶의 적나라한 서사

제2 수필집『못 다한 이야기』를 통해 본 임시찬의 수필 세계

東甫 김길웅(수필가 · 문학평론가)

1

수필은 단순한 줄글이 아니다. 그 소재가 체험이 됐든 체험의 변용이 됐든 대상으로서의 그것은 그냥 쓰거나 써지는 것이 아닌, 일단 언어가 매개하는 것이다. 언어가 매개한다 함은 수필이 엄연히 문학의 한 장르라는 독자적 의미를 띠게 된다.

뷔퐁의 말 '문장은 사람이다'라거나, 이를 뒤집어 리 한트가 '사람은 문장이다'라 한 말은 결국 글이란 그 글을 쓴 사람의 인격을 나타낸다는 시대를 초월한 금언으로써 보편성을 지닌다.

글머리에 '글을 쓴 사람의 인격' 운운하는 이유가 있다. 지금까지 시(시조)와 수필과 아동문학을 포함해 적잖은 작가의 작품 평설을 해

오면서 뼈가 저리게 통감한 것이 바로 이 '글과 사람'을 분리해 생각할 수 없다는 사실의 확인이었다. 그 가운데 태반을 차지한 수필에서 이 담론은 과녁의 정중을 관통하는 관법이었다.

수필은 체험의 문학으로 요지부동하다. 뼈를 깎는 고통 속에 살아온 사람의 글은 시종 절박해 긴장감이 행간으로 흐른다. 궁핍의 시간이 길었던 사람의 글은 곤경에 쪼들렸던 시절의 허기가 깃들어 있어 읽는 이를 그 시대로 소환한다. 진부한 말이지만 눈물 젖은 빵을 먹어 보지 않은 사람은 인생을 논하지 못하는 법이다. 그러한 고통과 곤경이 글 속에 용해되고 그 한 켜 높은 층위에서 미적 가공을 밟고 철학적 사유가 덧씌워질 때 수필의 문학성이 발현하는 것이다. 체험이 수필에 있어 전가의 보도는 아니라 하더라도, 적어도 체험의 토대가 튼튼하지 못한 수필은 문학으로서 그 기반이 부실하고 허약할 수밖에 없다.

나는 임시찬 수필가(이하 임시찬)에게서 수필이 원천적으로 지니는 체험의 막중한 힘을 새삼 실감했다. 첫 수필집 『두럭산 숨비소리』에 이어 두 번째 평설을 쓰기 위해 54편의 수록 작품을 샅샅이 톺아보는 중에 시선을 붙들고 마음을 흔들며 다가온 것이 바로 작품 속에 축적된 작가의 직접체험이었다. 그것은 상당히 압도적인 위력을 갖고 있었다. 작품 심층에 뿌리박은 임시찬의 체험은 서책을 통해 읽거나 귀동냥한 간접체험이 아니다. 몸으로 맞닥뜨리며 시대를 가슴팍으로 안고 견뎌 온 고투의 것들로 자신의 인생에 대한 공격적이고 전투적이었다 할 만큼 처절했다.

"추상적이고 보편적인 가치를 향해 내달리는 것보다 구체적인 너의 고유성으로 돌아오라. 네가 네 삶을 확인할 수 있는 공간은 바로 너의 일상이다."라 한 노자의 말을 떠올리게 된다.

한국전쟁 뒤 피폐하고 암울한 시대를 성장 배경으로 농촌에서 자라면서 겪은 그의 체험이야말로 돈 주고 못 사는 초년고생의 전형이란 생각이 든다. 임시찬의 이런 체험들이 그냥 그 시대의 유물처럼 방기돼선 안되는, 그래서 작품으로 거듭날 만한 소중한 가치로 재해석·재생산돼야 하리란 생각에 머물면서 그의 작품 한 편 한 편을 정독했다. 과연, 임시찬의 수필이 담아내고 있는 제주적인 풍속과 문화는 시대를 관류하는 보편적 진리에 닿고 있었고, 그것은 곧 한 수필가의 집중적 천착에 의해 새로운 생명으로 거듭나고 있음을 평자도 공감하기에 이르렀다.

따라서 제1 수필집『두럭산 숨비소리』와 비슷하지 않은 새로운 작품 평설의 시야가 확보될 수 있었다. 이 글의 글제를 일인칭 회상의 창에 비친 삶의 적나라한 서사'라 한 소이연이다.

2

①서울에 있는 병원에 예약해 놓고도 비행기 탈 힘이 없어, 병원에 누워있는 동생이 전화도 힘든지 메시지를 보내왔다. "형님, 우리 집 신발장에 얼마 신지 않은 구두 한 켤레가 있습니다. 형님 사이즈에 신을 수 있을 겁니다. 남 주기도 그렇고, 버리기도 아까운, 어렵게 마련한 고급 구두입니다. 갖다 신으십시오." 간절한 내용에 일부러 동생 집엘 다녀왔다. 보기에도 값비싼 구두란 걸 한눈에 느낄 수 있었다.(중략)

구두를 보면서 마음이 아프다. 닳도록 오래 신고 많이 신었어야 할 구두다. 많은 고객 앞에서 기죽지 않으려 보이고 싶었던 구두가 아닌가. 엷은 브라운색의 이태리제 구두를 나날이 여위어 가는 동생의 손목을 잡듯 곱게 잡고 솔질했다.(중략)

동생도 가면 먼저 가신 부모님 찾아 먼길을 걸어가야 할 것이다. 입관하면서 신은 짚신 한 켤레로는 어림도 없을 것 같아 곱게 닦아놓은 구두도 함께 넣어 줄 생각이다.

- 〈구두〉 중에서

②마음으로는 한번 다녀간다고 하면서도 실행하지 못한 죄책감을 안고 하얀 눈 위에 발자국을 남기며 봉안당으로 걸음을 재촉했다.(중략)

앞에 서니 왜 이제야 왔느냐 정말 그리웠다는 듯 쳐다보는 사슴 같은 눈망울과 마주했을 때 울컥 가슴이 뜨거워진다. 4개월이 지나는 동안 무심했던 자신을 돌아본다. 처음에는 술잔 들기 전에 다른 잔 하나에 먼저 술 한 잔 따라서 옆에 두고 마셨는데, 나 혼자 마신 지도 여러 날이 지났다.

오늘 누님 화장하려고 왔다. 여기서는 내가 마중하지만, 네가 있는 곳에 가거든 네가 안내를 하라 하고 돌아서는데 늙으면 눈에 힘이 없는지 주책없는 눈물이 흘러 남이 볼까 얼른 하늘을 우러른다. 첫눈으로 하얗게 덮인 양지공원 풍경이 오늘따라 성스러워 보인다.

- 〈양지공원〉 중에서

①②는 임시찬의 동기간의 애정이 각별했음을 여실히 드러내 처연하다.

①에서, 간암 말기로 병상에 자리를 보전해 있는 동생에게서 제가 신던 구두를 대신 신으라고 선물 받고 있다. 자신의 명을 알아 주변을 정리하는 막냇동생의 심경이 오죽했을까만, 이 작품은 이어지는 임시찬의 행위에 주목하게 한다. 임시찬은 동생이 신던 구두를 곱게 손질해 동생이 떠날 때 입관하면서 넣어 줄 생각이라 했다. 밋밋하게 흐르기 쉬운 수필 구성에서 이런 극적 반전은 가슴 뭉클하게 한다. 결말이 강렬한 인상을 주고 있다. '이승에서 닳도록 신지 못하고 가난을 감추려 새롭게 샀던 구두를 저승에서나마 실컷 신고 어디든 건강한 모습으로 뛰어다녔으면 좋겠다.' 글의 외양과 달리 임시찬은 명이 얼마 남지 않은 동생의 운명 앞에 오열했으리라. 속울음에도 겉으로는 슬픔을 삭이며 극도로 절제했으니, 애이불상哀而不傷이다.

②에서, 누님 화장 의식에 갔다가 동생 봉안당을 참배하며 눈물을 흘리며 주책없음에 그곳 눈으로 하얗게 덮인 풍경 쪽으로 시선을 돌리고 있다. 설경이 '성스럽다'한 데는 슬픔 속에 망자 누님과 먼저 떠나간 동생의 영전에 명복을 비는 깊은 뜻이 담겨 있다. 직설하지 않고 설경이라는 자연을 매개로 암시적 표현의 묘를 얻었다.

김녕 성세기 해변 서쪽에 높이 3m가 채 안 되는 원통형 늙은 도대불이 가파른 돌계단을 옆구리에 차고 바다로 눈길을 보내고 있다. 1915년도에 축조되었고 태풍에 쓰러진 후 복원했다는 안내판이 서 있다. 지금은 길 건너 해녀의 집과 민가까지 있어 덜 외로운

모습이지만, 예전에는 동네와 동떨어진 위치였다.(중략)

사면이 바다인 제주도에는 마을마다 자잘한 포구가 형성되었고, 농경지가 별로 없는 관계로 바다가 농경지가 되어 의지하며 살 수밖에 없었다. 조그만 배에 닻을 올리고 풍파 속에 내를 저어 바다로 나가야 한다. 포구를 나갈 때는 사방이 훤하지만, 한밤중에 돌아올 때는 쉬운 일이 아니다. 마을마다 독특한 모양의 도대를 쌓아 불을 밝혔다.

- 〈도대〉 중에서

도대道臺는 예전에 한밤중 조업을 끝내고 포구로 돌아오는 어선이 길을 잃지 않게 바다로 불빛을 보내던 석축물이다. 등대燈臺는 불빛을 강조해 '燈'인데 도대는 밝히는 길을 내세워 '道'인가. 칠흑 같은 밤바다로 빛을 보내는 게 등대이고, 등대가 나오기 전 돌을 쌓아 올려 불을 밝힌 재래식 등대 구실을 했던 게 도대다. 송진이 굳은 솔칵에 불을 붙이다 석유가 보급되면서 호롱불로 바뀌었다 전기불로 변천하면서 도대불은 종내 영원히 꺼지고 말았다. 시대의 물결에 밀려 소멸한 것이다.

임시찬은 도대불이 사라진 현장의 분위기를 '발길도 끊어지고 켜고 끄던 일 까마득히 잊혀 간다.'면서, '캄캄한 밤중 무사 귀항토록 안내하던 도대는 무관심 속에 초라한 모습으로 나날이 여위어 간다.'고 짙은 아쉬움을 토로한다. 임시찬에게서, 지금 사람들의 눈에서 멀어진 도대를 허물지 않고 보존했으면 하는 강한 의지가 엿보인다. 도대는 자취만으로 옛 시대의 소중한 가치로 남아 있어야 한다는 것이다. 옛것에 닿아 있는 임시찬의 따뜻한 눈길과 온화한 마음자리가 만져질 것 같지 않은가. 온고지신溫故知新이다.

①나는 용왕님을 좋아한다. 안주 생각이 나면 무조건 바다로 간다. 용왕님은 갈 때마다 안주를 내어준다. 돌을 뒤집으면 소라, 성게, 오분자기, 보말, 해삼. 운이 좋은 날에는 낙지나 문어를 잡는 날도 있다. 담벼락에 바짝 붙어사는 굵지 않은 대나무 몇 개에 낚싯줄 매어 던지면 어랭이, 보들내기, 배고픈 우럭이라도 낚는 날이면 이야말로 횡재. 저녁상에서 영웅이 되어 아내에게 내가 이 정도는 되는 사람이라고 빈 잔을 들어 보이면 소주를 따라주면서 웃는 아내가 예쁘고 고맙고 해서 아내가 즐겨 보는 연속극을 같이 보는 것으로 보답을 한다.

②아내는 용왕님을 모시는 열렬한 신자다. 처음에는 일어서면 배꼽 닿는 깊이에서 점차 키를 훨씬 넘는 곳을 드나들더니 드디어 해녀가 되었다. 입어하는 첫날이면 새벽에 하얀 백지에 쌀을 넣고 정성스레 모시고 두 손 모아 고개 숙이고 나서 테왁을 챙긴다. 바다가 곧 직장이다. 밭에서 일할 때도 물때 생각을 하고, 감기에 밤새 기침하면서 시달려도 물때가 되면 어김없이 바다로 나간다. 비가 오든 눈이 오든 입어할 수 있는 여건만 되면 무조건 출근이다. 해산물이 많고 적고 따지지 않는 용왕님의 열렬한 신도다.

– 〈용왕님〉 중에서

용왕님은 물을 주관하는 신격이다. 특히 제주에서는 바다에서 작업하는 사람들의 해상 안전을 주관하는 신으로 인식해 온다. 장구한 세월 전승해 온 민간신앙으로 현대 문명사회에서도 명맥이 유지되고 있다.

①은 바다에 나가 잡을 수 있는 해산물들을 모두 용왕님이 내어주는 선물로 여기고 있어 임시찬의 종교적 취향이 엿보이거니와, 문장의 흐름이 여간 유창하지 않다. 게다가 해학(유머)과 기지(위트)까지 곁들여 있어 임시찬 수필이 일일신日日新하는 모습을 한눈에 볼 수 있다. 그의 수필이 빠르게 진화하고 있음에 주목하게 된다. 작품에 나타나는 이런 조짐은 창작에 변곡점이 되는 것이어서 하나의 계기로서 소중하다.

②해녀인 아내의 삶의 실상을 여실히 내보이고 있다. 바다가 직장이고 몸이 좋지 않아도 무조건 출근이라 명쾌하게 말하는 내면에는 내외가 용왕님의 열렬한 신자라는 강한 종교적 신념마저 느껴진다. 농어촌에 삶의 뿌리를 내린 농어민들의 생활 자체가 이런 민간신앙에 밀접하게 닿아 있다. 아내를 바다로 보내놓고 임시찬은 "용왕님! 불쌍히 여기사 안전하게 지켜주십시오. 모두가 심청입니다."라며 경건한 마음으로 빈다. 기도에 간곡한 심경이 배어 있어 용왕님이 결코 무심하지 않을 테다. '심청'처럼 공양할 수 있다는 암시적 표현이 눈길을 끈다. 거듭 음미하게 한다.

모두가 부러워하던 재봉틀에서 아내 연령 따라서 편하게 이불
덮고 앉아서 하겠다고 손재봉틀이 되었다. 화려했던 시절도 한때,
이제는 천덕꾸러기가 되어 창고 구석 외로운 곳에 자리를 잡았다.

부부가 늙고 병들어도 버릴 수 없듯, 쓸모없는 재봉틀이지만,
아내와 함께한 세월이 가족 같아 쉽게 버릴 수가 없다.

- 〈재봉틀〉 중에서

아내가 시집오며 혼수로 가져온 재봉틀을 바라보는 소회를 담고
있다. 신부가 이불 몇 채에 장롱, 거기다 재봉틀을 곁들이면 최고라
는 평판이 마을에서 몇 마장까지 입소문으로 자자하던 시절을 떠올
리게 되는 글이다. 재봉틀 소재의 남자작가 수필은 처음 대해서인지,
단박 시선이 꽂히는 효력을 발휘했다. 반세기가 다 된 브라더 상표의
재봉틀이 화려하던 현역의 시절을 접고 창고 구석에 내버려졌다. 아
내의 손때가 묻은 것이라 차마 집 밖으로 내치지 못해 주저하는 모습
에서 임시찬의 인간적 진면목을 대하게 된다. 아내의 손을 타던 것이
라 쉬이 버리지 못해 품는 게 수필가의 감성일 것이다. '이제는 천덕
꾸러기가 되어 창고 구석 외로운 곳에 자리를 잡았다.' 낡아 버린 옛
물건에 불과한 재봉틀에서 연민의 정을 느끼고 있다.

임시찬은 이마적에 이만한 터수에 서정의 글밭을 갈아 이랑을 내
었으니, 거름 주고 물 뿌려 가꾸면 더욱 비옥할 것이다. 쓸수록 푸르
러 싱그러워지는 게 수필이다. 그의 문전옥답에서 수필이란 작물이
풍성한 수확을 기대해도 좋을 것이다.

보잘것없는 장남인 나에게 시집와서 부모님 잘 모시고 많은 시
동생 시집·장가보내며 집안 대소사를 무난히 치르느라 정말 고
생 많았어요. 고생과 역경만 준 나를 항상 따뜻이 보필해 온 당신

에게 진심으로 고맙고, 사랑했노라고 전하고 싶소. 다시 태어나
도 당신만을 사랑하겠다는 유행가는 나의 마음을 대변한다는 생
각이 드는구려. 어렵게 살아온 숱한 사연을 말로 다 할 수 없지만,
이사 다닐 때마다 늘어나는 살림 어렵기도 했지만, 커 가는 아이
들을 보면서 기쁨과 보람에 웃을 수 있었지요.

– 〈못 다한 이야기〉 중에서

문득 가상유언장을 읽는 느낌이다. 가족에게 마지막 남기는 말이
유언이니 만단정회萬端情懷로 풀어놓게 될 것이고 만감이 교차해 목이
멜 수 있지만, 임시찬의 절제된 어조는 시종 냉엄하다. 할 말을 놓치
지 않겠다는 의지의 발로일 것인데, 아내와 아들딸들에게 오래 흉리
에 묻어 뒀던 말을 주저하지 않고 토설한다. 할 말을 다 했음인가. 퍼
뜩 '개관사방정蓋棺事方定'을 떠올리고 있다. 관 뚜껑을 덮을 때 그 사
람의 진가를 안다는 것이다. 이하로 이어지는 화자의 목소리가 사뭇
진지하다. "자만하지 말고 항상 뒤돌아보면서 부끄럼이 없는지 살펴
보고 매일매일 유서를 쓰는 마음으로 살아야 한다"

교술성敎述性을 띠면서 임시찬 수필이 점진적으로 그 외연을 확대
해 나아갈 것이라는 즐거운 예감을 갖게 한다. '못 다한 말'이란 제목
이 유언의 성격과 의미를 잘 담아낸 데다, 표현과 구성 또한 무난해
표제작으로 내놓아 손색이 없다.

지금은 게스트하우스로 운영되고 있는 처가에서 장인·장모를
생각하고, 추억도 더듬으면서 모이자고 했다. 뜨거운 태양을 피해

차광막을 친 마당 구석구석을 애들이 뛰어다니면서 가까워가는 모습에서 한층 보람을 느꼈다. 제사 때나 오랜만에 만나면 겨우 눈인사로 끝내던 사촌, 동서들이다.(중략)

이웃집도 초청해서 같이 어울렸다. 가까이 지냈던 장인·장모 생전의 모습뿐 아니라 할머니 이야기까지 섞으면서 음식을 나눴다. 얘기를 듣는 동안 게슴츠레 취한 눈앞에 장인은 소의 등을 만지며 갈초(풀 사료)를 주고 있고 등 굽은 할머니는 굴묵에서 나오며 백발에 묻은 까끄라기를 털어내고 있다. 새벽에 밭일 나가서 어스름이 돼서야 올레에 들어서는 장모님 모습이 보이는 것만 같은 착각에 또 한잔 가득 술을 부었다.

- 〈단합대회〉 중에서

가족의 화목이 중요한 것이야 다들 공감하는 일이지만 가족 모두를 한자리에 모아 단합대회를 하는 것은 결코 쉽지 않다. 그 이전에 이런저런 어려움을 무릅써야 하는 것이라 발상부터 웬만한 깜냥으로 되지 않는다. 형제 중 연장이라, "연중 하루만이라도 같이 모여 서로 얼굴 맞대고 우애를 돈독히 하는 계기를 마련해 보자."고 한 제안에 뜻밖의 호응으로 이뤄진 자리다. 여섯 형제 부부와 딸린 식구가 저그마치 사십 명. 모처럼 가족이 어우러진 풍경이 화락했을 테다. 스스럼없이 먹고 마시고 대화하고 어울려 노는 모습이 보기에 흐뭇하다. 두 번째는 삼양해수욕장에서 이뤄졌다 한다.

결말에서 단합대회의 소회를 털어놓는다. "단합대회를 할 수 있는 처가 식구들은 복 받은 사람들이다. 길은 잃을지라도 사람은 잃지 말자는 생각을 검은 모래 위 물결이 쉼 없이 오갈 때마다 다짐하고 또 다짐해 본다." 임시찬은 활달한 성품답게 일을 성사시킴에도 적극적이다. 요즘 시대에 흔치 않은 일이다. 혈연으로 맺어진 가족공동체의 소중한 가치를 재발견하면서 임시찬 수필에 인간적인 문양에다 따뜻한 스토리 하나를 더 얹었다. 좋은 수필이다.

> 도내에서 제일 젊은 해녀가 있다는 정보를 따라 방송국에서 인터뷰를 하러 갔는데, 바다가 아니라 어촌계 사무실이었다. 숨비소리 한번 해 보지도 않았고 깊은 바다 구경한 적도 없는 어촌계 직원이 간사라는 직책으로 해녀가 되었고, 해녀증으로 혜택을 누렸다.(중략)
> 행정에서 가짜 해녀 조사를 할 때면 현장 조사가 아니라 서면으로 이뤄진다. 어촌계에 공문이 오면 계장은 계원의 표를 먹고 사는 사람인데 어떻게 사실대로 할 수가 있겠는가.
>
> ― 〈가짜 해녀〉 중에서

읽다 현직 해녀 10명 이상의 도장을 받아 오면 해녀가 아니어도 해녀로 인정받는 기상천외 현실에 아연실색했다. 임시찬은 제주시수협 비상임 감사를 역임한 경력의 소유자다. 이를 코미디, 적폐라 하고 있다. 부당한 혜택을 버젓이 받도록 가짜를 등재시킨 관련자에 대한 응분의 처벌이 따라야 한다고 목청을 높인다. 진짜 해녀가 오히려 가짜 해녀가 두려워 바른 소리 한마디 하지 못한다지 않는가.

수필이 눈앞의 불의와 역리에 침묵해선 안 된다. 사회현실의 부조리에 대한 불만과 분노가 번뜩이고 있다. 우리 시대가 개선돼 가는 것은 우리가 내부적인 자기반성과 좀 더 나아지려는 희망의 추구 같은 것 때문일 것이다. 사회참여의식 속에 문학의 대사회적 기능을 다하고 있어 뿌듯하다. 임시찬의 정의로움 그리고 할 말을 하고 있는 용기는 가위 평가받을 만하다.

> 술 취한 해녀 남편이 허둥대며 달려오고 심방이 따라온다. 서낭 굿판이 벌어지는데 정신이 혼미해 버린 해녀는 천방지축 날뛰고 남편은 붙잡고 울며불며 뒹군다. 평상복으로 갈아입은 동료 해녀 모두 심방 뒤에 다소곳이 무릎 꿇고 앉아 두 손을 모으고 있다. 소식을 접한 촌장과 마을 사람들도 모여들어 가슴에 양손을 모으고 쾌유하기를 빌고 섰다. 드디어 해녀가 제정신을 차리게 되고 풍물 소리 높아 가는데 막걸리판이 벌어지고 기쁨의 춤사위 운동장을 돌고 돈다.
>
> - 〈한라문화제〉 중에서

김녕 민속공연팀이 한라문화제에서 최우수상을 수상해 도 대표로 전국향토문화제 나가 해녀의 삶을 본선 무대에 올리고 있는 현장이다. 막중한 연출을 임시찬이 맡았다. 해녀가 물질하던 중 위기에 빠져 일행이 비상에 돌입하게 되고, 마침내 극적으로 고비를 넘기면서 벌어지는 흥겨운 장면이 최고조에 이르렀다. 공연이 펼쳐지고 있는 현장감을 사실적으로 묘사하고 있어 연출자 특유의 개성적 감각이 느껴진다. 큰 상인 문화예술원장 상을 받았다 한다. 임시찬의 이 방면에 탁월한 역량이 빛나는 대목이다. 수필로 등단으로 문학에 입문하기 이전 예술에 타고난 재능을 갖고 있었음을 알게 된다. 그런 예술적인 재능이 그의 문학으로 스며들 것은 당연한 귀추다. 이제 글쓰기에 정진하고 있어 더욱 좋은 작품이 기대된다.

> 가난한 시절 무명옷 군데군데 기운 듯, 태양과 맞바라기하며 검게 그을리고 주름진 피부와 관절에는 갖가지 파스가 제집인 양 자리를 틀었다.
> 아직은 고령이 아닌 아내의 관절을 아프게 한 원인 중에는 나의 몫이 많다고 생각한다. 별 도움이 되지 못한 지난날을 돌아보면서 자책감을 느낀다.(중략)
> 그동안 우슬뿐 아니라 청색 홍합 추출물, 굴징의 유명 한약과 양약도 복용했지만, 눈에 보이게 달라지는 것 같지 않다.
> 　　　　　　　　　　　　　　　　　　　　　　　- 〈퇴행성 관절염〉 중에서

부부의 연으로 만나 인고의 세월을 견뎌 온 아내에 대한 애정에 가슴 아릿하다. 퇴행성관절염으로 해로동혈할 아내의 손을 잡고 많은 곳을 구경하려던 꿈이 깨어진 것 같아 허망해 한다. "그래도 가까운 곳의 주위를 동행하기 위해서라도 조금은 걸을 수 있도록 최선을 다할 생각이다."라며, 그게 그동안 속 썩인 아내에게 보답이고 자신의 체면을 세우는 길이라 실토했다. 화자의 인간성이 여상하게 드러나 있어 잔잔한 감동으로 다가온다. 임시찬은 마음 따뜻한 작가다.
'가난한 사람들이 세상을 읽는 방식은 사랑이다. 부자인 사람들이

세상을 읽어 낼 수 있는 방식도 사랑일 뿐이다. 그러니까 우리 모두는 고독한 존재일 수밖에 없다.' 끝으로 내보내는 평자의 독백이다.

3

"수필은 도를 닦는 작업이에요." 법정 스님의 말이다.

소설은 주인공을 내세워 갖가지 역할로 작중인물의 캐릭터를 창조하지만 수필은 작가 자신의 목소리밖에 내지 못한다. 일인칭 주관적인 한정된 카테고리에 갇힌다는 의미다. 이 말은 타 장르와는 다른 수필의 본질적 특성을 에둘러 말함이다. 따라서 양질의 작품이 되려면 수필로서의 품격을 갖추지 않으면 안 된다. 따라서 수필가는 먼저 사람이 돼야 한다. 이를테면 작가 자신을 치장하기 위해 아름다운 옷을 걸치는 것이 아니라, 현란한 의상이든 남루든 자신이 걸쳤던 옷부터 발가벗어야 한다.

임시찬은 등단한 지 4년이지만, 나이 종심의 고갯마루를 넘어섰다. 나이의 무게로 철학의 경계를 사유하고 적립해야 할 계제다. 흔히 늦깎이라는 수식이 구차할 것 같다. 평자, 그래서 그가 글쓰기에 진력해 치열한 것을 익히 알고 있다. 등단한 지 일천한데 작품집 두 권 상재라니 쉬운 노역의 산출인가. 한 달에 작품 한 편 쓰는 타성에 안주하는 이들과 차별화해 평소 흐뭇한 시선을 보내고 있다.

임시찬은 책상머리에 앉아 글이나 쓰는 호사가와는 삶이 구조적으로 판연히 다르다. 주경야독해 왔다. 농부로 땀 흘려 일하며 배움에 맺힌 한을 뒤늦게 대학을 졸업함으로써 만학으로 풀었다. 도내에서 몇 안에 꼽히는 큰 마을의 이장, 공인중개사 자격 취득, 명리학 탐구

이력, 수필가 등단…. 이쯤이고 보니 임시찬은 성취동기에 투철할 뿐 아니라 집념의 생활인이다.

임시찬의 수필은 길지 않은 동안 놀랍게 성장하고 있다. 다른 무엇보다 문장 표현이 매끄러워졌고, 소재를 변용變容해 주제의식을 구현해 가는 기법에 능숙할 뿐 아니라 구성의 묘를 체득하는 등 가시적 변화를 보인다. 바쁜 일손에도 창작 의욕이 불꽃으로 타오르지 않고서는 도저히 얻어 낼 수 없는 결과물이다. 이 부분, 평자로서 박수와 함께 경의를 표한다.

수필은 어휘다. 임시찬의 수필이 또 한 번 허물을 벗기 위해 우선 머릿속에 저장되는 어휘의 총량을 늘렸으면 한다. 어떤 이는 국어사전을 외운다고 한다. 과장으로만 들을 말이 아니다. 글을 쓰며 얼마나 어휘 빈곤에 부대꼈기에 그렇게 입에서 풀풀 단내 풍기는 말을 했을 것인지 자신의 글쓰기 안팎을 되짚어 봤으면 한다.

수필이 단조롭게 풀어가는 밍밍한 이야기 전개가 돼선 안 된다. 어제는 어제라는 과거일 뿐 오늘이 아니다. 집, 길거리, 마을. 바다, 나무, 이웃할 것 없이 오늘 대하는 그것들은 표정이 다르고 웃음이 다르고 어제와는 다른 존재의 의미로 다가온다. '다른 존재'로 보인다는 것은 매우 중요하다. 한마디로 함축해 그것은 '인생에 대한 깨달음'이다. 수필은 바로 깨달음으로 눈을 번득이는 문학이다. 이른바 수필에서의 '낯설게 하기'다. 평상시 늘 보던 사물에 어떤 의미를 부여하려는 노력이 궁극에 수필의 격을 높인다. 마음속에 새겨 두기 바란다.

임시찬은 워낙 사리에 명철하다. 따라서 제2 수필집 『못 다한 이야기』를 내면서 자신에게 더욱 겸손해지리라 믿는다. 좋은 수필을 방해하는 내부의 적이 바로 자기도취와 매너리즘임을 환기하고 싶다. 각고면려 하기 바란다.

못다한 이야기

임시찬 제2수필집

초판인쇄 2020년 7월 02일
초판발행 2020년 7월 15일

지 은 이 임시찬
펴 낸 이 노용제
펴 낸 곳 정은출판

주   소 서울특별시 중구 창경궁로 1길 29 (3F)
전   화 02-2272-9280
팩   스 02-2277-1350
이 메 일 rossjw@hanmail.net
ISBN 978-89-5824-413-4

값 13,000원

＊ 이 책은 제주특별자치도, 제주문화예술재단의 2020년도 문화예술지원사업의
  후원을 받아 제작되었습니다.